Zu diesem Buch

«Der Aufruhr in den Cevennen», Tiecks bedeutendstes erzählerisches Werk seiner Dresdener Zeit, ist eine Verteidigung der Toleranz. 1598 sichert Heinrich IV. im ‹Edikt von Nantes› den Hugenotten Glaubensfreiheit zu, die Ludwig XIV., «von abergläubischen und herrschsüchtigen Gemütern umgeben», 1685 wieder aufhebt. Die Zwangskatholisierung überschattet die Jahre von 1702 bis 1713. Tieck schildert, sich streng an die historischen Tatsachen haltend, die Ereignisse des Jahres 1703. Er verurteilt sowohl den militanten Katholizismus als auch die reaktionäre protestantische Orthodoxie. Den auf beiden Seiten mit unvergleichlicher Grausamkeit geführten Religionskrieg gestaltet Tieck als einen Modellfall ideologischer Verwirrung und als ein Beispiel für die Größe und das Elend menschlichen Verhaltens. Die Aktualität des Buches, die seine enorme Wirkung ausmachte, bestand in der unmißverständlichen Parallele zwischen dem Wortbruch des französischen Königs, der auf die Toleranzakte einen Eid geleistet hatte, und dem Verrat der deutschen Fürsten an ihrem Verfassungsversprechen.

Tieck läßt die Gegensätze in einem Vater-Sohn-Konflikt hart aufeinanderprallen: Der tiefgläubige und tolerante Parlamentsrat Beauvais muß für seine Überzeugung, daß «auch jene stillen Herzen nicht aus der Gemeine ausgeschlossen werden» dürfen, «die vor jenem Prunk und Gesang, vor jenem Glanz der Tempel, vor jener kunstgemäßen vielseitigen Ausbildung des religiösen Geheimnisses erschrecken», und für die Abtrünnigkeit Edmunds, der sich von einem fanatischen Katholiken zu einem schwärmerischen ‹Camisard› wandelt, mit Brandschatzung und Kerker büßen.

Der Stoff des Romans hat Tieck zwei Jahrzehnte beschäftigt. Als er 1806 aus Rom zurückkehrt, lernt er in Frankfurt am Main den Hessen-Homburgschen Legationsrat Isaak von Sinclair kennen, der ihm «drei Schauspiele über diese höchst merkwürdige Begebenheit» zu lesen gibt. Erst 1820, nach intensiven Quellenstudien – Tieck stützt sich u.a. auf Missons «Théâtre Sacré des Cévennes» (1707), Villars' camisardenfeindliche «Mémoires» (1736), Brueys' «Histoire de Fanatisme» (1737) und auf die anonym erschienene rebellenfreundliche «Histoire des Camisards» –, beginnt er mit der Niederschrift; die ersten zwei von insgesamt vier geplanten Teilen erscheinen 1826. Obwohl die Zeitgenossen die Fortsetzung ungeduldig erwarten und Friedrich Schleiermacher und Rahel Levin ihn ausdrücklich dazu ermuntern, bleibt sie ungeschrieben.

Willibald Alexis (1798–1871), der Begründer des realistischen historischen Romans in der deutschen Literatur, sagte über Tieck, er habe mit dem «Aufruhr in den Cevennen» das *Geheimnis* des historischen Romans entdeckt.

Rowohlt Jahrhundert

Herausgegeben von Bernd Jentzsch

Band 6

Ludwig Tieck

DER AUFRUHR IN DEN CEVENNEN

Roman

Rowohlt

Dem Text liegt folgende Ausgabe zugrunde:
Ludwig Tieck, Werke in vier Bänden,
herausgegeben von Marianne Thalmann
Winkler-Verlag, München 1963 ff.
Anmerkungen am Schluss des Bandes

Veröffentlicht im Rowohlt Taschenbuch Verlag GmbH,
Reinbek bei Hamburg, Mai 1987
Benutzung der Textgestalt
nach der obengenannten Ausgabe
mit freundlicher Genehmigung
des Winkler-Verlages, München
Umschlaggestaltung Peter Wippermann
(Foto des Autors: Bildarchiv Preussischer Kulturbesitz)
Satz Garamond (Linotron 202)
Gesamtherstellung Clausen & Bosse, Leck
Printed in Germany
1480-ISBN 3 499 40006 5

ALSO BIN ICH VERURTEILT, OHNE gerichtet zu sein? Gerichtet, ohne gehört zu werden? Man fängt mit der Strafe an, und wird in Zukunft Muße haben, die Klage zu finden!

Vorwort

Schon im Jahre 1820 fing ich diese Erzählung an. Ich lernte auf der Rückreise von Italien im Jahre 1806 den Herrn Sinclair in Frankfurt am Main kennen, der mir drei Schauspiele über diese höchst merkwürdige Begebenheit mitteilte, die, soviel Schönes sie, besonders in den lyrischen Teilen, enthalten, jetzt wohl schon vergessen, und auch damals nicht genug gewürdigt sind. Sie regten mich wenigstens so an, daß ich diese große Geschichte in den französischen Historien nachschlug. Ich fand bald, daß die katholische Partei die merkwürdige Sache, soviel sie nur konnte, ignorierte, und daß die Verfolgten mehr ihre Leiden klagten, als die geschichtliche Ansicht auszusprechen imstande waren.

Als ich das Theater der Cevennen, vom Prediger Misson in London 1711 herausgegeben, zufällig kennenlernte, eine Erzählung von Visionen und Schicksalen jener Verfolgten, die sich nach England hin gerettet hatten, wuchs der Plan zu dieser Novelle in meinem Gemüt. Ich las nun in Villars und andern Memoiren, soviel ich nur finden konnte, vorzüglich aber die *Histoire des Camisards, Londres* 1744. Meine Dichtung war aber fast schon vollendet, als ich die *Histoire des Troubles des Cévennes*, im Jahre 1819 zu Alais neu gedruckt, kennenlernte. Offenbar die beste Schrift über diesen Gegenstand, und die neue Auflage eines Buches, welches schon 1760 gedruckt und seitdem selten geworden war.

Dresden, im Junius 1826 L. T.

Erster Abschnitt

Ist Edmund noch nicht nach Hause gekommen?» fragte der Vater den Diener, indem er im großen Vorsaale des Landhauses auf und nieder ging.

«Nein, mein gnädiger Herr», sagte der Alte, «und es wäre doch gut, er käme noch vor Abend zurück; denn drüben vom Gebirge her ist ein Gewitter im Anzuge, das uns auch nichts Gutes bringen wird.»

Indem kam die kleine Tochter mit ihrem Spielzeuge herein und setzte sich an den großen Tisch der Halle. «Da oben braust es wieder so schrecklich», sagte sie schmeichelnd, «ich bleibe bei dir, mein liebes Väterchen. Ich kann die Wetter nicht leiden; wozu muß nur so fürchterliches Lärmen und Donnern in der Welt sein?»

«Ja wohl», sagte der Diener Franz, «und all das Elend, das uns nun schon seit Jahren gedrückt, und wovon kein Ende abzusehen ist?»

«Das weiß nur der», sagte der Vater seufzend, «der es uns auferlegt, er wird es auch zu seinem Endzweck hinausführen.» –

«Väterchen!» rief das Kind vom Spiele auf, «unser guter Eustach, der Kohlenbrenner, der mir immer so hübsche Steinchen aus dem Walde herunterbrachte, und neulich mal den großen wilden Vogel, den er für eine Drossel ausgab, der schwarze freundliche Mann ist nun auch ein Satan geworden.»

«Was schwatzest du da!» rief der Vater unwillig aus; «wer hat dir das gesagt?»

«Marthe, meine Amme», sagte die Kleine; «denn er rebelliert nun gegen Gott und den König, bis sie ihn auch einfangen und verbrennen oder sonst totmachen müssen, denn er will kein Christ mehr sein; so hat mir Marthe heut morgen beim Ankleiden erzählt; sie will auch in der andern Woche zur Stadt hinein, und die andern Satans und armen Sünder umbringen sehn. Erlaube ihr das doch, lieber Vater; sie meint, es soll sie besonders erbauen und in ihrem Glauben stärken, denn sie ist auch schon ein paarmal irregegangen, und fast in des Bösen Stricke geraten: der Böse ist hier in der Gegend gar mächtig, besonders droben in den Bergen, da ist er am liebsten zu Hause; wir haben es hier unten schon besser. Väterchen, die Feigen fangen schon an im Garten reif zu werden.»

«Du schwatzest!» sagte der Vater unwillig; «ich werde sorgen, daß du nicht so viel mit der Alten allein bleibst.»

«Die Sache an sich», wandte der Diener ein, «hat seine Richtigkeit, Eustach ist hinauf ins Gebirge zu Roland und hat sich zum Camisard gemacht, Frau und Kinder sitzen in der öden Hütte und heulen; sie haben kein Brot und fürchten noch wegen des Mannes eingezogen, wohl hingerichtet zu werden.»

«Ich glaube», sagte der Herr von Beauvais, «du hast sie schon unterstützt, guter Franz, sonst tu es noch; gib ihnen das Nötige, was sie brauchen, und mit Vorsicht, damit wir nicht in die gleiche Verantwortung kommen. Denn in diesem Drangsal der allgemeinen Not und Verwirrung ist alles verdächtig, man mag handeln, wie man will, wenn man nicht selbst sich zum Tyrannen aufwerfen und zum Henkersknecht erniedrigen mag.»

«Wie unser Marschall», rief der Alte heftig aus, «wie unser Intendant; wie die Herren dort in Nismes, die um Gottes willen ihre Brüder martern. Ich habe schon den Leuten hingeschickt, und will es ferner; es ist zwar nur ein Tropfen im Meere, aber doch werden ein paar Herzen in dieser Trübsal beruhigter sein.»

Er ging hinaus, und als der Vater nach den Bergen mit

einem wehmütigen Blicke hinaufsah, drängte sich das Kind schmeichelnd an ihn, küßte seine Hand und sagte: «Väterchen, werde du und Franz nur nicht auch noch gottlos und Rebellen, sonst komme ich mit Bruder Edmund ganz allein in den Himmel, und das möchte ich nicht; denn mit Edmund kann ich mich gar nicht vertragen, so schrecklich fromm er auch ist, und du bist viel besser, wenn auch dein Glaube nicht im besten Zustand sein mag.»

«Ja wohl, schrecklich fromm», rief der alte Mann aus; «o Himmel, wann wird es dir doch gefallen, diese Verwirrung zu lösen?»

«Da kommt Edmund den Garten herunter», rief die Kleine; «sage es ihm lieber nicht von dem gottlosen Eustach, sonst haben wir wieder Lärmen und Zank; er kann dergleichen gar nicht vertragen.»

Edmund kam herein, grüßte, stellte sein Gewehr in die Ecke und legte die Jagdtasche ab; der große Hund machte sich zum Kinde, das mit ihm tändelte, und ihm dann die aufgehobenen Brocken zusteckte.

«Wo warst du heute mittag, mein Sohn?» fragt der Vater.

«Beim Intendanten, dem Herrn von Basville», antwortete Edmund, ohne aufzusehen, «drüben in Alais, wo er sich noch einige Tage aufhalten wird, wegen des Verhörs der Rebellen. Er läßt Sie grüßen, aber er wundert sich, daß Sie die angebotene Stelle ausgeschlagen haben, und er meinte, der Marschall würde es noch weniger begreifen können.»

«Der Marschall, mein Sohn», fing der Vater nicht ohne Bewegung an, «mag manches nicht begreifen können. Ich danke Gott, daß ich mich schon seit länger als zehn Jahren in diese Einsamkeit zurückgezogen habe; denn wäre ich noch im Amte, so würde mein Gewissen mich zwingen, es jetzt abzugeben, und das möchte den beiden wackern Herrn dann noch unbegreiflicher sein. Ich beneide ihnen weder, noch bewundre ich ihren Patriotismus, und Gott soll unsre Familie vor dem Schicksal bewahren, dem Könige auf diese Art Dienste zu tun. Darum, mein teurer, mein geliebter Sohn, wiederhole ich noch einmal meine väterliche Warnung, dich mit diesen Menschen einzulassen, es würde mich zum Grabe führen, dich auf diese Weise tätig zu sehn. Denn, was verlangt man von uns? Keinen offenen, geraden Dienst, keine Hülfleistung, wie sie dem Bürger ziemt, wie sie den edeln Menschen ehrt: sondern wir sollen uns zu Spionen hergeben, unsere eigenen Untertanen und Landsleute verraten und auf die Folter und den Scheiterhaufen liefern, uns dieser Unmenschlichkeit freuen, das Land entvölkern, den Haß Gottes und der Menschen auf uns laden, und wenn wir es genau betrachten, an unserm Vaterlande und Könige zu Verrätern werden.»

«Darf der Untertan je fragen?» fiel Edmund heftig ein; «ich kenne diese Gesinnung an Ihnen, mein Vater, ich kenne und betraure sie; aber darf der Untertan so fragen? Wo bleibt der Gehorsam, wo sind dann noch die Bande des Staates, wo das Heiligste, Höchste, Frommste und Ehrenvollste, wodurch wir eben nur Menschen und Bürger sind, worauf alle unsre Tugend, unser Dasein ruht, wenn ich sagen darf: hier kündige ich dir meinen Gehorsam auf, dies darfst du nicht befehlen, obgleich du mein König bist, obgleich das Vaterland, der Himmel selbst durch deinen geheiligten Mund zu mir spricht.»

«Du hast nicht unrecht, mein Sohn», antwortete der Alte, «und weil du, wenn du so fragst, immer im Rechte sein wirst, sollte der Herrscher mit frommer Scheu, mit Gottesfurcht, diese Schranken achten, das Gewissen seiner Untertanen ehren, die Versprechungen und Schwüre, die edle Vorfahren getan und er nach ihnen wiederholt hat, heilig halten, und nicht selbst die Mordfackel in seine Scheuren werfen, als Kläger, Richter und Verfolger zugleich auftreten: – und wehe denen, die sein schwaches Alter, sein verletzbares Gewissen und ihren Einfluß so mißbrauchen! Und wehe jedem, der sich zu diesen Diensten gebrauchen läßt, gute und fromme Menschen zu schlachten; am wehesten aber dem rechtlichen Manne, der aus Ehrgeiz oder mißverstandener Pflicht ebenfalls hinzutritt, und den Scheiterhaufen anschürt, und die Folter noch grimmiger spannt.»

«Es tut mir weh, mein Vater», sagte Edmund mit unterdrücktem Zorn, «und immer wieder bewältigt mich der ungeheure Schmerz, daß ich im Liebsten, Heiligsten, was meinem Herzen das Nächste und Eigenste ist, so durch Welten von Ihnen getrennt mich fühlen muß! Seit ich denke und mich empfinde, ist mir diese unsre alte heilige Religion das Höchste und Göttlichste, nur in ihr lebt mein Herz, und alles, was ich wünsche und ahnde, spiegelt sich glänzend in diesem hellen Kristall. Dies, was die Liebe selbst verkündigt hat, was die Liebe selbst ist, die ewige, unsichtbare, uns Armen, Verlornen sichtbar geworden, als Kind, als Mitbruder zu uns niedergestiegen, als unser nächster Freund und Nachbar, und dann für unsre Verirrung so schmerzhaft gelitten, und in liebevollster Aufopferung nur unser und aller unserer Schwächen und Verderbnisse gedacht, nur unser im Leben und Tode: – dies sollte ich je vergessen, verschmähen können, dies mein Herz, das in Dankbarkeit vergehn möchte, sollte es dulden, daß man diese Welt von Wunder und Liebe vernichtete, in den Staub träte, und hohnlachend frech das Heiligste in Trümmer schlüge, um es dem Niedrigsten zu verbrüdern?»

«Wer will das, mein Sohn?» rief der Alte; «selbst Türken und Heiden wollen und können es nicht, geschweige denn unsre Brüder, die nur in einfacher, schlichter Weise sich jenem unbegreiflichen Wesen nähern wollen, das uns allen, trotz seiner Unermeßlichkeit, in Liebe und Demut unsers Herzens so nahe befreundet und bekannt vertraulich wird.»

«In dieser Schilderung», sagte der Sohn, «wird man freilich diejenigen nicht erkennen, die unsre Priester morden, die Heiligtümer verbrennen, den Landmann berauben, und, wenn sie den Sieg davontrügen, was Gott verhüten wird, ihre Ketzerei mit Feuer und Schwert über das Land ausbreiten würden.»

«Du siehst es, mein Sohn», sagte der Alte, «weil du es so sehen willst; wir mißverstehen uns immerdar in dieser Sache, weil du dem Verständnis widerstrebst, und freilich, solange du in dieser Leidenschaft bist, wird dir nie jener stille ruhige

Sinn beiwohnen, der nach meinem Ermessen nötig ist, um der Religion fähig zu werden, und der recht eigen der Geist des Christentumes selbst ist, für welches du zwar mit Schwärmerei streiten, aber nicht in wahrer hingebender Liebe leben kannst.»

Der Sohn stand unwillig auf, und ging mit Heftigkeit im Saale auf und ab, dann faßte er die Hand seines Vaters, sah ihm scharf ins Auge und sagte: «Also, Schwärmerei? Mit diesem Worte also, mit diesem toten Laute haben Sie sich genug getan, und meinem trauernden Geist Rede gestanden? Das ist es freilich, was die Welt will, was die Verzweiflung meint, deren Herz erstorben ist. Nicht wahr, die Märtyrer und Helden der christlichen Kirche waren auch nur Schwärmer? Wenn sie lächelnd unter Martern ihr Blut vergossen für den, dem sie nicht Schmerz und Liebe genug opfern konnten, so faselten sie, weil es ihnen an Vernunft und Ruhe gebrach? Alle jene Wunder der Liebe sind nur unreife Verirrungen aberwitziger Leidenschaft, die jene überirdischen Geister nicht mit Rührung und Freude, sondern nur mit mitleidigem Lächeln von oben gesehen haben, und den in Verzückung Verschiedenen wohl alsbald mit Kopfschütteln und zurechtweisendem Tadel entgegengetreten sind? Oh, ehe ich mein schlagendes Herz auf dergleichen Überklugheit und niedrige Zweifelsucht abrichten möchte, möchte ich es mir lebend aus der Brust reißen und mit Füßen treten, und den Bestien zum Fraß hinwerfen.»

«Wir wollen aufhören», sagte der Vater halb zürnend, halb gerührt, indem er ein großes Buch vom Kamin herunternahm. «Dein Gefühl tadle ich nicht, fern sei es von mir, das Heilige zu lästern, aber du weißt es nicht, du mußt es noch erfahren, daß das Große, daß die Wahrheit nur auf der Grenze, auf dem Übergangspunkte dieses Affektes liegt; wie wir sie in der Entzückung gesehen haben, müssen wir auch wieder scheu und mit Ehrfurcht zurücktreten; lockt uns aber in geistiger Schwelgerei zu höherer Entzückung und Vision der Lügengeist hinüber, so gehn wir in Geisteswollust unter, und Truggebilde, furchtbarer Wahn nimmt Seel und Herz gefangen, die Liebe stirbt uns ab; und durch diese traurige Schule wirst du gehn müssen, mein Sohn, und Gott weiß, ob nicht vielleicht mit zertrümmertem leeren Herzen oder als Heuchler jenseit heraustreten. Denn leicht und eben wird die Bahn deines Lebens nicht sein.»

Mit diesen Worten setzte sich der Herr von Beauvais zum Lesen nieder, der Sohn nahm seine Hand und sagte in sanftem Ton: «Nein, mein Vater, sprechen wir noch über diesen Gegenstand, der einmal mein ganzes Leben ausfüllt. Kann Sie denn wirklich diese Lektüre jetzt, dies Hin- und Herfragen des Platon interessieren? Darf ich denn empfinden wie Sie, muß ich denn nicht blind gehorchen, wenn dieser Gehorsam überdies mit meinem Gemüte selbst in Einklang ist?»

«Hetz! hetz!» rief spielend die kleine Tochter, und der Jagdhund fuhr bellend gegen die Tür, und ließ sich nur durch ein Pfeifen seines Herrn beruhigen. Nicht wahr, sagte Eveline, «der Hektor ist ganz rechtgläubig, den könnte man so recht in die Camisards hineinhetzen?»

«Einfältige Dirne!» rief Edmund mit glühendem Gesicht, der Vater sah sie kopfschüttelnd an, das Kind aber sprach: «Edmund hat ja selber sein Herz dem Hektor zu essen geben wollen, so kann ich ihn ja wohl für einen besondern Hund halten. Komm, Hektor, sie tun uns immer unrecht.» Mit diesen Worten faßte sie den Hund beim Halsbande und beide gingen in den Garten.

«Ich verstehe Sie nicht, mein Vater», fing Edmund nach einer Pause an; «Sie sind fromm, Sie besuchen mit Andacht die Kirche, ich muß Sie für einen Freund derselben halten, sooft mir auch der Verdacht des Gegenteils kommt, und doch können Sie es gelassen mit ansehn, daß dieser unserer Kirche der Untergang droht? Und erfüllt sie denn nicht auf die holdseligste Art alle Ahndungen und Wünsche unsers Herzens? Ich zürne immer, wenn manche Priester so sehr auf den Wandel, auf Tugend und Moral dringen, was uns die Heiden lehren konnten, und was die Vernunft von uns fordert; sosehr dies geehrt werden muß, so ist es denn doch die zunehmende Entwickelung und Gestaltung des Wundervollen, welche ich in der Geschichte wahrnehme, die mein Herz immer am schönsten bewegt. In der Ferne liegt dunkel und unkenntlich, aber ganz mit Liebe umhüllt, das *erste* Wunder; nach den Aposteln verstummt die Gabe der Prophezeiung nicht, Heilige und Märtyrer reihen sich an die Verschiedenen, und erfüllen, was die Früheren geahndet; das Geheimnis der Liebe ist ein Unendliches und kann immer nur wieder durch ein neues Geheimnis verstanden werden. Daß die Erklärung des Liebes- und Abendmahles durch kirchliche Beschlüsse sanktioniert wurde, stört mich gar nicht, indem es den Weltlichen nur als zeitliche Begebenheit erscheint, denn im unscheinbaren Keime liegt ja schon die Blüte und die Süßigkeit der Frucht, die nur durch das gereift wird, was wir Zeit nennen; so mußte es geschehn, daß erst späterhin die Ahndung der Seele erfüllt wurde und die Gottesgebärerin als Himmlische verehrt und durch Feste gefeiert: ja so geht *ein* Prophetenmund mit seinem wahrsagenden Gesang durch alle Jahrhunderte und verstummet nie und auch in Zukunft nicht; Fest reiht sich an Fest, Tempel und Gebilde an Bild, die Nachwelt sieht mit gerührtem Auge nach der Liebe der Gegenwart her, wie wir entzückt auf die Vorzeit hinblicken, und nur durch diesen Wechsel, durch dieses Forttönen des ewigen Wortes ist es mir wahrhaft, nur dadurch weiß ich, daß es ehemals klang, dadurch, daß es scheinbar wandelt, wie Blatt in Blüte und Blume in Frucht, und Frucht den Samen der Blüte wieder ausstreut, ist es eine stetige, ewige Wahrheit, durch diese unendliche Fülle, durch diese Unerschöpflichkeit, wie ein Weltmeer von Liebe, dadurch, daß es jedem Sinne, auch dem verschiedensten, entgegenkommt, jede Sehnsucht tränkt, jeden Hungrigen sättigt, nur dadurch ist es ein Einfaches, ein Wahrhaftiges und Selbständiges, und ich hasse jene Wortdeutungen dieser Neuerer, die diese Wunderbegebenheit wie eine Geschichte behandeln wollen, die unsre Messe, Bild, Licht, Tempel, Pomp und Musik Götzendienst zu lästern wagen, und indem sie so das Heiligste verfolgen, verfolgen sie nach den Gefühlen meines Herzens Gott selbst, und man muß sie wie schädliches und giftiges Gewürm ausrotten und vertilgen.»

«Ich verstehe dich, mein Sohn», sagte der Vater, «und möchte dir gern ganz recht geben können, so wie du in der Sache selbst nur meine eigene Empfindung angedeutet hast. Fühlst du so, und bist du dieses Glaubens, so sollte eigentlich weder Streit unter uns, noch mit andern sein. Fühlst du, daß das Christentum in seiner vielseitigen Gestaltung kein Bedürfnis und keine Sehnsucht von sich abweist, daß es jedem Sinn erlaubt und möglich ist, die ewige Liebe auf seine Weise und doch im Geiste der Wahrheit anzubeten, so dürfen auch jene stillen Herzen nicht aus der Gemeine ausgeschlossen werden, die vor jenem Prunk und Gesang, vor jenem Glanz der Tempel, vor jener kunstgemäßen vielseitigen Ausbildung des religiösen Geheimnisses erschrecken. Diejenigen, die wie die Jünger Johannis und Jesu Apostel die Wüste des Jordan besuchen und dort in den Schauern der Berge und in heiliger Einsamkeit das ewige Wort hören möchten, und ihre Kirche wie die Hütte zu Bethlehem zu bauen wünschen, um mit ihrer erregten Phantasie nicht in Kunst und Bilderpracht unterzugehen, und darüber des Heils und Gottes zu vergessen: diese, mein Sohn, sind ebenfalls echte Christen, und der Vater wird sie nicht von sich weisen, was auch unsre Priester hier dir darüber sagen mögen. Schon früh entstand in unsern Cevennen und in den Tälern der Albigenser ein einfacher Glaube, ein stilles Zurückziehen von dem Glanz und der Vieldeutigkeit der bischöflichen und päpstlichen Kirche. Es kann wohl sein, daß für das Wohl des Menschengeschlechts, für Religion, Bildung und Freiheit es in frühern Jahrhunderten gut war, daß der Bischof von Rom sich zum ersten Hirten erklärte, und ein geistliches Reich gründete. Daß aber späterhin die christliche Kirche daran verfallen ist, leidet wohl keinen Zweifel. Der Bischof und Priester war nun nicht mehr ein schlichter Lehrer des Worts und Nachahmer der Apostel, sondern er war zuerst Diener seines geistlichen Oberherrn, der im Kampf der Zeiten vorerst nur sich bedenken mußte und seine Gewalt, indem er der Religion nur zukommen ließ, was jener nicht hinderlich sein mochte. So geschah es, daß, als die stillen Leute in Alby sich in ihren waldigen Tälern versammelten, und sich den Mißbräuchen und willkürlichen Satzungen, sowie der Verderbnis der Pfaffen entziehen wollten, man sie als Ketzer verfolgte, die den römischen Stuhl und also das Christentum stürzen wollten. Gab es damals noch die freie unabhängige Kirche der Bischöfe, so fanden diese erleuchteten Gemüter Schutz und Frieden; man ließ sie auf ihre Weise in Bethäusern mit ihren Priestern Gott dienen, statt daß man jetzt einen Kreuzgang gegen sie predigte und noch das unschuldige, gräßlich vergossene Blut von dort zum Himmel schreit. Wäre nicht damals schon die päpstliche Hierarchie und Christentum ein und dasselbe gewesen, so wären wohl aus diesen Gebirgen Reiniger der Kirche und große Priester hervorgegangen. Schon damals verbreitete sich auch in unsern Bergen jene Lehre, und als die päpstliche Herrschaft zusammenbrach, fanden Calvins Schüler schon seit lange alle Gemüter unterrichtet und vorbereitet. Diese Glaubensweise ist hier so naturgemäß und heilig, wie es die deinige in andern Gegenden sein mag, und sie zerstören wollen durch Verfolgung ist nur dem möglich, der den schönen und mannigfaltigen Sinn des Christentums verkennt, ja er erscheint mir selbst wie ein Empörer gegen diese Religion der Liebe. Seit Luther und Calvin wütete fast ein hundertjähriger Bürgerkrieg in allen Provinzen; teuer sollte diese kostbare Freiheit bezahlt werden, die Päpste und Bischöfe widerrechtlich dem Menschengeschlecht entrissen hatten. Aus dieser Nacht leuchtete endlich unser Heinrich der Vierte hervor und senkte die Palme des Friedens auf seine Länder. Durch das Edikt von Nantes ward endlich die Glaubensfreiheit durch den königlichen Eid, durch das Einstimmen des Parlaments, durch die Einwilligung aller Stände und Provinzen gesichert, sein Nachfolger erneuerte diesen Schwur, und unser Herrscher, der vierzehnte Ludwig, konnte nur unser König sein, indem er über katholische und auch evangelische Untertanen herrschen wollte: so versicherte uns auch sein Eid, den er für sich und seine Nachkommen wiederholte. Lange Jahre herrschte er mit Ruhm und Glück, nun aber, im Alter, von abergläubischen und herrschsüchtigen Gemütern umgeben, nun da sein glänzender Stern längst untergegangen ist, jetzt da das Land erschöpft und arm, da seine Heere geschlagen sind, da die Feinde die Grenze, ja selbst die Hauptstadt bedrohen, da Deutschland, England und Holland, hier in der Nähe Savoyen, uns mit dem schlimmsten Unheil dräuen – nun erwacht sein Gewissen, er meint, den Himmel und das Glück zwingen zu können, wenn nur katholische Untertanen ihn König nennen, er sendet – unbegreiflich verblendet – Bekehrungsapostel in die Gebirge; und Drohung, Zwang, Mord und Raub sind die Ermahnungen, die an die Armen ergehen. Nun, wir haben ja in unserer Nähe diese Schrecken gesehn, und so begeistert du für deine Partei bist, mein Sohn, so weiß ich doch, daß dein menschliches Herz mehr wie einmal davon zerrissen war. Plötzlich – und konnte er es, frage dich selbst, ob er es durfte? – nimmt der König jenes Edikt zurück, und löst willkürlich seinen Schwur, ohne zu fragen, zugleich den Schwur der Vorfahren und der Parlamente, aller Landesstände. Er selbst zerreißt im frommen Wahnsinn, was ihn an den Bürger bindet, den Untertan ihm verknüpft; das heilige Palladium, das Unantastbare ist entweiht, vernichtet, und der Wut, dem Morde, der fürchterlichsten Raserei des Blutdurstes sind die armen Gebirgsbewohner preisgegeben. Der stille Weber, der Hirt, der fromme Ackerbauer, der noch gestern ein ehrbarer Christ, ein geachteter Bürger, ein guter Untertan war, ist durch die Zurücknahme des Ediktes, ohne daß er nur etwas gefehlt hätte, heut ein Empörer, ein Geächteter, den Rad und Scheiterhaufen erwarten, gegen den alles, auch die wildeste, verworfenste Grausamkeit erlaubt ist. Seine Tempel werden verschlossen und geschleift, seine Priester vertrieben und ermordet; er begreift sein Unrecht nicht und fühlt nur sein Unglück; es erhebt sich in der Seele Tiefe jener Geist, der sich seiner ewigen, unverlierbaren Rechte erinnert, und wieder ist Krieg da und gegenseitiger Mord; nun hetzt sich Grimm an Grimm, das Leben wird wohlfeil, Marter wird Lust, und wenn es böse Feinde gibt, so müssen sie von den Zinnen der Gebirge schadenfroh in dies unselige Gemetzel hohnlachen, wo von Liebe, Gottesfurcht, Demut wohl auch die letzte Spur mit rauchendem Blut verdeckt ist. Meinst du nun, ich müsse so Christ sein, um die Greuel meiner Partei zu rechtfertigen, oder so Untertan, um diesen Henkersknechten des Marschalls meine Hand zu bieten: so ist unsre Ehrfurcht vor dem Könige, sowie unsre Anbetung Gottes freilich unendlich verschieden.»

Edmund hatte ohne Zeichen der Unruhe dieser langen Rede seines Vaters zugehört, endlich sagte er tiefseufzend: «Wir stehen also an zwei verschiedenen Ufern, ein breiter Strom zwischen uns; ich fasse Ihre Gesinnung so wenig, daß ich davor erschrecke, denn sonach möchte unsre heilige Religion nun immerhin in leerem Wahn eines jeden Toren verschwinden, der frech genug ist, sich zum Lehrer aufzuwerfen, und geschickt genug, den unwissenden, neuerungssüchtigen Pöbel zu verführen: so möchte denn das heilige Gebäude des Staates, mit seinem vom Himmel selbst geweihten Stellvertreter, nur immerhin in den Staub sinken, wenn jeder Unzufriedene es wagen darf, grade die Rechte, wegen welcher der König König ist, ihm wegzustreiten und, wenn er Gelegenheit findet, zu rauben. So komme denn Chaos und Anarchie, und bringen sie die grimmigen Hunde des Mordes, der Rachsucht und Schwert und Feuer mit sich, um die Freunde der Krone, um den Adel und die Priester zerfleischend zu morden. O mein Vater, nur dahin führet Ihre Lehre. Kann mein König mir nicht mehr mein sichtbarer Gott auf Erden sein, dem ich mein ganzes Herz mit allen seinen Trieben blind und unbedingt unterworfen, kann ich nicht glauben, daß ihm die Verantwortung einzig obliegt, so kann ich weder handeln, noch denken. Soll meine Kirche, für welche unzählige Wunder und Tausende der erhabensten Geister sprechen und sie bewähren, irgendwo einer aus dem Winkel gekrochenen armseligen Gemeinde von gestern, die mit grobem Trug und Aberwitz das gemeine Elend ihrer Verächtlichkeit decken und putzen will, weichen – nein, so möchte ich so gut zu den blödsinnigen Heiden am Nordpol flüchten und mich ihnen in dumpfer Gläubigkeit anschließen.»

«Wunder?» rief der Alte aus, «und was nennst du denn Wunder? Das blöde Auge sieht sie nicht, eben weil sie zu groß und zu gewaltsam sind. Daß dieses arme Volk, das schon zufrieden war, wenn es oft nur sein kümmerliches trocknes Brot hatte, das hinter seinen Bergen jeden Beamten und Offizier wie eine Gottheit verehrte – daß dieses es wagte, dem Intendanten, dem Marschall mit seinem Heere und dem Könige selbst Trotz zu bieten – daß es dieser gemeine arme Mann vermag, für seine Lehre Weib, Kind, Leben zu opfern und unter Martern zu sterben: ist denn dieses kein Wunder? Eine arme Rotte, ohne Erziehung und Waffen, ohne je den Krieg gesehn zu haben, von Burschen geführt, die kaum wissen, was ein Schwert sei, schlagen regulierte Truppen und bekannte Anführer in mehr als einem Gefechte, und zuweilen einer gegen vier – ist das kein Wunder? – Wie, wenn diese Empörer, wie sie freilich sind, nun auch darauf die Wahrheit ihrer Lehre begründen wollten; was könntest du ihnen entgegensetzen?»

«Nennen Sie doch lieber», sagte Edmund mit Bitterkeit, «auch ihre Propheten, ihre Verzuckungen, ihre abgeschmackten, krampfhaften Verzerrungen, die die Kinder schon von den Alten lernen, und mit dem Namen Gottes im Munde so plump lügen und betrügen.»

«Mein Sohn», sagte der Vater seufzend, indem er dem Jüngling mit Rührung in die dunklen Augen schaute: «in aller aufgespannten Leidenschaft wird der Mensch in ein unerklärliches, aber meist schreckliches Wunder verwandelt; dann wird leider oft wahr und sein eigenstes Wesen, was die wildeste Phantasie selbst nicht rasender ersinnen könnte. Hüte sich jeder vor diesen Zuständen, noch weniger suche er sie, wie du tust, Edmund; dein Feuer wird dich verzehren. Geh nicht so oft zum Fräulein von Castelnau hinüber; dies nährt deine Schwärmerei und richtet dich zugrunde.»

Edmund verließ schnell, und ohne ein Wort zu sagen, den Saal. Der Alte sah ihm seufzend nach und sprach zu sich: leidenschaftliche Liebe und Bigotterie, von einem enthusiastischen Weibe genährt, was können sie noch in dieser Jugend und in unsern Tagen aus dem Armen machen? Wer weiß, welch Elend mir noch bevorsteht.

«Um Gottes willen, gnädiger Herr», stürzte der alte Franz herein, «– was ist es doch mit unserm Sohn? da rennt er ohne Hut drüben den Weinberg hinauf, und das Gewitter ist ganz nahe. Ach, wenn Sie ihn doch lieber nicht ausgescholten hätten! Er läßt doch nun einmal von der Frauensperson nicht!»

«Woher weißt du», fragte der Vater, «daß von der die Rede gewesen ist?»

«Er lief an mir vorüber», erzählte Franz, «und sah mich mit dem ganz eigenen grimmigen Blick an, den er immer nur hat, wenn man von Fräulein Christine etwas sagt; so stampft er auch nur alsdann mit den Füßen; er hat dort den Apfelbaum umgerissen, und seinen Hektor, der ihm nachlief, mit dem Fuß zurückgestoßen, was er sonst nie tut; unser Edmund tut sich noch einmal ein Leid an.»

«Gott wird über ihn wachen», sagte der Vater; da fuhr aus der finstern Wetterwolke ein roter Blitz nieder und erleuchtete seltsam die Weingebirge umher, gleich darauf erkrachte ein so ungeheurer Schlag, daß das ganze große Haus zitternd erdröhnte. Hektor schmiegte sich an Franz, und die kleine Eveline rannte mit nachflatternden blonden Locken zur Saaltür herein, indem gleich hinter ihr ein Platzregen rauschend niederstürzte.

Man sah mit großer Eil allenthalben die Herden zusammentreiben; die Hirten schrieen, die Hunde bellten, und zwischen den Schlägen des Ungewitters brausten die Bäume; die Bäche liefen lautrieselnd die Hügel herunter, und auf das

Dach des Hauses schlug der Regen mit starkem Gerassel. Martha fing aus dem oberen Stockwerk an laut zu singen; bald darauf hörte man Pferdegetrappel und eilige Fußtritte. Die Tür öffnete sich und herein traten drei Männer, von denen der vordere, welcher vom Pferde gestiegen war, sich mit diesen Worten an den Eigentümer des Hauses wandte: «Not kennt kein Gebot! das Sprichwort, Herr Parlamentsrat, hat wohl recht, denn sonst hätte ich nicht gewagt, eine ehemalige Bekanntschaft so ungestüm zu erneuern: ich bin der Pfarrer von St. Sulpice, hinter St. Hippolite, und bin so dreist, bei dem gräßlichen Unwetter hier in der einsamen Gegend Ihr Obdach auf ein Stündchen anzusprechen.»

«Sie sind mir willkommen, mein Freund», sagte der Parlamentsrat, «so wie die übrigen Herren; ein Feuer soll Sie erwärmen und trocknen, und Sie tun besser, heut abend hier zu bleiben, denn das Unwetter wird gewiß bis zur Nacht währen, wie es in hiesiger Gegend gewöhnlich geschieht.»

Franz und ein andrer Diener hatten schon ein Feuer in dem großen Kamin angezündet und die Fremden näherten sich der wohltätigen Flamme, um ihre Kleider zu trocknen, indes der Pfarrer den Diener bat, für seinen Klepper Sorge zu tragen. Die beiden andern Fremden hatten nur durch stumme Verbeugungen ihre Verehrung dem Parlamentsrate bezeigt und ihre Bitte vorgetragen, während die kleine blonde Tochter die augenblickliche Verwirrung benutzte, um sich den Gästen zu nähern und sie neugierig zu prüfen. Der eine schien ein Jäger, denn er trug grüne Kleidung, einen Hirschfänger und Büchse, die er sorgfältig, weil sie geladen war, auf den Kamin legte. Indes alle diese verschiedenen Anordnungen getroffen wurden, hatte Eveline schon mit dem dritten Fremden, der ihr der liebste schien, auf ihre Weise eine Bekanntschaft angeknüpft; sie reichte ihm ihr Tuch, sich den Regen vom Gesichte zu trocknen, sie bot ihm einige Früchte, die er lächelnd ausschlug, und nachdem sie ihn lange angesehen hatte, sagte sie zu ihm: «Wo hast du denn deinen Hut gelassen?» – «Den hat mir draußen auf dem Felde der Sturm genommen», sagte der fremde junge Mensch, «und ihn weit, weit hinweggejagt, so daß ich ihn nicht wieder fangen konnte.»

«Das muß lustig gewesen sein», sagte Eveline lachend: «du hinter dem Hut her, der Sturm hinter dir, der Regen hinter dem Sturm; den Hut hast du nicht bekommen, aber Regen und Sturm haben dich eingeholt.»

Herr von Beauvais näherte sich und fragte: «Du unterhälst schon den Fremden?» – «Sieht er nicht», rief das Kind, «so gut und freundlich aus, wie der Schulmeister im Dorf, der mich lesen lehrt, der aber mit den jungen dünnen Beinen so früh hinken muß?»

«Sei recht artig, mein Kind», sagte der Rat freundlich, indem er ihr die blonden Locken aus der Stirn strich. Er betrachtete unter Begrüßungen ebenfalls seinen Gast, der wirklich kaum noch sechzehn oder siebzehn Jahre zu haben schien, er war etwas unter der gewöhnlichen Größe, von schwächlichem Körperbau, aber, wie die Tochter gesagt hatte, im Blick und Ausdruck des Gesichts die Freundlichkeit selbst; ein leichtes Rot färbte die schmalen Wangen, das Auge war hellblau und bekam durch einen Flecken auf dem rechten Augenlide einen sonderbaren Ausdruck, kurze blonde Haare lagen schlicht und dicht an der hellweißen, glänzenden Stirn, seine Stimme hatte etwas Mädchenhaftes durch ihre Höhe; und nach seinen Gebärden und dem verschämten Wesen hätte man ihn leicht für eine verkleidete Jungfrau halten können.

«Ich komme heut vom Pont du Gard herüber und wollte noch nach Montpellier, als mich dieses Unwetter zum Glück dicht vor Ihrer Tür überraschte, Herr Parlamentsrat», sagte der Pfarrer, indem er sich wieder näherte. «Ich muß gestehn, daß ich nicht geglaubt hätte, ein solcher Bau, wie diese Wasserleitung, sei möglich, wenn mich nicht jetzt meine Augen überzeugt hätten. Ich zweifle, daß das Coliseum in Rom, oder die ungeheure Peterskirche dort, so großen Eindruck auf mein Gemüt machen könnten, wie diese majestätisch übereinander gewölbten Bogen und Säulen, die so kühn und leicht zwei entfernte Berge miteinander verbinden.»

«Wer dieses Wunderwerk alter Zeiten noch nicht sah», sagte der Parlamentsrat, «muß jede Erzählung davon für übertrieben halten; und so werden Sie es, Herr Pfarrer, vielleicht auch nicht glauben, daß es immer größer wird, je öfter man es sieht, daß man sich nie daran gewöhnt, ohngeachtet gleich der erste Anblick so wohltuend befriedigt, und im Gefühl des Erhabenen die schönste Behaglichkeit uns umfängt. So muß es aber wohl mit allem echten Großen sein.»

«Diese heidnischen Römer», sagte der Pfarrer, «haben darin viel geleistet und müssen uns immer noch zu Lehrern dienen. Auf dem Wege hieher habe ich aber vor dem Gewitter rechtschaffen schießen hören.»

«Sie liegen sich heut wieder in den Haaren», sagte der Jäger, «die Camisards und die königlichen Truppen; heute aber sollen die Hugenotten ganz und gar verspielt haben.»

«Wie das?» fragte der Rat. – «Ich hörte jenseit dem Wasser – gottlob, daß ich herüber bin! – sie hätten Catinat und Cavalier gefangen, und nun würde es wohl mit dem ganzen Kriege aus sein. Schade um Herrn Cavalier, sag ich, wenn sie ihn auch so totmachen täten, wie manchen andern.»

«Warum schade?» fuhr der Pfarrer auf. «Was verdient der Rebell denn anderes? Ihr seid wohl auch ein Anhänger der neuen Lehre?»

«Nein, Herr Pfarrer», sagte der Jäger, «ich war im Lande einer der allerersten, die sich von den Herrn Dragonern bekehren ließen. Sie kamen in des Königs Namen, und – des Brot ich esse, des Lied ich singe – freundlich waren sie nicht sonderlich; dreißig im Dorf wurden totgeschlagen: ‹Hund!› hieß es, ‹den reinen Glauben, oder krepiere!› – ‹Warum denn so barsch›, sagte ich, ‹ich bin gar nicht gegen den Glauben eingenommen, nur könnt ihr's doch wohl ein bissel freundlich von euch geben.› So schlug ich denn in mich, wie ich die greuliche Wirtschaft sah, und diene jetzt bei einem echt katholischen Herrn, dem Intendanten von Basville. Ich meine nur, um den Cavalier sei es schade, denn der ist gut, und hat schon manchem braven Offizier was aufzuraten gegeben.»

«Das muß wahr sein», sagte der Pfarrer begütigt, «er ist der einzige unter den Rebellen, der es versteht, die Sache zu führen; unerschrocken wie ein Löwe, großmütig, immer kaltes Blut, weiß vortreffliche Dispositionen zu machen, ist menschlich gegen die Gefangenen, ist zum Helden und Anführer geboren, und um so mehr zu bewundern, weil er hinter den Schweinen groß geworden ist. Durch ihn bin ich um meine Pfarre gekommen, und treibe mich jetzt hier in der Camargue, Nismes und Montpellier herum, um eine andre Stelle zu erlangen.»

«Wie ist das, mein Herr?» fragte der Rat.–

«Was deines Amtes nicht ist, da laß deinen Vorwitz! pflegt man zu sagen; aber nicht immer folgt man den weisen Lehren», erwiderte jener, «denn Blut und Leidenschaft bemeistern nur zu oft unsre Vernunft. Sie wissen, daß schon seit geraumer Zeit gegen die Camisards in den Cevennen eine Art Kreuzzug gepredigt ist; die jungen Leute in Nismes und auf dem Lande umher haben sich zu Freiwilligen gemacht und lauern den Rebellen auf, wo sie nur können; der Einsiedler bei Saumure, ein alter Hauptmann, hat sich mit einem Trupp verzweifelt tollkühner Bursche auf die Beine gemacht, und ficht wie ein Simson; nur sagt man ihm nach, daß er es so genau nicht nimmt, sondern nach Gelegenheit Freund wie Feind behandelt und schon manchen Altkatholischen geplündert oder ins Gras gestreckt hat. Je nun freilich, kommt es erst so mit allen Gemütseigenschaften zum Handgemenge, so ist nicht mehr so genau achtzugeben, ob auch zuviel geschieht; er hat gewiß seinen Rosenkranz vorsichtiger abgebetet, als er jetzt das Totschlagen abzählen kann. Kurios genug, daß ein Einsiedler, der ganz der Welt hat absterben wollen, wieder auf derlei Abenteuer zieht. Das alte Soldatenblut ist wohl wieder in ihm aufgewacht. Wie ich also in meinem einsamen Dorfe hinten im Gebirge von diesen Dingen hörte, so wurde ich davon auch befeuert, oder begeistert, und nahm mir vor, Gott und dem Könige ebenfalls meinen kleinen Dienst zu tun. Meine Pfarrkinder wollten von der Geschichte nichts wissen: lieber Himmel, es ist kein Heroismus in ihnen, sie haben eine Antipathie gegen Blessur und Tod, oder halten es gar heimlich mit den Camisarden, wie ich der Satansbrut immer zugetraut habe; denn soviel ich auch in der Kirche schrie und tobte, haben sie unter meiner Predigt meist immer geschlafen, und da sie das bei meiner lauten Stimme so wacker können, beweiset dies schon allein, daß sie so ziemlich vom Teufel besessen sein müssen. Wie gesagt, ich schaffte einiges Volk zusammen, ein paar spanische Deserteurs, drei Savoyarden, fünf Kerle, die dem Gefängnis entsprungen waren, und zwei ungeheuer verwegene Kesselflicker. Es war dazumal, als Cavalier so unbegreiflich die Stadt Sauve, mitten im Gebirge, eingenommen und gebrandschatzt hatte. Marsch ging's ihnen entgegen, neben St. Hippolite weg, denn ich hatte Wind, daß dieser Hauptrebell mit einem kleinen Trupp sein Corps verlassen hatte. Richtig treffen wir ihn, als wir hinter einer Bergschlucht hervorkommen. Ich rief ihm zu, sich zu ergeben; er will nicht: bauz! schieß ich einen Kerl nieder, der neben ihm steht, mit Säbel und Gewehr vor, hau auf sie ein, durch sie hindurch – Herr, es war ein Augenblick in meinem Leben, als wenn drei Regimenter in meinem Leibe wären – es wird geschossen, ich seh zurück, – da liegt meine ganze Armee hinter mir von den paar Kerlen zusammengehauen – meine Courage verläßt mich, ich reite, was mein Pferd vermag – es ist noch derselbe Wallach, gnädiger Herr, draußen in Ihrem Stall, – ich bin gerettet. Cavalier, hör ich, war ein vernünftiger Mann; aber der Spitzbube, der sich, nach dem vormaligen Marschall, Catinat nennt, wiegelt die anderen auf; sie ziehen in mein Dorf, machen mit meinen Beichtkindern gemeine Sache, stecken mir das Haus, und sogar die liebe baufällige Kirche an, und verschwören sich, wenn ich mich dort wieder sehen ließe, mich in zehntausend Stücke zu hauen. Da ich nun das alles um des Vaterlandes willen erlitten habe, so ist es auch billig, daß man mir meinen Verlust vergütet, und ich soll auch binnen kurzem hier in der Nähe von Nismes eine bessere Stelle mit einer guten christkatholischen Gemeine erhalten.

So war mein Ritterzug geendigt, aber ich habe geschworen, wo ich nur einen dieser Mordhunde seh und treffe, oder mehr – und wären es hundert – sie meine Rache fühlen zu lassen.»

Der Parlamentsrat entfernte sich mit Unwillen von diesem Geistlichen, und sah erfreut auf, als Edmund jetzt umgekleidet hereintrat. «Das ist ein Hexenwetter!» sagte dieser, und küßte die Hand des Vaters, die dieser ihm freundlich hinreichte. Dann mischte er sich unter die Gesellschaft und hatte bald mit dem redseligen Geistlichen ein Gespräch angeknüpft.

«Wie ich sage», fing dieser wieder in seiner schreienden Weise an, «es ist mit diesen Mopsköpfen ein eigenes und unbegreifliches Wesen. Daß Kinder, die kleinsten Krabben von drei Jahren, sich mit Ermahnen und Bußepredigen abgeben, und so vertraut von allen Sünden sprechen, als hätten sie schon längst das ganze Register davon durchgemacht, ist eine weltbekannte Sache; oft wollen die Blitzkröten noch obenein prophezeien, sprechen meist in gutem, klarem Französisch, was sie oft wohl Zeit ihres Lebens noch nicht gehört haben – das erklär mal einer alles, wer seine Lust am Erklären hat. Einige sagen, es sind Krämpfe, andere, sie sind vom Teufel besessen, die von ihrer Partei halten es für Inspiration. Drüben in Alais sitzen einige hundert, groß und klein, alt und jung, das prophezeit durcheinander, daß die Mauern des Gefängnisses brechen möchten. Nun hat sich das Collegium medicum von Montpellier hinübergemacht, jeder Doktor hat Kappe und Mantel mitgenommen, ja ich glaube, sie haben auch den uralten Mantel des Rabelais mitgeschleppt, um ihrer Kunst recht gewiß zu sein. Da haben sie nun observiert, diskurriert, disputiert, kalkuliert, spekuliert, deduziert – und was ist das Ende vom Liede? Daß wir so klug sind, wie zuvor. Für göttliche Eingebung, sagen die weisen Herren, können sie es nicht halten, weil König und Geistlichkeit so sehr dagegen sind; weil aber die Leute doch lauter geistliche Dinge sprechen und singen, für Besitzung des Teufels ebensowenig, auch kännten sie die Art und Weise dieses Herrn noch nicht. Krämpfe und körperliche Gebrechen seien es auch nicht, sondern es sei ihnen etwas ganz Unerhörtes und Neues, was man auch wohl neu benamen, und daher wohl am besten Fanatismus, und diese Leute Fanatiker nennen müßte.»

«Es gibt auch wohl viele Dinge», sagte der Jäger lebhaft, «die nicht zu erklären sind; ich halte die Leute einmal alle für verhext, mit Ihrer Gnaden Erlaubnis. Denn, wenn Sie nichts dagegen haben, so ist das die allerleichteste Erklärung. Drum tut man auch nicht so sehr unrecht, sie zu verbrennen – immer den Herrn Cavalier ausgenommen, um den es mir leid tun sollte – und das geschieht wohl hauptsächlich, damit sie nicht nach und nach die ganze Gemeinde anstecken, denn man sieht ja, wie das Übel täglich um sich greift, und wie einer die Bosheit vom andern lernt. Das Hexen aber ist ebensowohl etwas Körperliches, wie Geistiges, etwas Sichtbares, wie Unsichtbares; und nicht bloß Menschen, auch Häuser, Berge, Flüsse können verzaubert sein; und das habe ich selbst in meinem Leben erfahren.»

«Und wie?» fragte der Rat.

«Kennen Sie nicht die große Esche, die da so weit und breit auf dem Felde, zwischen dem Schlosse Castelnau und der Stadt Alais steht? Nicht weit davon ist der alte ungeheure Ölbaum, von dem sie sagen, er zähle schon drei oder vierhundert Jahre, aber soviel ist gewiß, die beiden Bäume, besonders aber die Esche, kann man meilenweit in der Ebene und von den Bergen sehn.»

«Ich kenne beide Bäume sehr gut», sagte Edmund.

«Nun», fuhr der Jäger fort, «unter dieser Esche ist es nicht geheuer. Als ich noch als ein junger Bursche bei dem Vater des jetzigen Fräuleins von Castelnau diente, die fast immer in der Stadt Alais lebt, weil das Schloß ihr wohl zu einsam sein mag, – da ging ich auch, wie ich natürlich oft tat, einmal aus, um Hasen zu schießen: es war gegen Abend, und ein Wetter, wie das heutige, überraschte mich. So tret ich unter die große Esche, um nicht naß zu werden, und kaum hab ich mich etwas an den Stamm gelehnt, gnädiger Herr, so fühl ich solche Angst und Bangigkeit, solch Herzklopfen, ein Zittern befällt mich, mir grauset's – ich muß fort – ich werde naß – ich kehr wieder um, und wieder dieselbe Angst unter dem Baum. Es litt mich nicht dort, ich mußte ins Freie, in den Regen, der so groß, als wenn der Himmel einfallen wollte. Am andern Tage, es war heller Mittag und Sommerwetter, sag ich zu mir: Narr! hast dich geängstet, weil es schon dunkel wurde, hast dich vielleicht vor dem Einschlagen gefürchtet; wirst ein herrlicher Jägersmann werden, wenn du so wenig Herz hast, – und geh so halb lachend unter den Baum, bildete mir ein, im Schatten zu schlafen – aber nichts! noch gräßlichere Angst und Graus, Zähnklappen und Frost befällt mich – ich muß fort! – Da erzähl ich einem älteren Förster das Ding: ‹Narr›, sagt der zu mir, ‹haben dir das die Jäger nicht gesagt? Der Baum leidet keinen unter sich, das ist eine alte Geschichte.› Er konnte mir auch nicht sagen, weshalb, warnte mich aber, keinen Mutwillen damit zu treiben. Ließ es doch nicht, sondern ging mal wieder mit einem jungen Burschen hin. Dem bekam es aber übel, denn er wurde tödlich krank nach der Angst. Seitdem vermeide ich den Baum, und so tut jeder, der ihn kennt. Er muß auch irgendeinmal verhext worden sein.»

«Weiß der Himmel, was das alles mag zu bedeuten haben», fing der Pfarrer von neuem an, «aber wir leben wenigstens in Zeiten, in denen so vieles geschieht, was man ehemals für unmöglich gehalten hat. So ist es mit diesen weissagenden Kindern eine unbegreifliche Sache. Schon vor einigen Jahren hörte man, daß es hie und dort, in den Cevennen, in Dauphiné, im benachbarten Beauvarais dergleichen gebe, man reisete aus, um sie zu hören und zu sehn. Jetzt sind ganze Dörfer davon voll, man sieht sie auf den Märkten, in den Schenken, und wie die ehemaligen Kinderkrankheiten scheint es, daß alle Kinder diese Gabe der Prophezeiung überstehen müssen. Die Regierung hat es so scharf verpönt und die Eltern dafür verantwortlich gemacht, diese in die Gefängnisse gesteckt, die Väter auf die Galeeren gesandt, weil man glaubte, daß von diesen nur der Betrug herrühre. So kam auch ein Bauer meiner Gemeine zu mir und sagte: ‹Herr, um

Gotteswillen, helft! Mein kleines Mädchen von sechs Jahren hat gestern angefangen zu prophezeien, ich bin ein geschlagener Mann, wenn das Ding auskommt; ich und meine Frau sind gewiß rechtgläubig, wie Ihr es bezeugen könnt, aber man nimmt uns als Rebellen fest, wie es so vielen geschehen ist.› – ‹Braucht nur die Rute›, sagt ich, ‹laßt die Dirne hungern, so wird ihr das Wahrsagen schon vergehen.› – ‹Ist alles geschehen, ehrwürdiger Herr›, heulte der Alte, ‹und mehr als ich vor meinem Gewissen verantworten kann; das Kind ist krank von meinen Mißhandlungen, denn sowie es anfängt zu wahrsagen, oder die Psalmen zu singen, die es bei mir niemals gehört hat, so wird es grausam gezüchtigt; seit drei Tagen habe ich ihm keinen Bissen Brot gegeben, aber es läßt nicht nach, und treibt das Ding immer ärger. Kommt doch nach meinem Hause und seht selbst; ist es Besessenheit, so könnt Ihr beschwören, ist es was anders, so könnt Ihr ermahnen.› – Ich hatte solche prophezeiende Kreatur damals noch nicht gesehn und ging also aus Neugier mit dem Alten. Wie wir in das Haus traten, saß das Kind bei der Spindel, es war blaß und mager und sah einfältig aus. Es klagte über Hunger und Schmerz. ‹An dem Kinde ist ja nichts zu sehn›, rief ich. – ‹Ach! wenn es immer so vernünftig wäre›, sagte der Bauer. Indem bekam das Wurm ein Schluchzen im Halse: ‹da haben wir die Bescherung›, rief der Alte, ‹nun geht das Unwesen los – beschwört, Herr Pfarrer!› – Wie die Kleine sich so würgte, fing ihr an der Leib aufzuschwellen, sie fiel auf die Erde, die Brust klopfte und hob sich, und plötzlich hörten wir wie einen ganz fremden Ton, der dem Kinde gar nicht eigen war: ‹Ich sage dir, mein Kind, wenn deine Eltern Buße tun, und dem Geiste folgen, so wird alles gut und herrlich sein, und ihr werdet an der Freiheit und meinem Worte teilnehmen.› – Ich war erschrocken, besonders darüber, daß das Gewürm so reines Französisch sprach, wie vornehmer Leute Kind; ich besprengte sie mit dem Weihwasser, ich beschwor mit Macht, um den Teufel, wenn es einer war, auszutreiben. Alles umsonst, die Kleine rief: ‹Ich sage dir, die Götzendiener werden euch nichts anhaben können, und dieser Böse wird seinen Lohn für seine Missetaten finden.› – Damit meinte sie mich, die Unglückliche, weil ich in meinem Berufe so eifrig war. Nun ging das Reden und Singen fort, und lauter Gottesfurcht und Ermahnung zur Buße, wie ich es kaum besser hätte machen können; bis sie denn wieder aufwachte und so elend und einfältig war wie vorher. ‹Ich kann nicht helfen›, sagte ich zu meinem Beichtkinde, ‹Ihr seht, Gottes Wort und Weihwasser schlägt nicht an, Hunger und Prügel ebensowenig, Euer Zureden auch nicht, die Furcht, Euch unglücklich zu machen, wirkt nichts, überlaßt die Sache sich selbst.› Kurz, das Kind aß und trank wieder und wurde im Bußpredigen immer eifriger, so daß es den Vater bekehrte; wenigstens lief er ins Gebirge zu den Camisarden und sagte, wenn er gestraft oder hingerichtet werde, so wolle er wenigstens wissen, wofür. Seht, so habe ich im vorigen Jahre manche Beichtkinder verloren, denn wenn sie einmal erst Verdacht auf sich gezogen hatten, so wurden sie lieber geradezu Rebellen, um nicht Angst, Mißhandlung, wohl gar den Tod, sozusagen ohne Ursach, zu erleiden. Noch sonderbarer ging es mir mit dem Hirten aus meinem Filialdorf. Das war ein wilder, ruchloser Kerl, aber so rechtgläubig, als man sich nur wünschen konnte; er hatte schon mehr als einen Camisarden und Verdächtigen an das Messer geliefert. Der kommt eines Morgens in aller Frühe zu mir gerannt und schreit: ‹Helft, helft, Herr Pfarrer!› – ‹Nun, was gibt's›, sprech ich, ‹haben Euch die Camisards das Haus angesteckt, wie sie Euch immer wegen Eures Eifers gedroht haben?› – ‹Ach, viel schlimmer, viel schlimmer›, schreit der Kerl, und ringt die braunen, knochigen Hände. – ‹Nun, sprecht's los vom Herzen, Schäfer›, sag ich. – ‹Ihr kennt doch›, fängt er an, ‹meinen Sohn, den großen Michel.› – ‹Wer soll den langen Bengel nicht kennen? Kennt ihn doch fast das ganze Gebirge; das ist ja Euer Hauskreuz, daß der Blödsinnige zu nichts zu brauchen ist, daß er weder arbeiten, noch Vieh hüten kann, daß er so dumm ist, daß er kaum zur Kirche zuzulassen war, er auch die Gemeine noch oft stört; der bloß zum Lasttragen taugt, und am liebsten mit den Hunden lebt, die fast wie mit ihresgleichen mit ihm umgehn. Ist der aus dieser Zeitlichkeit gegangen, so seid froh, Ihr habt eine Last weniger.› – ‹Das ist es ja nicht›, schreit der Mann, wie besessen, ‹ach! darüber würd ich nicht klagen; aber denkt, wer hätte um alle Welt geglaubt, daß der lange Besenstiel zum Propheten werden würde?› – ‹Wie?› ruf ich, und der Mund und die Augen stehn mir starr offen vor Erstaunen; ‹also, wer so zu gar nichts auf Erden zu brauchen ist vor Dummheit, kann immer noch einer von diesen Propheten werden?› So ging ich mit dem Alten, aber die Sache kam noch wunderlicher. Wie wir ins Haus treten, ist der dürre Knochenmann eben im Wahrsagen, spricht in einer reinen Sprache von der Befreiung Frankreichs, von Freiheit des Glaubens, von bessern Zeiten, ermuntert zum Kampf. Ich versuche zu beten und zu beschwören; der Vater aber erwischt seinen großen Hirtenstock, und damit über ihn her, so daß ich glaube, er hätte ihn erschlagen, wenn ich ihm nicht in den Arm gefallen wäre. Drauf hören wir dann ein wenig zu, und was geschieht? Plötzlich gurgelt's dem Alten im Halse; er seufzt, verdreht die Augen, stürzt gegen die Wand und dann zur Erde, und nachdem sich die Brust ein paarmal mächtig gehoben und gesenkt hatte, fängt er ebenfalls an, und singt Psalmen, ermahnt zur Buße, prophezeit vom Fall Babels; so daß hier nicht paßte: So wie die Alten sungen, zwitscherten die Jungen. Ich denke, ich bin verzaubert, mir fällt mein Priestergewand aus den Händen, ich kann den beiden Rasenden nur zuhören, die lauter Frömmigkeit und Bibelsprüche daherheulen, und wie ich noch dem blauen Wunder in Angst und Schrecken zuschaue, geschieht mir wie ein Ruck in allen Gebeinen, und, Herr! so wahr der Himmel über uns ist, ich fühle auch die Lust in mir, so Krämpfe zu kriegen und das unglückselige Ding mitzumachen. Ich renne hinaus unter Gottes freien Himmel, ich denke an alle Ehrwürdige, an meinen Bischof, an die große Kirche und Orgel in Montpellier, an den Brief, den ich von dem ermordeten Abt von Chably besitze, an unsern erlauchten Marschall von Montrevel und seine Parade-Uniform und dergleichen – und gottlob! das Knurren geht mir wieder aus dem Leibe und ich bin wieder ein vernünftiger Mann und christlicher Priester. Seitdem seh ich das Zeug mit Graus an, und sei es nun Hexerei, Besessenheit, körperliche ansteckende Krankheit, oder der unbekannte neue Fanatismus der Herren Ärzte, ich habe wenigstens erfahren, daß der Mensch leicht überschnappen kann, und daß der Spanier mit dem Sprichworte recht hat: kein Mensch kann sagen, von diesem Wasser werde ich nicht trinken. Die beiden Schäferkerle sind nun auch in die Wildnis zum Cavalier gelaufen und große Glaubenshelden geworden.»

Der alte Parlamentsrat war während dieser Erzählungen mehr als einmal hinausgegangen, den Dienern Befehle zu geben; diese hatten indessen still die Tafel bereitet und das Abendessen aufgetragen. «Meine unbekannten Freunde», sagte der alte Mann mit liebenswürdiger Laune, «die mir der Zufall und das böse Wetter so unvermutet beschert hat, und die mir – den Herrn Pfarrer ausgenommen – gänzlich fremd sind, laßt uns gesellig und ohne Umstände an dieser Tafel Platz nehmen, eßt und trinkt, und möge euch nachher ein wohltätiger Schlaf in meinen Betten erquicken.» Edmund sah hoch auf, und glaubte erst nicht, daß sein Vater Ernst machen könne; der Pfarrer maß den Jäger und noch mehr das junge Bürschchen mit einem lange Blicke, sah ihm dann lächelnd ins Auge, um ihm dadurch einen Wink zu geben, sich auf jeden Fall aus dieser vornehmen Gesellschaft zu entfernen, auf welche nur er Ansprüche machen könne; aber die kleine Eveline hing sich dem jungen Menschen an den Arm und zog ihn neben sich an den Tisch, wo er sich auch gleich, ohne etwas anderes abzuwarten, mit ihr zuerst niedersetzte. «So recht», rief der Rat, «ohne alle Umstände, wenn man mir Freude machen will! Hier ist keine geladene Gesellschaft, wir kommen gerade wie auf einem Schiff, oder im Walde zusammen; ich bin Ihnen allen ohne Unterschied diese Gastfreundschaft schuldig.» Edmund setzte sich errötend zuoberst neben seinen Vater, diesem gegenüber pflanzte sich der Geistliche auf, neben diesen setzte sich der Jäger, der aber zwischen sich und seinem Nachbar einen großen Raum ließ, und dann folgte Eveline mit ihrem Spielkameraden, wie er fast das Ansehn hatte.

«Recht patriarchalisch», sagte der Pfarrer; «die Menschen dort, gnädiger Herr, werden im Lande Ihre Menschenfreundlichkeit und das Hinwegsetzen über Vorurteile zu rühmen wissen.»

In diesem Augenblicke riß unten am Horizonte die Wolkendecke, und im Sinken warf die Sonne plötzlich eine Purpurglut in den schwarzen Himmel über sich, ein rotes Feuer goß sich über die Weingebirge, Baum und Busch und Rebe funkelten im Brand, dahinter glänzten die Wälder, und wie der Blick sich erhob, standen im Rosenlicht die Gipfel der fernen Cevennen; wie Blut sprang der Wasserfall vom steilen Felsen links, und der ganze Saal, die Tafel und die Gäste, war alles wie in Blut getaucht, so daß in diesem Moment die Lichter nur dunkel brannten und das Feuer im Kamin wie bläulich flackerte. Der Regen hatte nachgelassen, ein heiliges Schweigen war in der weiten Natur, kein Blatt rührte sich, nur die roten Bäche plätscherten und der glühende Wasserfall brauste seine Melodie. Der Alte sah auf, als wenn er innerlich betete, und eine Träne trat ihm in das große Auge; der junge blonde Mensch legte Messer und Gabel hin, und faltete die Hände; der Jäger sah scheu unter seinen großen Augenbrauen hervor; der Pfarrer suchte eine Miene von Salbung hervorzubringen; das Kind klatschte freudig in die Hände und Edmund verlor sich in ein stummes Sinnen. Ebensoschnell wie er aufgezogen war, fiel der Vorhang wieder zu, und der Glanz erlosch, worauf der Rat sagte: «War dies nicht wie ein Bild von unserm Lande und unserm Unglück, wie Not uns alle vereinigt und zusammenführt, und wie das Elend, das uns bedrängt, sich, daß ich so sage, bis zu einer Art von Heiligkeit gesteigert hat? Alle unsre Landsleute gehn durch diese Bluttaufe; möge der Himmel Erbarmen mit uns tragen.»

Edmund sah seinen Vater scharf an, und dann leicht auf den Jäger und den Burschen hin, als dürfe dergleichen in ihrer Gegenwart nicht gesprochen werden. Der Alte lächelte dem Sohne freundlich zu und suchte seine Bewegung nicht zu verbergen. «Väterchen», rief Eveline hinüber, «das war, als wenn der Himmel mit uns Versteckens spielen wollte, wie wenn das dicke kleine Dorchen mich so recht rot und voll anlacht und dann wieder husch! unter das Tuch kriecht.»

«Es war wie eine große Blutwunde der ganzen Welt, die nach Hülfe schreit», sagte der junge blonde Bursche. Edmund sah ihn mit einem schrägen Blick an, und rief: «Es ist vielleicht das Verscheiden der verruchten Empörung!»

«Kann sein», erwiderte der junge Mensch, und erhob sein blaues Kinderauge grade auf Edmund hin; «ich denke aber, alles ruht in der Hand des Höchsten.»

«Mehr als gewiß», sagte Edmund scharf, «und das Unheil wäre längst vorüber, wenn unter dem gemeinen Volke nicht Übelwollen nur zu sehr herrschte, heimlicher Vorschub und Schadenfreude über das Unglück des Königs.»

«Der Billige», sagte der Bursche mit wehmütigem Lächeln, «muß doch gestehen, daß vom Volke das Unheil nicht anhob; es war ruhig, und wenn auch die andern leiden, so ist sein Erdulden doch ganz unaussprechlich.»

Der Priester hörte vor Erstaunen auf zu essen, daß der kleine, unansehnliche Mensch dem Herrn des Hauses gegenüber das letzte Wort behalten wollte; er zog die Augen auf und nieder, als wenn er wundervolle Strafworte suchte; die Kleine drückte dem neuen Freunde die Hände, daß er mit Edmund anband, und dieser, als der Vater schon anfing um die Heftigkeit des Sohnes besorgt zu werden, wandte sich mit dem Ausdruck der größten Verachtung abwärts, indem er sagte: «Ich weiß nicht, mit wem ich spreche, aber Ihr kommt mir etwas bekannt vor; seid Ihr nicht der Sohn des ehemaligen hugenottischen Küsters aus Besere hier nahebei?»

«Nein, mein gnädiger Herr», antwortete der Jüngling ganz unbefangen, «ich habe nicht die Ehre, von Euch gekannt zu sein; ich bin eines Einkaufes wegen zum erstenmal in dieser Gegend; ich heiße Montan, oder Wilhelm schlechtweg, wie mich die Nachbarn nennen und mein Vater, der die Mühle in dem tiefen Tale hinter Saumiere hat.»

«Also ein löblicher Müllerbursch!» sagte der Pfarrer. «Das ist Euch nicht an der Wiege gesungen, daß Ihr einmal in solcher Gesellschaft speisen solltet.»

«Nein, wahrlich nicht», sagte der Müller bewegt; «als ich hier vor dem Hause stand, dacht ich nicht, eine solche Aufnahme zu finden, wie man wohl in der Heiligen Schrift von den ehrwürdigen Erzvätern liest; ich glaubte nicht, einen solchen Edelmann kennenzulernen, der in meinem Geist und Sinn das hohe Bild von Abraham oder Jakob ausmalt.» Er trocknete seine Augen, und da man vom Tische aufstand, erhob er noch sein Glas Wein und sprach: «Nein, meine verehrten Herren, erlaubt mir noch dies Glas zur herzlichsten Danksagung und auf das schönste Glück unsers verehrten Wirtes und das dauernde Wohlsein seines edlen Hauses zu leeren.» Er trank, und der Alte verneigte sich nicht ohne Rührung, indes sich Edmund und der Pfarrer mit einem langen fragenden Blicke ansahen; der Jäger scharrte hinten aus und schmunzelte, und der Priester vergaß in seinem Erstaunen zu trinken.

Man war aufgestanden und Eveline saß schon wieder neben ihrem Günstling im Winkel, zu dem sie sagte: «So ist es recht, man muß dem Edmund immer etwas abgeben, er ist zu hochmütig, wenn man ihn aufkommen läßt.» Der Vater näherte sich den beiden und sagte: «Meine Tochter, jetzt wird wohl deine Schlafzeit dasein.» – «Ja, Väterchen», antwortete sie ihm die Hand küssend, «ich bliebe gern noch hier, aber Ordnung muß sein, wie du immer sagst. Nicht wahr, ich bin artig, und werde dir Freude machen? Das wäre gewiß recht unartig und würde dich kränken, wenn ich wie so viele Kinder im Lande auch zum Propheten würde.»

«Gott segne dich, mein Herz», sagte der Alte und legte die Hand auf ihre Stirn; «geh schlafen, und Ihr, mein Freund, setzt Euch und ruht noch», indem er dem Müllerburschen die Hand drückte. Eveline, als sie diese Freundlichkeit ihres Vaters sah, kehrte schnell um, und fiel dem Jüngling um den Hals, indem sie ihm einige Küsse gab; dann trat sie zwei Schritte zurück, verneigte sich zierlich vor ihm, wie eine Dame, winkte mit der Hand und sagte: «Auf Wiedersehen!» Nun folgte sie dem Bedienten, der sie der Wärterin übergab.

«Da Ihr aus der Gegend von Saumiere seid», wandte sich der Pfarrer zum jungen Müller, «so ist Euch gewiß der Einsiedler bekannt, der jetzt Anführer eines Trupps gegen die Camisards ist.»

«Ja wohl», sagte der Jüngling, «seine Klause steht in einem Felsentale, das nur durch eine hohe Steinwand von unserer Mühle geschieden ist. Wir besuchten ihn manchmal an Feiertagen, wenn das Tal von unserer Seite zugänglich war. Er ist ein großer starker Mann mit greisem Bart und großen grauen Augen; er schien fromm und still, bis ihn der Krieg jetzt wieder zum Soldaten gemacht hat. Man erzählt unerhörte Grausamkeiten von ihm; er soll das Mitleid nicht kennen, und seine Freude am Würgen haben; aber jetzt haben sie ihm das Handwerk gelegt.»

«Ist er tot?» fragte der Parlamentsrat.

«Das nicht», fuhr der junge Mensch fort, «aber ich habe mir drüben an der Vidourla sagen lassen, daß er gestern von Cavalier total geschlagen sei, und daß, wenn er irgend seinen Vorteil versteht, er wohl wieder in eine Zelle hineinkriechen muß, denn das gemeine Volk wird sich ihm nun wohl nicht wieder vertrauen, da sie sehn, daß er das Handwerk nicht versteht.»

«Ist doch Capitain gewesen», sagte der Jäger.

«Der Streit mit den Rebellen», sagte der Pfarrer, «ist aber eine schwierige Sache, da reicht der Mut und die gewöhnliche Disziplin eines Soldaten nicht hin. Unser Marschall Montrevel möchte sich vielleicht lieber mit Eugen und Marlborough als mit diesem Lumpengesindel schlagen.»

Das Feuer wurde von neuem aufgeschürt; der Vater setzte

sich in einen Sessel, indes Edmund im Saale unruhig auf und niederging; der Pfarrer rückte seinen Stuhl dem Parlamentsrat näher und sagte: «Der gnädige Herr leiden wohl zuweilen am Podagra im linken Fuße?»

«Woher schließen Sie das?» fragte der Alte; «mir scheint das Bein eben nicht geschwollen, obgleich Sie richtig geraten haben.»

«Die Geschwulst», fuhr der Prediger fort, «ist freilich fast unmerklich, aber dadurch, daß Sie oft mit diesem Fuße sanfter und leichter auftreten, wahrscheinlich ohne es zu wissen, immerdar, hat sich im Verhältnis zum rechten dieser Knöchel etwas mehr eingezogen und hat also auch notwendig die Kraft des andern nicht.»

«Das ist sehr fein beobachtet», sagte der Rat.

«Mein gnädiger Herr», erwiderte der Pfarrer, «es ist unglaublich, wie die Natur in allen ihren Hervorbringungen konsequent und verständig ist. Auch im geringsten Teil sie beobachten, ist lehrreich, wenn es auch dem Ungeübten lächerlich erscheinen mag. Vor mehr als hundert Jahren hat der Neopolitaner della Porta ein gutes Buch über die Physiognomien geschrieben und die menschlichen mit den tierischen verglichen; man hat schon im frühen Altertum versucht, aus dem Antlitz die Tugenden oder Laster und die Eigenschaften des Gemütes zu lesen. Glauben sie mir, wenn ich meine ganze Muße darauf wenden könnte, ich traute mir es dahin zu bringen, aus einem Schuh oder Stiefel, der eine Zeitlang getragen ist, viele Fehler oder Besonderheiten des Eigentümers zu entziffern.»

«In der Tat?» rief Herr von Beauvais lachend.

«Es verrät sich in dem Kleidungsstücke, wenn man es genauer betrachtet, der hastige oder stockende Gang; das Einknicken, das Schieftreten bei Frauenzimmern ist gewiß sehr bedeutend; ein gewisses Ablatschen, ein hoffärtiges Niedertreten der Ferse, ein affektiertes und eitles Wegschleifen der Spitze, ein charakterloses Zittern und Zwinkeln des Fußes, wodurch der Schuh alle Form verliert; die Eigenschaften abgerechnet, die sich schon aus dem hohen oder niedern Spann, oder aus den Plattfüßen prognostizieren lassen. Aber nun gar die Beine! Hat man diese in natura vor sich, da kann man kaum irren, um Stand und Gewerbe oder Lebensweise zu finden; so gibt es Schneider- und Bäckerbeine, die unverkenntlich sind, Infanteristen- und Kavalleristenbeine, Weber- und Tischlerbeine, und dergleichen mehr.»

«Das sind höchst interessante Beobachtungen», sagte der Rat, «doch wagten Sie es wohl zum Beispiel von der frühern Lebensweise meines Franz etwas aus seinen Beinen herauszudeuten?»

«Aus meinen Beinen?» rief der alte Diener, der noch mit Abräumen beschäftigt war. «Hier sind dieselben, Herr Pfarrer.»

«Bückt Euch ein wenig, – nun geht dorthin – kommt wieder – stellt Euch ganz aufrecht – Herr Parlamentsrat, ich möchte darauf schwören, daß Ihr Franz in der Jugend, und noch wohl tief ins Mannesalter hinein, ein Seemann gewesen ist.»

Der Diener sah den Geistlichen verblüfft an, und der Herr von Beauvais sagte: «Sie haben es getroffen, geistlicher Herr, aber woran erkennen Sie es?»

«Kein Seemann», sagte dieser, «verliert jemals ganz den gespreizten und etwas gebückten Gang, den er sich auf dem Schiffe angewöhnt; er senkt im Gehn das Kreuz und behält zeitlebens ein gelindes Taumeln.»

Als der zweite Diener sich näherte, rief der Geistliche sogleich: «Bemüht Euch nicht weiter, man sieht auf einen Büchsenschuß weit sogleich, daß der gute Mann in seiner Jugend ein Schneider gewesen ist, ja daß er gewiß noch jetzt die Beschäftigung treibt, denn die zurückgeschlagenen Schienbeine geben es deutlich kund. – Ihr seid also ein Weidmann» (indem er sich zum stehenden Jäger wandte), «es muß wohl so sein, obgleich ich Euch eher für einen Soldaten und dem Auge nach für einen Contrebandier genommen hätte. Indessen – was ist denn das mit dem rechten Knie? Vom Messedienen habt Ihr es gewiß nicht, woher kommt denn hier die kleine Erhöhung? Solltet Ihr denn wohl gar die seltsame Gewohnheit angenommen haben, beim Schießen aufs rechte Knie zu fallen?»

«Herr Pfarrer», rief der Jäger aus, «Sie mögen wohl selber ein Stück von einem Hexenmeister sein, so haben Sie's getroffen. Von Jugend auf hab ich nie anders schießen können, als knieend; läuft mir ein Hase auch vor der Nase vorbei, im Stehen treffe ich gewiß nicht, ich muß mich erst niederwerfen. Hab ich doch von meinen Kameraden in allen Zeiten so viel deshalb leiden müssen.»

«Übrigens habt Ihr», fuhr der Pfarrer fort, «Bergbeine, und müßt aus den hohen Cevennen oder den Pyrenäen gebürtig sein; auch hat Euer Auge den Charakter eines Bergbewohners, der an das Fernsehen gewöhnt ist.»

«Richtig», sagte der Jäger, «ich bin da oben aus Lozere, aus dem wildesten Gebirge.»

«Nun, mein junger Freund», wandte sich der Beinforscher an den jungen Burschen, «– Ihr wollt ein Müller sein und habt keine Müllerbeine, wie geht denn das zu? Seht, von dem Tragen der Säcke senkt sich früh des Müllers Rücken und wird breit und rund, die Hauptlast aber drückt auf die stützenden Waden, diese und die Sehnen der Kniekehle werden unverhältnismäßig stark; dies sind aber bei Euch grade die schwächsten Teile; ebenfalls sind die Knöchel nicht groß genug: hier fehlt summa summarum der Müllercharakter, denn meine Wissenschaft kann nicht trügen.»

«Da kann ich Ihnen nicht helfen, mein Herr», sagte der Jüngling verdrüßlich, «denn ich bin und bleibe doch nun einmal, was ich bin.»

«Meinethalb», eiferte der Kritiker, «ich will Eurer Müllerehre auch gar nicht zu nahe treten, Ihr mögt wohl so ein weichliches verzogenes Müttersöhnchen sein, dem sie nie viel haben aufsacken dürfen; auch habt Ihr in Blick, Wange, Haar ganz den Mehlcharakter, die Stimme klingt auch nach der Mehlglocke und dem Aufschütter; aber wenn ich Eure Knie betrachte, so sind es Bäckerknie, die werden so innen zusammengedrückt vom Ausholen und Einschieben des Brodes, wo der Mensch sich in der Arbeit und bei der Ofenhitze spreizt und auf die Knie stützt. Den sonderbarsten Widerspruch finde ich aber in Euern Schenkeln, denn es sind die eines Reiters, und der viel zu Pferde sitzt; so hat auch Euer Auge den Soldatencharakter, es blitzt schnell hin und her, und steht nicht ruhig, wie es beim Müller muß, der sein Geschäft abwartet. Kurz, Ihr seid mir in Beinen und im ganzen Wesen ein konfuser junger Mensch.»

Der junge Müller wurde rot vor Verdruß, und der Parlamentsrat suchte mit Scherz und Lächeln die Sache völlig zu begütigen – als alle heftig durch ein so gewaltsames Schlagen an das vordere Tor des Hauses erschreckt wurden, daß selbst Edmund aus seinen Träumereien auffuhr. «Um Gottes willen laßt ein», brüllte ein Stimme von außen; «macht auf, im Namen des Himmels!» Auf einen Wink des Rates, der sich schnell gefaßt hatte, stürzten die Diener hinaus, alle sahen sich schweigend an, die Riegel des Hauses klirrten zurück, und nach dem Saale polterten und trabten gewaltige Schritte. Die Türen gingen auf, und zwischen den Kerzen der Diener schritt eine gewaltige, hohe und breite Figur herein, mit greisem Haupthaar und langem greisen Zwickelbart, einen so gewaltigen Stab in der Hand, daß man ihn wohl ohne Übertreibung eine Keule nennen mochte; ein langes, breites Schwert schleppte ihm klirrend nach und in einem schwarzen ledernen Gurt hatte er vier Pistolen. Im Hereintreten näherte er sich dem Wirte, und sprach mit einer tiefen, aber wohlklingenden Stimme: «Verzeihen Sie, Herr Baron, den Schrecken, den ich Ihnen machen mußte; die finstere Nacht hat mich überrascht, ich war verfolgt und in Gefahr, und so wagte ich, Ihr Haus, etwas ungestüm zwar, um ein Obdach anzusprechen.» – «Oh, Herr mein Gott, das ist ja der entsetzliche Eremit!» rief der Müller mit heiserer Stimme. – «Ja wohl bin ich der», antwortete die Riesengestalt, «aber warum entsetzlich, mein junger Gimpel? Ich darf mein Gesicht allenthalben zeigen, naseweiser Bursche! und hab es andern Physiognomien als der Eurigen schon entgegengehalten. – Verzeihung! Herr Baron, wenn mich bei dem Benehmen dieses geringen Knechtes der Unwillen überraschte. Ja, mein geehrter Herr, ich bin derjenige, der unter dem Namen des Eremiten in diesen Gegenden nicht unbekannt ist. Auch in dieser Gestalt wollt ich meinem Gotte Dienste tun, aber ein neidisches Geschick ist mir entgegen. Heut ist mein Trupp gänzlich zerstreut worden, nur durch die größte Anstrengung habe ich mein Leben retten können, und noch in der Finsternis waren meine Verfolger hinter mir; sie können nicht weit sein, mein Leben ist verloren, wenn Sie mir Ihren Schutz versagen.»

«Was ich vermag», sagte der Parlamentsrat, «ist zu Ihren Diensten; mein Haus, meine Dienerschaft und ich werden Sie schützen, soviel wir vermögen, denn das fordert, außer den Pflichten der Menschlichkeit, zugleich meine Schuldigkeit gegen König und Land.»

«Sie sind ein Mann von Ehre», sagte der riesenhafte Mann, «wie ich es auch nicht anders erwarten konnte.» – Auf die Einladung setzte er sich zum Hausherrn und nahm von dem Wein und den Erfrischungen, welche ihm die Diener boten. «Ich hoffe», sagte der Eremit, «das Gewitter und die plötzlich einbrechende Finsternis haben ihnen meine Spur genommen, aber jede Minute des heutigen Tages war eine Lebensgefahr für mich. Drüben rechts bei Nages ist das Corps der Camisards völlig aufs Haupt geschlagen worden, ich kam von der Vidourla herüber, um meinen Feinden den Garaus zu machen; ich treffe auf ein Corps von ihnen, das auf der Flucht begriffen ist, sie sammeln sich, statt zu erschrecken, und mir alle wie ebenso viele Teufel entgegen; ihre Zahl war nicht groß, aber wie ein Zauber geht mit ihnen; meine Leute ergreift ein panischer Schrecken, sie drängen sich, sie kommen an die Vidourla, hinter ihnen der wütende Feind; nun bricht das Gewitter herein, von allen Bergen stürzen Wasser, der reißende Bergstrom schwillt zu einer furchtbaren Höhe, er durchbricht seine Ufer, und Tote, Verwundete und Lebende seh ich sich in den Fluten wälzen; ich schwinge mich einen

Baum hinauf, von da einen kahlen Fels hinan; hundert und mehr Röhre sind nach mir gerichtet, meine Doppelflinte hilft mir, soviel es möglich ist, mein Schwert ist mir unnütz, der Sturm droht mich hinunterzuschleudern; ich klimme dem Winde und den Wasserbächen entgegen, das Gestein ist so glatt wie Eis gewaschen, doch gelingt es mir endlich, in dem herunterschwimmenden Gerülle Fuß zu fassen; ich tappe mich höher, indem Blitze und Kugeln mir nachspringen und mir leuchten und mich blenden. So komme ich in einen Weingarten, jenseit muß ich die Mauer überklettern; hier finde ich zwei Wagehälse, die mir vorgeklimmt waren, sie sinken von meinem Degen, ein Wald nimmt mich auf; aber bald spur- und pfadlos steh ich auf einer Felsenplatte, und nirgend Weg und Steg, Abgründe unter mir: soll ich zurück, soll ich hinab? Ich gleite nieder, das Dunkel ließ mich nichts unterscheiden; nach ziemlichem Sturz fühl ich Gesträuch unter mir, ein großer Schäferhund von der grimmigsten Art will mich niederreißen, kein Hirt zu sehn und zu errufen, ich muß mit der grimmigen Bestie wieder kämpfen; nun ist es völlig Nacht, da ist mir, ich höre Glockenton, ich tappe mich dem Schalle nach; bald darauf vernehme ich Menschenstimmen: sind es Feinde oder Freunde? Indessen ich drauf zu, die Pistolen gespannt, das Schwert gezogen – wer da? klingt es mir plötzlich fürchterlich am Ohr; ich erkenne: es sind die Camisards; da ich nicht Antwort gebe, wird gefeuert, und beim Blitz seh ich wohl zehn von meinen Feinden am Eingang eines Hohlweges stehen. Mir blieb keine Wahl, ich gehe auf sie zu, einer stürzt vom Pistol getroffen, den zweiten wirft mein Säbel nieder, die Dunkelheit des Hohlweges nimmt mich auf, und mir bleibt nichts als Flucht, so schnell, als mein Alter und meine Erschöpfung gestatten wollen, sie schießend und schreiend hinter mir; so endlich gerate ich, wie ich merke, auf eine Heerstraße, beim Wetterleuchten seh ich einen Kreuzweg, es schimmert fern herüber wie Scheunen und Gebäude, ich renne nach dieser Richtung und gerate endlich an das Tor Ihres Hauses.»

«Mein Herr Capitain», sagte der Rat, «Ihrem Alter wird nach dieser Erschöpfung Ruhe nötig sein, legen Sie sich nieder, mein Herr, und die Sicherheit, die Ihnen mein Haus gewähren kann, verspreche ich Ihnen noch einmal.»

«Der Himmel lohne Ihnen», sagte der Capitain; «ich sehe diesen Unfall für einen Wink des Schicksals an, daß ich die Waffen wieder niederlegen soll. Ich werd es tun, und in eine Klause oder ein Kloster zurückkehren. Wäre Cavalier bei dem Trupp gewesen, so wär ich ihm nicht entronnen, denn er ist der Besonnenste, Kühnste und wahrhaft Soldatenmäßige unter den Rebellen.»

«Er soll gefangen sein», sagte der Jäger.

«Dann ist der Krieg auch aus», rief der Eremit, «denn ohne ihn können sie nichts vornehmen: dieser gewaltige Mann ist allein die Seele ihrer gewagten Unternehmung. Die andern verstehn wohl zu morden und zu sterben, aber nicht den Krieg zu führen. Ich wollte, er wäre gestorben, denn wenn sie ihn gefangen haben, so wird sein Schicksal ein erbarmungswürdiges sein.»

Während dieser Reden stand der Geistliche, der sich bis dahin so wichtig gedünkt hatte, wie verloren und vernichtet in dem Anblick des so viel größeren Abenteurers; er hätte ihm gern durch eine Umarmung, wenigstens durch einen Händedruck seine Verehrung kundgetan, aber er wagte nicht, dem leicht Erzürnten durch irgendeine Vertraulichkeit zu nahen.

Der große Mann schritt musternd durch den Saal und betrachtete die Anwesenden; «zwei Bediente, vielleicht noch ein Kammerdiener und Jäger» (murmelte er vor sich, doch laut genug), «werden freilich keinen großen Widerstand leisten können, fest ist das Haus auf keine Weise, im Fall man uns überfiele, dann noch der junge Herr, hier noch eine Art Jäger, der Schwarze scheint auch in der Not seinen Mann zu stehen, doch das junge Fäntchen» (indem er prüfend den Müllerburschen betrachtete), «das Milchbärtchen ist ganz überflüssig. Gott wird es fügen, daß wir keinen so harten Stand haben.»

Er nahm hierauf von dem Hausherrn Abschied, auch die übrigen begrüßten den Rat, um sich zur Ruhe zu begeben, die Diener leuchteten, und nur Edmund blieb mit dem Vater im Saale zurück. Der Regen hatte aufgehört, aber die Nacht war finster und der Himmel ganz mit Wolken bedeckt. Vater und Sohn gingen lange schweigend auf und ab; endlich sagte der Rat: «Willst du dich nicht auch niederlegen, mein Sohn?» – «Ich bin noch zu aufgeregt», antwortete dieser; «und haben Sie nicht gehört, wie unser letzter Gast befürchtete, wir könnten wohl gar noch unvermuteten Besuch erhalten?» – Man schwieg wieder, aber nach einer Pause fing Edmund an: «Verzeihen Sie, mein Vater, wenn ich Ihnen gestehe, daß ich Sie heut nicht verstanden, daß ich Sie nicht als den Ehemaligen erkannt habe. Daß Sie diese Leute aufnahmen und gegen das Unwetter schützten, war wohl sehr natürlich, aber wie Sie zu der Laune kamen (oder wie soll ich es nennen?), sie ohne Ausnahme an Ihrem eigenen Tische essen zu lassen, weiß ich mir nicht zu deuten. Schon oft haben unsere Leute Domestiken bewirtet; und welch Gesicht ich machen soll, wenn dieser schielende Jäger mir einmal wieder am Tisch des Herrn von Basville aufwartet, weiß ich nicht; und was wird der Intendant, was der Marschall, die es doch gewiß erfahren, dazu denken oder sagen? Wie soll ich's nur erklären, daß Sie solchem Müllerjungen nicht nur mit Güte und Herablassung, sondern selbst mit herzlicher Vertraulichkeit begegneten, der zu geringe zu Ihrem Aufwärter ist? daß Sie es duldeten, daß meine Schwester, die sich freilich immer ungezogen zeigt, mit ihm so auffallend tändeln und spielen durfte?»

«Mein Sohn», sagte der Alte mit einiger Empfindlichkeit, «es scheint wohl, daß, je älter ich werde, ich immer weniger die Art finde, es dir recht zu machen: ich könnte sagen, gewöhne dich an meine Weise, so wie ich ja auch die deinige mit Liebe ertragen muß, wenn ich sie oft genug nicht begreife. Daß ich mich gegen dich gewissermaßen entschuldigen muß, hättest du mir heut wohl am ersten erlassen können, da mich an diesem Tage unser Gespräch in eine Bewegung versetzt hat, die ich lange nicht empfungen habe. In dieser tiefen Rührung kam es mir nicht darauf an, die gewöhnliche Etikette des Lebens zu beobachten, und da ich nicht vermeiden konnte, den Geistlichen am eigenen Tisch zu bewirten, so nahm ich die anderen beiden Armen zu meinem Troste noch hinzu, um mich nicht erniedrigt zu fühlen; und was jenen Müller betrifft, der sich vor allem deinen Haß und deine Verachtung zugezogen hat, so war mir sein kindliches Gesicht und herzliches Wesen lieber und ehrte meinen Tisch mehr, als es dein Marschall Montrevel nach meinem Gefühle jemals könnte. Der Zufall, das Wetter führten uns zusammen; die Zeit ist auch so gestaltet, daß wir noch nicht wissen, wo wir einmal bei den Elendesten Zuflucht suchen müssen. Wenn du aber jenen Jüngling so verachtest, so begreife ich das am wenigsten, daß du ihn so hoch würdigen konntest, mit ihm zu streiten, ja den Streit zu suchen. Laß mir also in Zukunft meine Weise.»

Man setzte sich, und da Edmund schwieg, sagte nach einer Pause der Rat: «Was dünkt dir denn von diesem Geistlichen und seiner Weise? Diese, siehst du, sollen das Volk lenken und veredeln; das arme Volk! Diese werfen sich zu Streitern und Mördern auf, so wie dieser unglückliche Koloß. Daß mein Haus diese aufnehmen muß, das ist es, was mich gedemütigt hat.»

«Nicht alle Streiter für eine gute Sache können selber gut sein», sagte Edmund.

«Nun lege dich nieder, mein Sohn», sagte begütigend der Rat. «Ich bleibe noch auf, ich bin zu bewegt, um schlafen zu können, ich lese noch ein Weilchen, dann wird sich mit abgekühltem Blut die Ruhe wohl finden.»

Edmund umarmte seinen Vater, und ging dann zu seinem Zimmer hinauf. Sorgend sah der Alte ihm nach und überdachte die Zukunft des Sohnes; er versank in Trauer und tiefes Sinnen, nirgend schien ihm Hoffnung oder Hülfe entgegenzukommen. Er nahm das Buch vor, um seine Lebensgeister zu beruhigen, er suchte sich zu sammeln; er dachte über den sonderbaren Trieb der Seele nach, sich zu zerstreuen am Tiefsinnigsten, um sich aus seinen eigensten und nächsten Gefühlen zu entfliehen, und sich selbst im innersten Heiligtum des Geistes wiederzufinden. So, ohne den Platon zu lesen, den er vor sich aufgeschlagen hielt, versank er immer mehr in ein beschauliches Grübeln über die wunderbare Doppelheit der Seele, und über den Geist, der sich selbst beobachtet und seine Art und Eigenschaft begreift, der im Denken zugleich diesem Denken zusieht und es prüfend erwägt, Schauspieler und Zuschauer zugleich ist, und nur in diesen Momenten sich recht wahrhaft seiner bewußt wird.

Er wußte nicht, wie lange er in diesem verlorenen Sinnen zugebracht hatte, als er aufsah und mit Erstaunen seinen Sohn wieder neben sich bemerkte. «Du bist noch hier, Edmund?» sagte er verwundernd. – «Nein, mein Vater», flüsterte der Sohn, «ich habe wohl zwei Stunden geruht, aber als ich jetzt aufwache, höre ich unter meinem Fenster ein leises Sprechen und Bewegen, wie von vielen Menschen; ich nähere mich, aber kann nichts verstehen, doch scheint es mir, als versammele man sich von allen Seiten um unsre Wohnung. Ich habe in Eil alle unsre Gewehre geladen, und im stillen die Bedienten geweckt; die Fremden schlafen noch, sie müssen aber auch zur Verteidigung helfen.»

«Wenn es so ist und du irrst dich nicht», sagte der Vater, «so versprich mir nur, dich nicht zu übereilen; laß uns gefaßt und ruhig bleiben, denn dadurch ist man oft imstande, selbst dem Ärgsten vorzubeugen; aber ich habe wohl erlebt, daß aus Lust an der Gefahr, aus heftiger Tapferkeit, die ebenso leicht, wie die Feigheit, den Kopf verliert, man sich Unheil und Vernichtung zuziehen kann. Wir wagen uns nicht allein, du mußt an deine unmündige Schwester denken. Jetzt wünsche ich, daß ich Soldat gewesen wäre, um der Verwirrung, wenn sie einbrechen sollte, noch sichrer entgegentreten zu können. Aber wir werden tun, was die Ehre fordert; doch mehr als die Gefahr selbst fürcht ich deine übertriebene Heftigkeit.»

Indem kam ein Murmeln und zugleich Fußtritte näher;

man hörte unterschiedliche Stimmen, man vernahm ein Getöse von der Seite der Straße und des Gartens, so daß es schien, man wolle alle Ausgänge besetzen. Gleich darauf erscholl ein Klopfen an der Tür. Die Diener kamen herbei, aber auf ein stilles Zeichen des Hausherrn hielten sie sich ruhig; sogleich wurde das Getümmel lauter und verschiedene Stimmen erhoben ein unverständliches Geschrei; Edmund wurde heftig, aber der Vater winkte; doch bald erscholl bestimmter und deutlich der Name des Eremiten aus dem verwirrten Getöse. «Sie fordern ihn!» rief Edmund; «es sind die Camisards!» Das Geschrei wiederholte sich, man klopfte lauter, oben wurde es unruhig, man hörte schon in der Verwirrung das Geschrei von Weibern und das Weinen des Kindes; der Vater ließ alle Gewehre herbeibringen, er verteilte sie eilig unter die Diener, als zitternd und geisterbleich die große Figur des Einsiedlers hereinwankte, nur halb bekleidet, ihm folgte der Pfarrer, verwirrt und stotternd; beide faßten die Hand ihres Wirts, und indem man draußen Gewehre abschoß, heftiger gegen das Haus schlug und gewaltsamer den Einsiedler forderte, schrie dieser: «O Himmel! Barmherzigkeit! du hast mein Gelübde gehört, daß ich mich künftig des Blutes enthalten will, aber es ist zu spät, ich bin ein Opfer ihrer Rache!» Mit diesen Worten stürzte die ungeheure Figur zu Boden, ganz ohne Fassung und verzweifelt; das Kind flog mit der Wärterin herein, und schmiegte sich laut weinend und verstört an den Vater; dieser suchte zu trösten, aber man sah in seinem blassen Antlitz, wie er selber nur wenig Hoffnung hatte. «Ich schütze Sie, solange ich vermag», rief er, «aber die Menge scheint zu groß, mein Haus ist nicht zu verteidigen.» – «Feuer! Feuer!» riefen von draußen hundert Stimmen zugleich, und durch die Fenster sah man Brände leuchten; zugleich fühlte man das Tor des Hauses von großen Bäumen erschüttern, die wie Mauerbrecher dagegen geworfen wurden. «O Himmel!» rief der Pfarrer, mit den Zähnen klappernd, «hätt ich doch nur den zehnten Teil von meinem damaligen Mut – aber ich bin darauf gar nicht vorbereitet, ich habe schon etwas geschlafen, da ist der Geist völlig abgespannt.» Er nahm den Hut vom Kopf; «wie bin ich doch so unhöflich!» seufzte er; es war aber fast lächerlich, selbst in diesem Augenblick, daß er unter diesem noch die Schlafmütze trug, ohne es zu wissen, und in dieser nach allen Winkeln des Saales umherirrte, den Hut in der Hand. Jetzt schlich der Jäger herein, nahm seine geladene Flinte vom Gesims, und stellte sich leise in den Kamin. «Wohin?» schrie ihn Edmund an; «heraus mit der Büchse, ihr alle müßt euch wehren!» – «Unmöglich», stotterte der Mensch, «geben Sie den alten Bösewicht heraus, sonst ist das ganze Haus verloren, ich kenne die Camisards.» – «Schurke!» tobte der Jüngling, «– wo ist der Müller? Noch im Bett? Ihr alle, ihr Elenden, sollt euch mit mir verteidigen, selbst der weichliche, ohnmächtige Bube soll mit uns gemeinsame Sache machen.» Der Eremit betete am Boden, alles schrie im Saale durcheinander, aber kein Wort vernehmlich; alles ging in dem Sturm unter, der sich von draußen immer gräßlicher erhob. Jetzt brachen Scheiben, das Tor krachte und schien nachzugeben, als mit fast sorgloser Miene der junge Müllerbursche hereintrat, indem er sein Halstuch unbefangen zuknüpfte und rief: «Lassen Sie mich hier zur Hintertür hinaus, ich will mit den Rasenden sprechen; – den Schlüssel her, schnell!» Dies letzte sprach er, wie im gebietenden Tone. Der Alte sah ihn an, nahm den Schlüssel von der Wand, und eröffnete ihm selber die Tür. Der Jüngling ging um das Haus, nach der andern Seite. Edmund hatte sich mit angelegter Büchse dem Tor gegenüber gestellt, um in den Haufen zu feuern, sowie es diesem gelänge, einzudringen. Plötzlich erhob man ein ungeheures Geschrei, das wie ein Freudejubeln erklang und, sich wiederholend, durch alle Scharen rund um das Haus lief. Hierauf ward alles plötzlich still; doch nach einer Weile rief eine tiefe Stimme: «Er muß heraus, der Mordknecht, hier auf dieser Stelle soll er zerrissen werden!» – «Barmherziger Gott», schrie der Eremit vom Boden auf, «das ist der entsetzliche Catinat, der kein Erbarmen kennt!» – Man hörte nach einigem Wortwechsel die hohe und fast heisere Stimme des Jünglings: «Schweigt alle!» rief er in großer Heftigkeit; mehr konnte man nicht verstehen, weil sich ein undeutliches Gemurmel erhob. Das Kind sagte, indem es unter den ganz aufgelösten, blonden, langen Haaren herausblickte: «Gebt acht, mein Davidchen wird den großen Goliath da noch erretten.» Die Scharen daraußen ordneten sich und zogen ab, der Jüngling kam erhitzt und fast atemlos wieder zur Gartentür herein; er ging zum Eremiten, der noch immer am Boden lag, sah ihm starr ins Auge, faßte ihn dann an der Brust und sagte: «Steht auf, Gott hat Euch heut noch verschont, Ihr seid sicher, begebt Euch zur Stadt oder nach Hause.» Dann ging er zum Jäger und sagte ihm einige Worte ins Ohr, worauf dieser plötzlich entsetzt in die Knie stürzte, und «Barmherzigkeit!» rief. «Du schweigst!» sagte der junge Müller heftig. Der Pfarrer machte Miene, als wenn er die Kniee des wunderbaren Jünglings umfassen wollte. Dieser wandte sich jetzt zu dem Herrn des Hauses und sagte im weichen Ton: «Ehrwürdiger Mann, ich schätze mich glücklich, daß ich Sie habe schützen können; allerdings waren es einige Camisards, hauptsächlich aber ein Haufen von trunkenen Müllerknechten aus meiner Gegend, die sich mit anderm rohen und berauschten Volke zusammengefunden hatten; es war ein Glück, daß ich viele von ihnen kannte, so ließen sich die wenigen Camisards auch beschwichtigen. Scheint es doch fast mehr wilde Lust als Bosheit gewesen zu sein. Empfangen Sie meinen Dank für Ihre edle Gastfreiheit, würdiger, verehrter Mann.» Er neigte sich, der Alte schien fragen, schien ihn umarmen zu wollen, so zweifelnd ging der Augenblick vorüber, und der Fremde war schon in der Tür – «Adieu, David!» schrie das Kind; da sah er noch einmal zurück, ernst, fragend, und erhob dann Augen und Hände wie betend, indem er den Saal verließ.

Die Zurückgebliebenen sahen sich an, als wenn sie ein Wunder erlebt hätten. Das erste Morgenlicht dämmerte schon und man sah nun den dunkeln Haufen über den Berg hinwegziehen. Edmund stand tiefsinnig und der Alte gab sein

Gewehr dem Diener, um es fortzubringen, nachdem er vorher das Schloß in Ruhe gesetzt hatte. Beschämt nahte sich der Eremit, es war, als wäre er viel kleiner, als er gestern erschien. «Ich verlasse Ihr Haus, Herr Baron», sagte er kaum vernehmlich, «mit zerknirschtem Herzen; fast hätte ich den Unsegen meiner Verirrung über Ihr ehrwürdiges Haupt gezogen, aber der Herr hat es abgelenkt.» Er ging hinaus auf den Weg nach Nismes; der Jäger hatte sich schon fortgeschlichen. «Herr Parlamentsrat», rief der Pfarrer, «Sie haben uns heute nicht im besten Lichte gesehen; nun alles glücklich vorüber ist, bin ich wieder ein Mann, der Mut sammelte sich wieder bei mir; ich könnte Ihnen jetzt zeigen, daß ich keine Memme bin, wenn ein paar der verruchten Kerle zurückkehren wollten. Empfangen Sie meinen Dank, verehrter Herr, so wie Sie, mein junger – aber, was seh ich?» Jetzt wurde er erst gewahr, daß er mit dem Hut in der Hand höflich Abschied nahm, und noch die Schlafmütze auf dem Kopfe trug – er riß diese beschämt herunter, und steckte sie in die Tasche – «das ist noch das Ärgste von allem!» sagte er, im ganzen Gesicht rot, «da sieht man, wohin der vernünftige Mann in diesen verwirrten Zeiten kommen kann.» Er verbeugte sich noch einmal kurz und ging hinaus.

«Wer war dieser Jüngling!» rief der Alte. – «Wohl einer von den Verruchten», sprach Edmund im heftigsten Zorn; «ich hätte vielleicht Gott und dem Könige einen Dienst geleistet, ihm noch diese Kugel nachzusenden!» – «Vater», sagte das Kind, «glaube mir, der Engel Gabriel ist er gewesen, und Bruder Edmund wird sich noch bekehren, und ihn ebenso liebgewinnen, wie ich ihn habe.» – «Geh wieder schlafen, Kleine», sagte der Vater, «du bedarfst der Ruhe, armes Kind.» – «Das war keine gute Nacht», rief Eveline; «nun, guten Morgen, Vater, sieh, es wird so schön hell.» Sie ging mit den weiblichen Dienstboten, und nur Edmund und der Vater blieben im Saale zurück. Lange waren sie stumm, endlich nahm Edmund sein Gewehr und sagte: «Was denken Sie von diesem allen und namentlich von diesem rätselhaften Burschen, der sich so unschuldig, so unbefangen anstellen kann?» – «Ich mag meine Gedanken nicht aussprechen», antwortete der Vater, «sie möchten vielleicht zu abenteuerlich klingen. Du willst uns wieder verlassen, mein Sohn? Und kommst auch wohl nicht zu Mittag zurück?»

«Sie kennen», versetzte Edmund, «meine Leidenschaft zur Jagd, meine Freude an den Bergen und Wäldern, die Natur erhebt uns über alle Leiden, sie stärkt unsre Gefühle, sie begeistert, und gibt uns jene herrliche Kraft, die im gewöhnlichen Leben und in der Gesellschaft nur zu oft erlahmen will. Nach dem Gewitter bekommen wir heut einen herrlichen Tag, ich will alles vergessen, was ich hier erlebt habe.»

«Bringen wir einen frommen, geläuterten Sinn», sagte der Vater, «der Natur entgegen, so wird sie uns der heiligste Tempel, Psalmen und Lobgesänge tönen dann unserer frommen Begeisterung. Aber ihre dunklen Felsen und Wasserfälle, ihre wüste Einsamkeit, mit den schwarzen Wolkenmassen drüber brütend, ihr wildes Echo kann auch verstörte Sinne noch unruhiger aufregen, den tobenden Geist noch mehr reizen, denn sie antwortet nur in der Weise, wie man sie fragt.»

«Ich werde sie also auf meine Art zur Rede stellen», antwortete Edmund halb trotzig, «Wald und Berge werden mich doch vielleicht eher als die Menschen verstehn.» Er verbeugte sich und ging durch den Garten, indem schon das Morgenrot hinter den Weinreben herabfunkelte. «Er geht doch wieder nach Alais hinüber», seufzte der Alte, «und die wilde Begeisterung für Natur endet dann bei Lichtern im Saal, unter Kartenspiel und frivolem Gespräch und Witz. Wehe mir, daß ich so in ihm die Züge meiner Jugend entstellt und übertrieben verzeichnet wiedererkennen muß!»

Die Lichter brannten schon, als Edmund vor einem großen Hause stand, unschlüssig, ob er hineingehen sollte. Sie hat wieder Gesellschaft, wie immer, sagte er zu sich selbst, und wie werde ich mich unter den geputzten Damen mit meinem bestäubten Jagdanzuge ausnehmen? Indessen sie ist gütig und nachsichtig, mein Weg ist weit, die Fremden sind es auch schon an mir gewohnt. Er stieg hinauf, und legte im Vorsaal Büchse und Jagdtasche ab. Der Diener eröffnete ihm das Zimmer, und er fand nur wenige Gesellschaft, die beiden alten Tanten des Fräuleins und einige jüngere Damen der Stadt an zwei Spieltischen festgehalten, und auf ihre gewöhnliche Weise von einem alten Capitain unterhalten. Man erzählte sich von der gestrigen Niederlage der Camisards, und wie sie sich doch wieder gesammelt hätten, und ihre Hauptanführer entronnen seien. – «Wo ist das Fräulein?» fragte Edmund die Frau von Courtenai. – «Meine Nichte», erwiederte diese, «ist drinnen, nicht wohl, wie sie sagt: sie hat einmal wieder ihre Launen, und kein Mensch kann mit ihr fertigwerden; vielleicht können Sie sie erheitern, oder vielleicht ist sie auch verdrüßlich, daß der Herr Marschall nicht gekommen ist.»

Edmund ging durch das offenstehende Nebenzimmer in das erleuchtete Kabinett, wo Christine mit verweinten Augen auf dem Sofa saß; sie hatte nachlässig die Laute im Arm, als wenn sie spielen wollte, aber sie war so tief in Gedanken, daß sie geschreckt auffuhr, als Edmund sie begrüßte und sich nach ihrem Befinden erkundigte.

«Mein Fräulein, meine Teuerste», rief dieser aus, «was ist Ihnen? so hab ich Sie noch nie gesehen!»

«Nicht?» sagte Christine mit einem wilden Ausdruck und bitterem Lächeln, «und warum nicht! So sollt ich wohl immer sein. Sie kennen mich nur nicht und verstehn mich nicht. Sie wollen mich nicht verstehn!»

Edmund trat verwirrt zurück. «Wie soll ich mir diese Worte deuten!»

«Wie Sie wollen, oder wie Sie können vielmehr.»

«Enträtseln Sie sich», sagte der junge Mann; «Sie haben geweint, Sie scheinen krank.»

«Das alles ist wohl sehr wichtig, nicht wahr!» fuhr sie mit heftiger Bewegung auf.

«Habe ich Sie beleidigt!» fragte Edmund teilnehmend,

«fast scheint es so: sind Sie von mir gekränkt? ich weiß mich nichts schuldig; wodurch im Namen aller Heiligen?»

«Daß Sie ein Mensch sind!» sagte Christine, indem ihre blassen Wangen plötzlich mit dunkler Röte erglühten.

«Nun wahrlich», sagte Edmund empfindlich, «dies Vergehn ist so neu, daß ich nichts darauf zu antworten weiß. Ist dies die liebenswürdige Christine von Castelnau, die so den Freund begrüßt, der –»

«Liebenswürdig!» rief sie mit großem Eifer «– was nennt ihr denn so, ihr Freunde? das Schlechte, Armselige, Nichtsnutzige dieser Welt, womit wir unsern nackten Jammer wie mit zerrissenen Purpurlappen bedecken, von einer abgetragenen verblaßten Garderobe der Vorzeit, als es noch Kleider und Schmuck, und Menschen gab. – Oder ist denn die Welt vielleicht immer so jämmerlich bestellt gewesen?» – Sie warf die Laute von sich, als wenn sie an ihr erschrecke. – «Das ist auch eine der kläglichen Angewöhnungen», sagte sie, «daß wir klimpern und trillern und Gesichter ziehn, wenn uns das Herz brechen sollte, im Fall nur noch ein Stück von Herz in uns schlägt.»

«Sie sind krank», rief Edmund aus, «so krank, daß ich sogleich zu unserm Freunde Vila laufen will –»

«Bleiben Sie», sagte Christine, und indem sie noch stritten, fuhr schnell und mit großem Geräusch eine Equipage vor; im ersten Zimmer erhob sich alles, es war der Marschall von Montrevel, der in seiner Staatsuniform leicht und mit Grazie aus dem Wagen hüpfte, die Treppe hinaufsprang, und indem sich die Flügeltüren öffneten und im Zimmer Damen und Herren eine ehrfurchtsvolle Linie bildeten, sie alle mit herablassendem Anstande begrüßte. «Guten Abend, meine Damen», sprach er gütig, «ich freue mich, Sie alle wohl zu sehen; mein Capitain, Herr Rat, Ihr Diener; ach mein junger Freund», indem er sich zu Edmund wandte, «man sieht Sie fleißig hier; doch wo ist unsere liebe Wirtin?»

«Sie ist ebenfalls nicht weit», sagte Christine, hervortretend. «Und wohl?» fragte der Marschall; «gewiß, diese schöne Heiterkeit und Grazie, diese himmlischen Talente, wie könnten sie anders? – Bitte sehr, sich nicht zu derangieren, Mesdames; wir setzen uns alle, und spielen oder sprechen, wie es gut dünkt.»

Er legte Degen und Federhut ab, und stellte mit verbindlicher Eile dem Fräulein selbst einen Lehnstuhl an das Kamin, er nahm ein Tabouret, und setzte sich zu ihren Füßen, Edmund lehnte hinter ihnen, und die übrige Gesellschaft begab sich wieder zum Spiel. «Zu Ihren Füßen, mein schönes Fräulein», fing der Marschall an, «muß ich die Ruhe und die Heiterkeit wiederfinden, die mir heute entflohen ist: ja dieser Tag ist einer der unglückseligsten meines Lebens!»

«Sind die Camisards in Nismes eingedrungen?» fragte Christine.

«Das werden sie nie», sagte der Marschall lächelnd, «dafür ist gesorgt; bald werden diese Elenden ihr letztes Lied gesungen haben. Gestern sind sie so gut wie vernichtet worden, und wir hätten ihnen auch hier nahe bei Nages den Garaus gemacht, wenn nicht, wie immer, Verräterei und Bosheit unsere besten Bemühungen vereitelten.»

«Gewiß», sagte Edmund, «wäre das Volk nur einig, sie zu vertilgen, so wäre das meiste geschehen.»

«Junger Mann», fuhr der Marschall fort, «ich werde sie vernichten, auch ohne Beistand des Volkes; denn diese Compagnien, die sich von Bürgern und Bauern gegen sie gebildet haben, schaden mehr, als sie nützen, diese Menschen verstehen den Dienst und den Krieg nicht, sie machen die Empörer stark und übermütig, nur der Soldat kann sie dämpfen. Wie schlecht ist es dem guten Einsiedler von Saumiere bekommen, er soll völlig geschlagen worden und ertrunken sein.»

Edmund erzählte, was er von der Sache wußte, und der Marschall sagte lächelnd: «Ich kann mir die Angst des alten Burschen denken. Doch, um fortzufahren, wir hatten einen alten Camisard bekommen, einen schielenden, glatzköpfigen Menschen, der zu uns übergegangen war, er kannte und wußte alle Schliche des Gebirges: ich denke, er nennt sich

Favart; dieser versprach, uns den Anführer Cavalier und seinen vornehmsten Trupp zugleich mit dem Catinat in die Hände zu liefern; wir finden auch die Sache so, wie er sie angegeben hat, der Herr von Basville hatte aus einer Art von Gutherzigkeit den Elenden als Jäger bei sich in Dienste genommen, und sei es nun, daß er seine alte Anhänglichkeit an die Rebellen nicht hat überwinden können, sei es, daß er selbst nicht alles genau wußte: die Haupträdelsführer sind uns doch wieder mit einem großen Trupp entronnen, und Cavalier hat nicht fern von St. Hippolite in den Bergen wieder einen bedeutenden Trupp unserer Leute geschlagen, wie ich soeben durch einen Courier erfahren habe.»

«Den Favart kenn ich», sagte Christine, «er war lange in unsern Diensten, ein wilder, aber sonst ein braver Mensch; mich wundert nur, daß er seine Glaubensgenossen wieder hat verlassen können. Aber ist dies das Unglück, Herr Marschall, das Sie so beklagen?»

«Nein, schönes Kind», sagte Herr von Montrevel, «dergleichen Dinge, die für einen echten Soldaten nur Kleinigkeiten sind, können mich nicht aus der Fassung bringen; ich würde mich vor mir selbst schämen, wenn die gemeinen Unfälle des Lebens oder des Feldes meine Laune trübten.»

«So ist Ihnen wohl eine Geliebte untreu geworden? Trösten Sie sich, es bleiben Ihnen noch genug», sagte das Mädchen mit ganz trockener Stimme.

«Schalk!» drohte der Marschall mit dem Finger: «ja, Reizende, wenn Sie meine Flamme fühlen, erwidern, ja nur daran glauben wollten, so würde ich diesen schwarzen Tag für den glückseligsten meines Lebens halten, und es sollte für mich das ganze Geschlecht der Frauen auf Erden ausgestorben sein.» – Er schlug jede Erfrischung ab, die ihm die Diener anboten: «ich habe heute Fasttag, fuhr er fort, und ich habe schon diesen Mittag nicht speisen dürfen.»

«Sie sind zu streng», sagte Christine, «zu rechtgläubig, allzufromm, ich entsinne mich auch nicht, daß heut ein Fasttag sei.»

«Es ist nicht das», sagte der General mit feierlicher Miene, «denn man darf wohl zuzeiten, ohne große Gewissensqual, diese Fasten brechen; aber es gibt Dinge, die zwar nicht mit der Kirche und ihren Satzungen zusammenhängen, die aber in der Natur selbst liegen, und darum um so tiefer in unsern Herzen gegründet sind; Dinge, die viele Denker so wie die Geistlichen Vorurteile und Aberglaube schelten wollen, und die dennoch schon aus uralter Zeit uns durch den festen Glauben von Millionen überliefert sind, und dadurch ein ehrwürdiges, ja ich mag sagen, ein heiliges Ansehen erhalten haben. Diese Winke und Fingerzeige aus einer dunkeln Zukunft heraus, gleichsam unmittelbar die Stimme des Schicksals, reden uns um so erschütternder an, als sie dem blöden Auge nur lächerlich, oder wenigstens unbedeutend erscheinen, und wie jeder Mensch seinen schützenden Genius hat, so hat auch jeder Vorzeichen, die ihm besonders zustehen, und die ihm von der höchsten Wichtigkeit sind, wenn er sie achtet und sich ihren Sinn anzueignen weiß.»

«Vortrefflich!» rief das Fräulein, «so hör ich Sie gern, denn wenn der Held zugleich Philosoph ist, ist er mir um so lieber.»

«Reizendste Ihres Geschlechts!» sagte Montrevel, indem er die Hand küssen wollte, die sich schnellzuckend seinen Lippen entzog. «Da ich also dieses Glaubens bin», sagte der Marschall, «so fühlen Sie mein Entsetzen, als ich mich heut mittag bei der Tafel befinde – der Herr von Baseville, dem ich seiner Stelle wegen, wenn auch nicht ihm, diese Aufmerksamkeit schuldig bin, saß neben mir, meine Adjutanten und noch einige Offiziere – es ist serviert, man wechselt die Teller – aber, es wird mir noch schwarz vor den Augen, wenn ich daran denke.» –

«Um des Himmels Willen», sagte Edmund, «was war es? Gewiß wieder eine schreckliche Bosheit der Rebellen, Brand und Mord, oder Gift –»

«Nein, junger Mann», fuhr der Marschall etwas beruhigter fort, «gegen dergleichen Dinge sind wir gesichert, – mein

Fleury, der unglückselige Mensch, mein Kammerdiener, der sonst die Feinheit und Geschicklichkeit selbst ist, dieser, indem ich ihm einen Wink gebe (denn er ist eigen nur zu meiner Bedienung hinter meinem Stuhl, und die Sache daher um so unbegreiflicher), dieser will mir das Salz reichen, und indem ich es nehme, schüttet er das Gefäß ganz und gar vor mir aus. Mir ward schwarz vor den Augen, ich mußte mich zu Bett legen, den Kammerdiener verabschieden, und komme her, um hier Trost und Beruhigung zu finden.»

Edmund, der sich mit desto größerer Beschämung abwandte, je mehr er durch die Erzählung gespannt gewesen war, konnte den feurigen Blick des Marschalls nicht aushalten, der abwechselnd, Teilnahme suchend, ihn und Christine fixierte. Diese lachte ohne alle Verlegenheit laut und heftig auf, indem sie Edmund fast schadenfroh betrachtete. «Nun wahrlich, mein Fräulein», fing der Marschall wieder an, «diese Begegnung ist mir ebenso unerwartet, wie ich Ihrer nicht gewohnt bin. Wenn dergleichen Sie lustig machen kann, so denken Sie vom Glück oder Unglück Ihres Freundes zu geringe.»

«Wahrlich nicht», sagte Christine, «ich bin auch weiter nicht sonderlich lustig, ich finde die Geschichte erbaulich, und möchte schwören, daß das Weib und die Kinder, die Sie heut früh so wohlgemut haben erschießen lassen, auch das Salzfaß gestern abend in ihrer Hütte umgestoßen haben. Sind sie doch nun aller dieser Unfälle los. Nicht wahr, Herr Marschall?»

«Ist es erlaubt zu fragen», nahm Edmund bescheiden das Wort, «wie es damit zusammenhängt?»

«Ich mußte heut früh», sagte der Marschall gelassener, «einige Unglückliche dem Gesetz aufopfern, weil sie den Rebellen im Gebirge Proviant zuführen wollten.»

«Die Untersuchung ging etwas rasch», sagte Christine, «man nahm auf das Leugnen der Ergriffenen nicht große Rücksicht; zwar hatte es einige Wahrscheinlichkeit, weil die Mutter einen Sohn bei den Rebellen hat, der oft genug Hunger mag erleiden. Es war eine Frau von vierzig Jahren mit zwei Töchtern, die eine zwölf, die jüngste acht Jahre alt. Sie wurden durch diese Straße geführt.»

«Aber die Kinder doch nicht?» sagte Edmund, erblassend.

Der Marschall zuckte die Achseln, und erwiderte leicht: «Wir müssen unsere selbstgegebenen Gesetze strenge aufrecht halten, um zu schrecken. Sie konnten sich nicht ausweisen, warum sie auf der Nebenstraße waren; denn daß sie noch hatten Früchte sammeln wollen, war unglaublich.»

«Diese Mutter», fing das Fräulein wieder an, «mit den unmündigen Kindern, hatten sich einige Bohnen gesucht; Soldaten finden sie im Felde, im Schreck sind sie mit der Antwort saumselig – und dieser edle Marschall, dieser feine, artige, liebenswürdige Mann, dieser große Geist, der Verse machen, Feinde schlagen und Filet stricken kann, dieses weiche Herz, das Tränen vergießt, wenn ich an Kopfschmerzen leide, dieses grinsende Ungeheuer läßt Kinder und Mutter erschießen, indem er sich mit Anmut ein Federchen von der Uniform bläst.»

«Fräulein!» schrie der Marschall aufspringend; Edmund fuhr zurück, das Tabouret ward umgeworfen, und die ganze Gesellschaft fuhr bei diesem plötzlichen Geräusch von ihren Spieltischen auf.

«Nicht wahr», sprach Christine, mitten im Saale stehend, heftig weiter: «dergleichen ist groß, heroisch und edel? Dazu haben unsere erleuchteten Zeiten kommen müssen, damit wir dergleichen erleben können? O du Unmensch, du wagst es, die Worte Freundschaft und Liebe zu nennen? Du hast die Frechheit, nach Achtung und Wohlwollen auszugehn? Ja, du bist auch ein bedürftiges Wesen, wie deine armen Mitbrüder, du mußt es ja doch gefühlt, gesehn, oder im Traum wenigstens einmal geahndet haben, was das dunkle Los des Lebens, was Armut, Schmerz, Not und das heilige Mitleiden ist. Diese darbenden Eltern, diese hungernden Kinder, die Mutter, die mit wenigem, mit kleinem Labsal in die Hütte tritt, wie die Augen ihr suchend und bittend entgegengehn, wie ihr Strahl tröstend in den Blick der Kinder scheint, wie die kleine

Habseligkeit nun den Himmel im stillen Genuß gegenseitiger Liebe verbreitet! Hättest du nur das Auge einer gefangenen Schwalbe, nur deines Hundes verstanden, wenn er den Brokken von dir bettelt, so hättest du eher dein Ordenskreuz mit Füßen getreten, als diese Tat getan. Nur der Mensch kann so tief sinken; das Vieh, welches sich zerfleischt, ist noch fromm und unschuldig, noch mehr leuchtet in seine Verworfenheit ein Funke des alten Himmels, als in uns Entarteten. Man hat Märchen für Kinder, wo ein zagendes Mädchen einen schuppigen Drachen küssen muß, um ihn zu entzaubern – aber – dem Tiger könnt ich liebkosen, der scheußlichen Hyäne Hand und Lippe reichen, ehe ich mich so besudelte, dir freundlich zu sein, denn ich müßte fürchten, aus einem Weibe in einen Drachen entstellt zu werden. Und doch – als sie hier vorübergingen, sich die letzten Blicke zuwarfen, diese Kinder, die das Leben noch nicht kannten, und mit dieser Jugend in den Tod gerissen wurden – war es doch, als wenn das Jüngste Gericht mit allen seinen Schrecknissen durch mein Herz bräche – sieh, auf offener Straße hätt ich dir dennoch und deinen Henkersknechten den Staub von den Schuhen küssen können, um sie nur zu retten! Ich lief zu dir, ich fand dich nicht. Ja gewiß, alles, alles was ihre armen Seelen in dieser bittern Stunde fühlten, muß sich ihnen dort in Wonne, in Ruhe und Seligkeit verwandelt haben; ja sie haben dies Leben und dich vergessen, wenn wir nicht wahnsinnig zu einem Tyrannen, statt zum Gott der Liebe beten.»

«Wahnsinnig sind Sie, Elende», rief der Marschall in der größten Heftigkeit; «sich so zu vergessen – bei Gott! man sollte Sie ins Hospital sperren. Aber mich sehn Sie nie wieder, bei meiner Ehre!»

«Nie! nie!» rief Christine mit leuchtenden Blicken, «o schon dies ist Glück und Gewinn! Nein, großer Held, nie, oder wenn Sie sich gelüsten ließen, zu kommen, so soll ein großes Gefäß mit Salz zu Ihren Füßen ausgeschüttet werden, wie man Salz über die Stellen streut, wo Verfluchte gehaust haben.»

Der Marschall zitterte so vor Wut, daß er nicht fähig war, den Degen anzustecken; er nahm ihn unter den Arm und verließ das Haus, ohne noch ein Wort zu sagen. Der Capitain hatte sich schon früher fortgeschlichen, als das Gespräch diese unerwartete Wendung nahm; die Tanten verbeugten sich einigemal verlegen, und gingen auch, als ihre Nichte nicht darauf achtete; diese winkte darauf die Diener hinaus, und aufgelöst und erschöpft ließ sie sich nun der ganzen Länge nach auf den Boden fallen, indem ein Tränenstrom aus ihren Augen brach, so unaufhaltsam, als wollte sie so weinend vergehen und sterben.

Edmund näherte sich verlegen. Sie sah ihn nicht; er sprach einige Worte, aber sie vernahm ihn nicht. «Teuerste», rief Edmund endlich, «Sie bringen mich, Sie bringen sich um! diese gewaltsame Erschütterung muß Ihre Organe vernichten.»

«Und wär es nicht gut?» sagte sie mit matter Stimme, ohne ihren Tränen Einhalt zu tun. «Setz dich zu mir, hier auf den Boden, weine mit mir; alle guten Menschen sollten jetzt sterben.»

«Stehn Sie auf, Fräulein», sagte Edmund, indem er ihr half, «wenn ich nicht glauben soll, daß Ihr Verstand wirklich gelitten hat.»

«Gewiß hat er gelitten», sagte sie etwas beruhigter, indem sie neben ihm stand und ging, «sonst würde ich ja diese Dinge sehn und ertragen, wie es die andern tun: das ist es ja eben, ich habe einen Blick in den Schmerz der Welt und in die Abscheulichkeit der Menschen getan, nun kann ich mit diesen nicht mehr spielen und lachen wie sonst; ich bin erwacht von dem Gaukelwesen, und so müssen sie mich für wahnsinnig halten; aber du, Edmund, du unter so vielen solltest mich doch etwas besser kennen!»

«Ich bin noch wie im Traume», sagte Edmund, «wie konnten Sie nur Ihrem Schmerze so folgen, wie nur den Marschall so herbe verletzen, wenn Sie auch vielleicht im Recht waren? Ich erkenne Sie nicht wieder, da ich Sie doch schon seit länger als einem Jahre kenne. So waren Sie nie.»

«Immer, Edmund», schluchzte sie, «nie anders; dieser Schmerz hat nur zu heftig die Funken herausgeschlagen. Warum verstehst du mich denn nicht? Welch ein Erz hat denn deinen Busen umschlossen, daß kein Gefühl hineindringen kann? Glaubtest du denn nicht, daß ich nur darum keine Messe und Vesper versäume, um zum Gott der Liebe zu flehen, daß er diese Verruchten erleuchten, daß er den armen Verfolgten helfen, daß er mich selber stärken möge? Sieh, Edmund, obwohl ich nicht zur Gemeinschaft der Hugenotten gehöre, aber wenn ein ungeheurer Schlag alle diese Mörder vertilgte, in einer Sekunde wegraffte, so sollte unsere Kirche ein Dankfest anstellen, daß diese Schmach von ihr genommen ist, und ihr heiliges Banner nicht mehr geschändet wird.»

«Nun verstehe ich Sie», sagte Edmund. – Sie waren auf den Vorsaal getreten. «Bei Gott, bald werde ich ganz einsam stehen, und lieber mit Steinen als mit Menschen Gespräche führen.» Er nahm sein Gewehr unwillig von der Wand.

«Wie wild, Edmund, wie eigensinnig», sagte sie sanft; «darf es denn nicht sein, daß die Menschen ihre verwirrte Babelsprache nicht wenigstens in der Liebe verstehen? Die Geister sind es ja doch, die lieben - und du sagst ja, daß ich in deinem Herzen bin.»

«Liebe!» rief Edmund aus, «verfluchtes Wort! verfluchter Doppelsinn und Unsinn des Menschengeschlechts! Dies alte Mißverständnis, Liebe, dies verruchte Rätsel der Sphinx, das keiner auflöst, und an dem Tausende verbluten – verdammt!» Er biß die Zähne aufeinander, und stieß das Gewehr gegen den Boden, daß es losging, und der Schuß krachend durch die Decke fuhr. Die Weiber und Diener des Fräuleins stürzten herbei; er sah sie an, sie war nicht beschädigt, und lächelte ihm schmerzlich nach, indem er zur Tür hinausstürzte; auf seinen scheidenden Gruß erwiderte sie ihm nur mit einem seltsamen Schütteln des Hauptes, so daß sich die langen schwarzen Locken auflösten, und ihr Gesicht beschatteten. Sie drückte sie in die weinenden Augen, und ging schweigend in den Garten und die kühle Nacht hinab.

Der Herr von Beauvais ging mit seinem Freunde im Garten, vielerlei Gespräche wechselnd, auf und ab; sooft sie an dem kleinen offenstehenden Gartenhause vorübergingen, rief Eveline sie an, und machte sie auf die Gebäude aufmerksam, die sie mit Karten aufzuführen bemüht war. Der Parlamentsrat war heftig bewegt, und der Freund bemühte sich vergeblich, ihn zu beruhigen. «So halsstarrig», sagte dieser endlich, «fast ungeduldig, hab ich dich noch nicht gesehen; was ist es denn nun endlich, Edmund ist ein junger Mensch, wie so viele, laß ihn ausrasen, Alter, und du wirst deine Freude an ihm haben, denn Kraft, Charakter, edles Herz, sind denn doch nicht bei ihm zu verkennen, und daraus wird sich in Zukunft gewiß etwas Gutes bilden.»

«Ich spreche nur zu dir so», antwortete der Vater, «ich bezwinge sonst meine Ungeduld, und ihm gegenüber am meisten, aber in deine Hoffnung kann ich nicht einstimmen, sosehr ich ihn auch als meinen Sohn lieben muß. Wär er nur heftig und unbesonnen, das möchte hingehen, denn ich bin es auch gewesen; ja ich würde selbst seinen übertriebenen Glaubenseifer und alles, was mit diesem zusammenhängt, in einem heitern Lichte sehn, denn auch in diesen Gefühlen hat mein eignes Gemüt früher wunderbare Erfahrungen gemacht; wenn er mit allen diesen schroffen Eigenheiten, mit diesen heftigen Übertreibungen aller Art nur einen Trieb zur Tätigkeit verbände, wenn er sich unterrichtete, wenn er an irgendein Geschäft Hand anlegen wollte. Ich fühle aber nur zu deutlich, daß er so, wie er zum Teil das Bild meiner eigenen Jugend, aber wie verzerrt mir darstellt, er doch im Innersten mir ganz ungleich, gewissermaßen feindselig gegenübersteht; und so rächt sich denn leider die verwahrloste Erziehung und die Verweichlichung seiner Kindheit. Du weißt es ja, mein alter Freund, wie sehr, fast unnatürlich, er der Liebling meiner verstorbenen Gattin war, wie übertrieben sie jeden Einfall und Trieb, jede Eigenheit des Kindes bewunderte; dazu jener Abbé als Hofmeister, der nur seine Imagination aufreizte und mit Legenden und Wundern nährte; dies blendete das Auge seines jungen Geistes, und nahm ihm die Fähigkeit, das Wirkliche und die Wahrheit sehen zu lernen, es gewöhnte ihn, in Rührungen des Herzens zu schwelgen, und diese für untrüglich und für das Höchste zu halten. Unvermerkt schlich sich eine Geringschätzung gegen alle, die anders dachten, in seine Seele, denn er hielt sie nun für kalt und verstockt, und glaubte, sie in seinem hassenden Eifer weit zu übersehn. Ich war zu schwach, zu unentschlossen, zur rechten Zeit dem Übel zu steuern, ich schmeichelte mir, daß es nicht so tief Wurzel fassen sollte; und als nun endlich meine kränkelnde Gattin, die ich nie verletzten mochte, an der Geburt meines jüngsten Kindes starb, war es zu spät.»

«Alles nicht unwahr», fing der Freund an, «aber darum doch nicht so schlimm, wie du es ansiehst. Nur Stumpfheit, Aberwitz sind unverbesserlich; in allen wahrhaft aufgeregten Gemütern schlägt die gute Ader, und das Leben dieser reizbaren und heftigen Menschen besteht ja nur darin, sich durchzukämpfen, in mannigfaltigen Explosionen das Böse und Trübe niederzuschlagen, damit sich das Bessere scheide und verklärt aufsteige.»

«Du sprichst», sagte der Rat, «als Arzt und Chemiker, und willst mir leugnen, daß die Seele sich unwandelbare Verkehrtheiten aneignen könne, die nachher ihr Leben ausmachen.»

«Solange der Mensch noch jung ist», sagte jener, «verzweifl ich an nichts, und bei deinem Sohne am wenigsten, weil er sich nie den Ausschweifungen ergeben hat. Nur diese und die schlechte Gesellschaft höhlen den Menschen gänzlich aus, und die Erschöpfung trifft nicht nur den Körper, sondern macht auch den Geist leer, ernüchtert das Herz, so daß am Ende weder Verstand, noch Begreifen, weder Gefühl für Religion und Sitte, noch für Ehre übrigbleibt. Diese sind die Unheilbaren. Du machst dir der weichlichen Erziehung wegen Vorwürfe, das ist es ja aber nicht allein, alter Freund, worin du es versehn hast; du klagst über Mangel an Tätigkeit bei deinem Sohn, aber du selbst hast ihm ja alle Wege dazu versperrt. Als er nun erwachsen war, sollt er durchaus sich deinem Stande widmen; er haßte es aber, ein Advokat zu werden, und schwur damals, sich lieber zum Mönche scheren zu lassen. Ich kann ihm nicht unrecht geben, verzeih, wenn ich zu aufrichtig bin. Er wollte zur See gehen, du warst unbeugsam dagegen; er wollte dann im Militär sein Glück machen, wir konnten dazu deine Einwilligung ebensowenig dir abdringen. Der Junge dauert mich; es ist schrecklich, wenn ein Wildfang durchaus nur ruhig hinter dem Tisch Akten und Prozesse durchstöbern soll. Warst du früher zu weichlich gegen ihn, so bist du späterhin nur gar zu strenge gewesen.»

«Du tust mir unrecht, eigensinniger Mann», rief der Rat im Eifer aus; «es war nicht zu viel gefordert, daß er den Stand ergreifen sollte, in welchem ich selber nützlich gewesen war, er ist ehrenvoll und wohltätig für die Menschheit, und verträgt sich mit aller Freiheit und Adel der Gesinnung; ihm blieb noch Zeit genug, umzuschweifen, zu schwärmen, zu lesen und zu dichten, und seiner Leidenschaft für die Jagd genugzutun. Ich war aber damals überzeugt, daß Seedienst und Soldatenstand nur von ihm gewählt wurden, um meinem väterlichen Auge auf immer zu entfliehen; ich konnte mich nicht überzeugen, daß er sie als Beruf, mit Einsicht und vernünftigem Willen wähle, es schmerzte mich, ihn gänzlich zu verlieren; und nur zu oft suchen ungeratene Jünglinge diesen Ausweg, um in einem geschäftigen Müßiggange unterzugehen: denn was ist der Soldat im Frieden? Damals hatten wir keinen Krieg. Ich gebe dir recht in dem, was du über das ausschweifende Leben unserer jungen Leute sagst: aber du lächelst vielleicht, wenn ich dir gestehe, daß diese Jagdleidenschaft mir ebenso unerträglich ist. Als ich diese in ihm entstehen sah, gab ich ihn fast verloren, denn alle jungen Leute, die ich noch sich dieser Beschäftigung widmen gesehen, sind Müßiggänger, die sich keiner Arbeit wieder fügen können; dies scheinbare Geschäft mit seinen Anstrengungen und Aufopferungen lehrt sie die Zeit geringe schätzen, sie verträumen ihr Leben, bis die Stunde sie wieder gegen den Hasen oder die Schnepfen aufruft. – Und bei ihm nun noch der Hang, im Gebirge herumzustreifen, oft in drei oder vier Tagen nicht wiederzukommen; dann im Hause ohne Ruhe und Rast herumzufahren, zehn Bücher aufzuschlagen, einen Brief oder ein Gedichtchen anzufangen, mit den Bedienten zu zanken, um dann wieder fortzustürzen; und so einen Tag wie den andern, eine Woche wie die andere.»

Der Arzt sah ihn lächelnd an, dann sagte er nach einer Pause: «Laß ihn, er wird schon zahm werden, darum ist mir nicht bange, und was ängstest du dich denn, Alter? Du bist ja reich genug; wenn er nun auch nichts erwirbt, wenn er nur lernt sein Vermögen verwalten, sein Einkommen anständig genießen und andern wohlzutun, denn es ist so oft mit den nützlichen Beschäftigungen doch eine mißliche Sache. Alles, was du mir da schilderst, versteh ich sehr gut, und mich wundert nur, daß du es selber nicht besser begreifst. Gib ihm das Fräulein von Castelnau, und beide werden vernünftig, du wirst Großvater, und bekommst auch wieder ein Spielwerk, das dich zerstreut.»

«Nimmermehr!» rief der Parlamentsrat mit der größten Heftigkeit, «das geschieht nicht, solange ich lebe; sie ist es, durch die er verwildert, die ihn quält und doch alle seine Vorurteile nährt. Sprechen wir davon niemals wieder.»

«Man tut auch dem Mädchen unrecht», sagte der Arzt, «toll ist sie, ja – aber gut, und aus den beiden Tollheiten würde sich eine leidliche Vernunft ergeben.»

Die Gartentür wurde indem heftig zugeschlagen, Edmund trat herein, und das Gespräch war zu Ende. Sie begrüßten und setzten sich in das Gartenhaus zur kleinen Tochter nieder. «Bruder!» rief Eveline aus, «da bist du nun schuld, daß mein schönes Haus einfällt. Er kann doch nichts als Unglück anrichten.»

Edmund war freundlich gestimmt und sagte scherzend: «Bau wieder auf, Schwester, so hast du um so mehr zu tun.» – «Ja», antwortete sie, «wenn ich so müßig sein dürfte wie du, so hätte es nichts zu bedeuten, aber ich muß heute noch nähen, und nachher schreiben und rechnen. Aber du hast für gar nichts zu sorgen, und darum tust du den Menschen auch allen Verdruß.»

«Was hab ich denn noch sonst getan, als dein herrliches Kartenhaus umgestoßen?» fragte Edmund.

«Sieh, Vater», rief die Kleine aus, «er hat es schon vergessen, daß er vorgestern seine Liebste totgeschossen hat; oh, er wird uns alle totmachen, so wie wir da sind, und dann wird er zufrieden sein.»

Edmund runzelte die Stirn; der Vater verwies der Kleinen ihre Unart, und der Arzt fing ein anderes Gespräch an. «Nun, Edmundchen», indem er sich zu dem jungen Menschen wandte, «was sagst du zu der Neuigkeit, daß die Camisards, trotz ihrer letzten Niederlage, immer wieder den Truppen des Königs die Spitze bieten, daß sie von neuem die Ebene beherrschen, daß eine englische Flotte in Cette landen wird, daß eine Schlacht in Deutschland verloren sein soll, und daß also, wenn von allen diesen Nachrichten nur die Hälfte wahr ist, wir darauf denken können, wie wir mit den Rebellen gut Freund sein wollen, damit sie uns nicht den Garaus machen.»

«Scherzen Sie nicht», sagte Edmund, «unser Vaterland ist noch nie in solcher Gefahr gewesen; und solange man so gelinde mit diesen Rebellen verfährt, so stehen wir wirklich am Abgrunde, wenn es den auswärtigen Feinden gelingt, auch nur ein kleines Heer zu landen, und sich mit ihnen in Verbindung zu setzen.»

«Gelinde nennst du diese Behandlung!» fragte der Rat.

«Ich rede nicht», fuhr der Sohn fort, «von den Hinrichtungen, von den Mißhandlungen, von allen diesen Grausamkeiten gegen die einzelnen, die hart genug sind, so daß man selbst Weiber und Kinder nicht verschont, und die Menschheit sich wohl davor entsetzen darf. Ich meine, die schlechte Art, den Krieg zu führen, so daß schon eine königliche Armee zugrunde ist gerichtet worden, ohne daß man dem Übel selbst hat an die Wurzel gelangen können. Man schlägt sich immer im kleinen Kriege, oft in den Bergen, wo der unbekannte Soldat fast immer den kürzern zieht; das Gebirge steht den Rebellen bei, und versorgt sie immer von neuem mit Mannschaft und Lebensmitteln, durch den Krieg lernen die rohen Menschen den Krieg, und gelingt es nicht, diese Angriffe im großen und von allen Punkten zugleich klug und militärisch verbunden zu wiederholen, so läßt sich voraussehn, daß das Unheil noch lange toben und am Ende wohl Sieger werden kann.»

«Du scheinst jetzt über deinen Marschall anders zu denken», sagte der Herr von Beauvais.

«Meinen Marschall?» nahm der Sohn das Wort auf, «er ist des Königs Marschall, und unter diesem Titel gilt er uns allen für den Stellvertreter der Majestät, obgleich die Bessern alle wünschen, daß es nicht so wäre.»

«Wollte der Himmel», sagte der Arzt, «er gehörte bloß einem von uns; ich wenigstens wollte ihm mit Pillen und Rhabarber so zusetzen, daß er uns bald Platz machte. Noch nie hab ich einen Brodneid als gegen diesen Menschen empfunden! Hat er nicht in einem Zeitraum von acht Monaten mehr Menschen zum Tode befördert, als es alle Ärzte in der ganzen Provinz vermocht hätten? Alle dort oben in den Bergen, Cavalier und Roland eingerechnet, hält er nur für seine zukünftigen Patienten, und für die verschiedensten Konstitutionen hat er als ein roher Empiriker auch immer nur ein und dasselbe Rezept bereit. Gestern hat er wieder zwölf Propheten hängen lassen, die alle bis zum letzten Atem behaupteten, es würde mit seiner Macht bald zu Ende sein. Wie denkst du denn, Edmundchen, über diese Gabe des Wahrsagens, über diese Verzuckungen und Krämpfe?»

«Man wird es im Auslande nicht glauben», sagte dieser, «daß dergleichen im Schwange geht, daß mancher vernünftige Mann davon wie von einem Geheimnisse spricht, und daß unser Kalender 1703 schreibt!»

«Laß ihn schreiben!» sagte Vila; «es scheint also, Kind, du begreifst die Sache, unterrichte mich etwas darüber, denn ich begreife sie gar nicht, oder wenigstens kann ich mir das nicht in vernünftige und anständige Worte übersetzen, was mir darüber wohl manchmal durchs Gemüt gefahren ist.»

«Was ist da zu begreifen?» sagte der Jüngling heftig, «der gröbste und einfachste Betrug, der es noch je gewagt hat, sich den Sinnen darzustellen.»

«Wohl nicht in dem Verstande, in welchem du es nimmst», sagte der Arzt; «ich habe viel in den Gefängnissen beobachtet, sie sind sich sehr ungleich, und verdienen wohl eine ernsthafte Betrachtung. Ich bin noch nie in einer ihrer Versammlungen gewesen, im Freien oder einer Scheune; ich bin aber entschlossen, noch heute droben bei St. Hilaire ihrem Gottesdienste beizuwohnen, und wenn du mir ein gutes Wort gibst, Edmundchen, so darfst du mitgehn; ich habe zwei Bauernanzüge in meinem Wagen mitgebracht, so daß uns kein Mensch erkennen soll.»

«Ich gehe mit, alter Herr, um Sie zu beschämen», sagte Edmund, «daß Sie dieses Gesindel noch irgend so wichtig nehmen. Wir werden nachher über die abgeschmackte Täuschung um so mehr eines Sinnes sein können.»

«Du sollst nicht hingehen, mein Sohn», sagte der Alte, «was kann dergleichen Vorwitz nützen? – Ich verstehe dich nicht, alter Freund: sind diese Unglücklichen nicht schon elend genug? soll armselige Neugier und Mutwille auch noch ihrer spotten? Und wenn die Bedrängten nun verraten und überfallen werden, wie es schon so oft geschehen ist, und alle ohne Unterschied niedergemetzelt, wer ist dann der Tor gewesen, sich ihnen schleichend aufzudrängen? Oder wenn sie euch erkennen, oder nur Verdacht haben?»

«Spricht der alte Patron nicht schon selber wie ein Camisard», sagte der Arzt lachend; «am Ende glaubst du noch gar, ihre Propheten werden uns erkennen, und als Gottlose dem Haufen denunzieren. Sei nur ruhig, du Vorsorglicher, es steht ja ein Trupp der Rebellen hier in der Nähe, da wagen sich die Soldaten nicht in die Berge, wenn sie diese guten Freunde im Rücken wissen. Ich will auch einmal recht haben, und dein Edmund soll etwas lernen; es gibt gar absonderliche Arten von

Schulen, man holt sich die Weisheit mit Beschwer dütchenweise über Berge und Felsen herüber; alle Menschen können nicht so Handelsleute im großen sein, wie du. Eigentlich hat mich mein Sohn auf diesen Gedanken gebracht, und ihm habe ich versprechen müssen, Deinen Edmund mitzubringen.»

«Ihr Sohn?» rief Edmund mit großer Lebhaftigkeit aus; «mein Jugendfreund? Ist er wieder da?»

«Und davon», sprach der Herr von Beauvais, «sagst du uns das erste Wort?»

«Ihr erfahrt es ja nun noch zeitig genug», antwortete der Arzt in seiner phlegmatischen Laune; «ja, der Vagabunde ist nach manchem Jahre zurückgekommen. Der hat sich was versucht, der Wildfang. Er hat nun auf ausländischen Universitäten studiert, hat Holland, England und Schottland gesehn, hat sich in Ostindien unter allerhand Völkerschaften herumgetrieben, und ist nun endlich plötzlich und zu meiner Freude, noch ebenso toll und wild, aber unterrichtet zurückgekommen. Der hat sich nun Wunder von unsern Propheten hierzulande erzählen lassen. Er hat in Asien allerhand Kraut und Getiere dieser Art gesehn, und fällt aus den Wolken, daß, wie er den Rücken gewandt hat, in seinem Vaterlande hinter seinem väterlichen Ofen beinahe ein viel wunderbareres Gewächs soll aufgeschossen sein, als er in den tropischen Ländern observiert hat. Da hat er mir nun keine Ruhe gelassen, ich mußte ihm versprechen, mit ihm auszuziehen und auch dich abzuholen.»

«Aber warum kam er nicht gleich mit Ihnen?» rief Edmund.

«Die Mutter, die Basen, die Bekannten», antwortete Vila, «die ganze Stadt St. Hippolite wollte ihn nicht so schnell gehen lassen. Er muß erzählen, bis ihm der Hals trocken ist. Er will dich nun in der Waldschenke umarmen, und mit Dir den Ritterzug machen. – Nun, Alter, mach keine Umstände, gönne den jungen Leuten die Lust.»

«So seid denn töricht», rief der Parlamentsrat, «aber es ist etwas in meiner Brust, das diesen Schritt mißbilligt. Mag der

Himmel dich geleiten, mein Sohn!» – Sie nahmen Abschied, der Wagen fuhr vor, sie stiegen ein, um die ersten Meilen mit diesem zurückzulegen. Sie hatten sich kaum entfernt, als der Diener eilig in den Garten trat; «es kommt eine ansehnliche Equipage auf der Straße von Nismes, ich glaube, daß Ihnen der Besuch gilt, gnädiger Herr.»

Der Parlamentsrat eilte in den Saal: «Wie!» rief er erstaunt, «es ist der Intendant selbst, der Herr von Basville!» – Die Kutsche hielt, und heraus stieg ein ernster, langer Mann, schon ziemlich hoch in Jahren, der mit feierlichem Schritte sich dem Herrn des Hauses näherte. Man begrüßte sich, und nach einer kleinen Pause fing der Intendant an: «Gewiß, Herr Rat, sind Sie verwundert, mich hier bei sich zu sehn, aber eine wichtige Veranlassung führt mich zu Ihnen, und mir schien es anständiger, selber bei Ihnen vorzufahren, als Sie deshalb nach Nismes zu laden, wo unser Gespräch vielleicht nicht so ungestört und vertraut hätte ausfallen dürfen.»

Der Rat, über diesen Eingang verwundert, bat, nachdem man sich gesetzt hatte, ihm sogleich mitzuteilen, was ihm die Ehre dieses Besuchs verschafft habe.

«Sie sind verleumdet, mein Herr», sagte der Intendant, indem er ihm starr ins Auge sah; «ich bin nicht so glücklich, einer Ihrer Freunde zu sein, aber ich sage dennoch dreist und sicher, daß es abscheuliche Verleumdungen sind, die man gegen Sie vorbringt, die aber dennoch, wenn man alle Umstände zusammenreiht, für den Leichtgläubigen einen Schein von Wahrheit gewinnen können.»

«Wer wagt es», sagte der Parlamentsrat, «meinen Namen anzutasten?»

«Viele, gar viele», sagte der Intendant mit nachdrücklicher Stimme, «unter diesen sind Männer von Gewicht und Ansehn. Ich sagte Ihnen vor sieben Monaten, es würde Sie einst gereuen, daß Sie so bestimmt und unerbittlich Ihrem Sohne die Erlaubnis verweigerten, auch eine Compagnie Freiwilliger zu organisieren, um gegen die Rebellen zu streiten, und sie in ihren Schlupfwinkeln aufzusuchen.»

«Es gereut mich noch immer nicht, Herr Intendant», sagte der Rat; «erlauben Sie mir, über diesen Gegenstand anders zu denken.»

«Hätten wir», fuhr der Intendant fort, «die Hülfe von Bürgern und Bauern, hauptsächlich von dem Adel auf dem Lande erhalten, auf welche wir wohl mit Sicherheit sollten rechnen dürfen, so war unser König ermüßigt, ein Heer zu senden, und einen Marschall, welche den Krieg erzeugt haben, den sie vertilgen sollten; dann war es die Landschaft selbst, die die Bösewichter vernichtete, und viele scheinbare Rechtfertigungen jener Boshaften waren unmöglich. Sie haben, wie so manche andere würdige Männer, dazu die Hand nicht geboten, Sie haben es vorgezogen, mit Ihrem Sohne, der ein heftiger junger Mann und Enthusiast für die gute Sache ist, in Unfrieden zu leben. Es könnte bei alledem für väterliche Liebe und Ansehn des Hausherrn gelten, die gewiß niemals eingeschränkt werden dürfen. Aber, erlauben Sie», – fuhr er etwas schneller fort, als er die Ungeduld des Rates bemerkte – «dies, mit den Gesinnungen verbunden, die Sie mehr als einmal, auch in Gegenwart von Fremden, haben laut werden lassen, gab im Lande Veranlassung zu mancherlei Gesprächen, und was sich nun seit einigen Tagen zugetragen hat, macht selbst diejenigen irre, welche Sie verehren, und ist die Ursache, daß ich Ihnen lästig falle.»

«Ich erkenne mit Rührung, daß ich Achtung besitze; sprechen Sie aus», sagte Herr von Beauvais.

«Sie haben, so sagt man», fuhr der Intendant mit der größten Kälte fort, «Rebellen beherbergt. Sie haben flüchtige Camisards aufgenommen; diese Bösewichter haben Ihnen hier vor Ihrem Hause ein Vivat gerufen; Sie haben das Gesindel an Ihrem Tische essen lassen, Sie haben sich lebhaft widersetzt, als man sie fangen wollte, und die Braut Ihres Sohnes hat den Marschall in öffentlicher Gesellschaft gemißhandelt.»

«Mein Herr!» rief der Alte, gänzlich außer Fassung gebracht, «– doch», sagte er gelassen, «das Gewebe dieser Lügen ist zu grob, um nicht sogleich für Unwahrheit erkannt zu werden. Diejenige, die Sie die Braut meines Sohnes nennen, wird es mit meinem Willen nie, ich kenne sie nicht, und kann sie nicht lieben; mein Haus war armen Reisenden offen, und einer von unserer Partei, welchen ich beschützte, und den Sie ebenfalls unter dem Namen des Eremiten kennen werden, hätte mich und meine Familie fast ins Verderben gestürzt.»

Er erzählte ihm hierauf die Begebenheiten jenes Abends, ganz so, wie er sie erlebt hatte, und schloß: «Sie sehn nun, mein Herr Intendant, wie falsch man hierin berichtet hat.»

«Ich glaube Ihnen», sagte der ernste Mann, «aber Sie haben das Sprichwort vergessen, daß Wände Ohren haben. Man weiß, wie Sie zuweilen vom Marschall und dessen Liebschaften, die er freilich zu wenig verbirgt, gesprochen haben, in welchen beleidigenden Ausdrücken, so daß Sie so weit gegangen sind, ihn Henker zu nennen. Meine Strenge und Unerbittlichkeit, die ich vor meinem Gewissen und Gott zu verantworten gedenke, nennen Sie Blutdurst. Sie können nicht leugnen, daß Sie verdächtiges Volk freundschaftlich beherbergt haben, daß Sie bisher mit Ihrem Sohne in nicht zweideutiger Unfreundlichkeit lebten, daß Sie verweigert haben, daß er seinem Vaterlande dienen durfte, obgleich er mündig ist; verletzt nun das Fräulein von Castelnau unsern Marschall so gröblich in Gegenwart Ihres Sohnes, der still dazu schweigt, so muß man glauben, daß er mit ihr darüber einverstanden ist, und soll dies der Fall sein, so schließt der Mißtrauische weiter, daß Sie mit ihnen ganz versöhnt und eines Sinnes sind; daß Sie also, sagt der Hämische, nun heimlich und öffentlich den Rebellen auf alle Weise Vorschub tun werden, und daß man uns, wenn wir es dulden, mehr nachlässig schelten, als unsere Langmut loben würde, leidet wohl keinen Zweifel.»

«Ich verlange Untersuchung, die strengste Untersuchung», rief der Parlamentsrat.

«Sie wissen», sagte der Intendant, indem er aufstand, «daß sich in dieser gefährlichen Verwirrung dazu keine Zeit findet, das haben schon viele beklagt; Argwohn und Verdacht gelten als Beweis, wenige Unstände, wenn sie nicht geleugnet werden können, verdammen; das Militärgesetz, welches uns der König gesandt hat, muß leider diesen kurzen Weg einschlagen, weil es das Wohl des Vaterlandes und die Rettung von Millionen so erheischt.»

«Also bin ich verurteilt, ohne gerichtet zu sein? Gerichtet, ohne gehört zu werden? Man fängt mit der Strafe an, und wird in Zukunft Muße haben, die Klage zu finden!» sagte mit großer Bitterkeit der Parlamentsrat.

«Ereifern Sie sich nicht, würdiger Mann», sagte der Herr von Basville, «von allem diesen ist noch nicht die Rede, dazu müßten die Anzeigen noch weit dringender sein. Aber Sie selbst können nicht leugnen, daß man Sie für verdächtig halten darf, da doch so manches gegen Sie spricht.»

«Und was verlangt man also von mir?» fragte der Rat.

«Nichts Unbilliges», sagte der ernste Mann, «nichts, wogegen Sie mit Recht etwas Erhebliches einwenden könnten. Ich habe gestern eine neue Ermahnung Sr. Majestät publiziert, worin Adel und Bürger wieder dringend, bittend und befehlend aufgefordert werden, zum Besten des Vaterlandes und der Religion zusammenzustehen. Dreihundert junge Leute haben sich gestellt; lassen Sie Ihren Sohn frei, so wie er es seinen Jahren nach ist, erlauben Sie ihm, auch zu zeigen, daß er seinen König liebt, denn es sind noch nicht sechs Wochen, als er mit Tränen in Gegenwart des Herrn Marschalls auf meinem Zimmer darüber klagte, daß Ihre zu weit getriebene väterliche Liebe ihn gewaltsam zurückhielte, seinen Eifer zu zeigen. Hemmen Sie ihn nun wieder durch Ihre väterliche Autorität, dann freilich werden jene Anzeigen auch bei den Kälteren, selbst bei mir schwerer in der Schale wiegen. Ihre Antwort, Herr Parlamentsrat!»

«Mein Sohn», sagte der Vater mit verhaltenem Unmut, «ist frei; er mag dem Könige nach seinem Wunsche dienen, wenn er sein Glück noch darin setzt.»

Stumm verbeugte sich der Intendant, schlug alle Erfrischungen aus, und der bekümmerte Vater sah mit einer Träne im Auge dem fortrollenden Wagen nach. – «So ist es nun doch so weit gekommen», rief er aus; «nun hast du es also, Edmund, was du wolltest, und ich durfte nicht nein sagen. Nun wirst du Rehe und Hirsche schonen, und deine Kugel für die Jagd auf deine Brüder sparen! – O welche Unbesonnenheit, daß ich ihn mit dem leichtsinnigen Alten fortließ, unter diesen Umständen; wenn die Blutmenschen das noch wüßten! – Ja, wir glauben mit Vorsicht und Weisheit das Schiff unsers Lebens zu regieren, und wütet der Sturm nicht jeden Augenblick, so lassen wir bei der ersten Windstille lässig die Ruder sinken, und scheitern träumend am Felsen.»

Eveline kam aus dem Garten, der Alte umarmte sie zärtlich, und seufzte: «Bald vielleicht bist du mein einziges Kind!»

«Haben Sie dir den Edmund genommen!» fragte die Kleine.

«Ja wohl, mein Töchterchen», sagte der Vater.

«Sie geben ihn dir schon wieder», schmeichelte Eveline, «wir können ihn doch am besten brauchen, denn die andern wissen gar nicht mit ihm umzugehen.»

In diesem Augenblick hörte man wieder in der Ferne schießen, und der Alte verbarg sich mit dem Kinde im innersten Zimmer des Hauses.

Er wurde bald wieder in den Saal gerufen, und erstaunte nicht wenig, als er seinen Freund, den Arzt, wieder vor sich stehen sah, und zwar in einem Bauernkittel, so daß er ihn anfangs nicht erkannte. «Sei ruhig», rief ihm dieser entgegen, «uns ist gar nichts Unglückliches, mir nur etwas sehr Lächerliches begegnet. Denke nur, kaum habe ich mich in diese verwünschte Puppe gesteckt, kaum habe ich den Fuß dem Gebirge zugewandt, so tritt zum Glück oder Unglück ein Bedienter auf mich zu, der mich erkennt, und mich hinüber zum Marquis Valmont zitiert, der plötzlich gefährlich krank geworden ist. Noch steht der Wagen angespannt, ich werfe mich hinein, lasse traben, was die Pferde laufen mögen, und hier vor deinem Hause fällt mir erst ein, daß ich meine unglückliche Garderobe, Degen, Perücke und alles, da hinten in der finstern

Waldschenke in der Eil gelassen habe. Hilf mir nur geschwind mit deinen Sachen aus; so kann ich nicht zum Marquis.»

«Und die beiden törichten, jungen Leute», sagte der Rat, «sind nun allein, ohne deinen Rat und deine Aufsicht. Warum habe ich mich doch von deinem Leichtsinn anstecken lassen?»

«Mach keine Umstände, Alter», rief jener aus, «dies sind ja alles Kleinigkeiten gegen mein Elend!» – Er riß sich schnell die Kleider vom Leibe. – «Gib! schaff!»

Der Diener, der herbeigerufen war, half ihm. «Meine Kleider sind dir zu lang und vielleicht zu enge», sagte der Rat.

«Tut alles nichts», sagte der eifrige Doktor, «so imponiere ich dem Kranken vielleicht um so mehr; das schwarze Kleid her! den Busenstreif! die Weste fällt auf die Knie, schadet nichts! Nun die Perücke!»

«Du weißt ja, wunderlicher Mann», sagte der Herr von Beauvais, «daß ich seit mehr als zehn Jahren diesen Schmuck hier in der Einsamkeit ganz abgelegt habe. – Es ist keine im Hause.»

«Keine Perücke!» rief Vila aus, und ließ vor Schreck das schwarze Kleid niederfallen, in dessen Ärmel er schon mit einem Arme steckte. – «Nicht einmal eine Perücke! Mensch! Nun fange ich auch zu glauben an, daß du allen Glauben aufgegeben hast. Was fangen wir an?»

Der Rat und der alte Diener suchten den verdrüßlichen Freund zu beruhigen, der aber wenig nur auf ihre Worte hörte. «Ein Arzt soll ohne Perücke zum Kranken!» wiederholte er zornig; «das bringt die ganze Provinz in Aufruhr, das erfährt man in Paris, das gibt einen skandalösen Artikel im *Mercure de France*. Ei, die Ungläubigen! so wäre es doch besser, kein Brot oder keinen Katechismus im Hause zu haben, als die allernotwendigste Hauptzier zu entbehren. Und der Marquis wird sich von mir, in diesem kahlköpfigen Zustand, gar nicht wollen kurieren lassen, und sein Fieber wird noch weniger Respekt vor mir haben.»

Aber alle seine Klagen waren vergeblich, er mußte in diesem sonderbaren Kostüm abfahren und begriff die Gleichgültigkeit des Rats über seine Verlegenheit am wenigsten. «Ich hätte dem alten Heiden», murmelte er für sich, «mehr Freundschaft zugetraut, und alles, was die Camisards bis jetzt angerichtet haben, ist doch nichts dagegen, daß ich mit Degen und Chapeaubas, schwarz gekleidet, mit Manschetten und allem Zubehör ohne Perücke einem vornehmen Kranken vor sein Gardinenbett treten soll. Nichts anders, als wenn man unter Menschenfressern lebte.»

So suchte er sich selbst, durch Übertreibung über seinen Zustand zu beruhigen.

Es war zu Nismes eine große Gesellschaft zur Tafel des Marschalls geladen. Der Intendant, Herr von Basville, saß in der Nähe des Herrn von Montrevel, viele Offiziere und angesehene Einwohner umgaben den Tisch, und zuoberst schmückte die Gesellschaft die schöne Frau von Andrecy, die mit ihrem Gemahle zugegen war, um dies Fest zu verherrlichen. Einige ihrer Verwandtinnen, angesehene Damen der Stadt, saßen zwischen den männlichen Gästen, und alle schienen froh und der allgemeinen Drangsale des Landes nicht zu gedenken. Nur der Intendant der Provinz behielt seine ernste Miene, und stimmte nicht in das wiederholte Gelächter der übrigen; er war mit dem Obristen Julien in ein ernsthaftes Gespräch verwickelt, welcher ebenfalls den frohen Mut der Gesellschaft nicht zu beachten schien. Man hatte am gestrigen Tage wieder einen bedeutenden Vorteil über die Rebellen errungen, und alle schmeichelten sich, in kurzer Zeit diesen unglücklichen Aufstand geendigt zu sehen. Der Marschall war so guter Laune, wie man seit lange nicht an ihm gewohnt war; seine Einfälle wurden belacht, und die Huldigungen, welche er ziemlich merklich der Frau von Andrecy widmete, wurden von dieser mit Dankbarkeit genehmigt und mit feiner Artigkeit erwidert.

Der Obrist Julien erzählte dem Intendanten die wunderbare Art, wie er vor drei Monaten in den innern Gebirgen der Cevennen sei gerettet worden. Er hatte einen Streifzug kommandiert, und glaubte in einem hitzigen Gefechte die Aufrührer schon ganz geschlagen zu haben, als er sich gegen Abend plötzlich von allen Seiten umringt sah. «Rund um uns», erzählte er, «waren steile und kahle Berge; indem wir uns zum Rückzug anschicken, sehen wir plötzlich alle Höhen mit vielem Volke besetzt, vor uns und hinter uns wimmelte es von dunklen Gestalten. Wir konnten über unsere Lage nicht lange zweifelhaft sein; denn plötzlich rollten große Steine in unsere Schar, die im gewaltigen Sprunge mörderisch unsere Leute zerschmetterten. Hier war an kein Aufstellen zu denken, sondern wir zogen uns nur fast fliehend nach einer Mühle an dem Gebirgstrome zurück. Ich war überzeugt, daß ich auch hier den Paß verlegt finden würde, und gab mich verloren. Die Felsen zerschmetterten rechts und links meine Soldaten, ohne daß Gegenwehr möglich war; nun sprangen von der andern Seite, wie die Gemsen, mehr als hundert von den steilen Höhen herunter, und es entstand in diesem Wirrwarr, in welchem wir keinen festen Fuß aufsetzen konnten, ein blutiges Gefecht; ich fühlte schon drei Wunden, und meiner streitfähigen Leute wurden immer weniger; die Finsternis brach herein, als in einem Augenblick, indem die Camisards ihre heulenden Psalmen anstimmten, ein panischer Schreck den Rest meiner Mannschaft ergriff, und alles sich nach der Öffnung des Tales stürzte. Die siegende Rotte verfolgte sie, und von jener Seite stürzten ihnen neue Feinde entgegen. Verblutend lehnte ich einsam an einer Felsenmauer, und sah in der Dämmerung meine Compagnie niedermetzeln; jene bemerkten mich nicht, so sicher sie mir den Untergang geschworen hatten. Ich schleppte mich seitwärts nach der kleinen Brücke, die zur Mühle jenseit führt, meines Todes gewiß; aber ich fand sie unbesetzt. Einen Fehler, den ich den Rebellen, da Cavalier sie führte, wie ich im Geschrei und Getümmel erfahren, nicht zugetraut hatte. Dies ganze Unglück aber widerfuhr mir nur, weil falsche Kundschafter mir lügenhafte Nachrichten gebracht hatten; Menschen, die ich schon lange kannte, und deren Treue mir erprobt schien; sie hatten diese Rolle bloß gespielt, um mich desto sicherer zu betrügen, denn sie gehörten zu den Camisards.»

«Dies ist das Erschreckliche», sagte der Intendant, «daß wir keinem Menschen, keinem einzigen trauen dürfen. Die redlichsten, eifrigsten Patrioten, dem Anschein nach, verraten uns. Man wirft uns Strenge und Härte vor, aber ich fürchte, wir sind noch zu weich und mitleidig, denn dies treulose Gesindel verdient keine Schonung; es ist nur zu bändigen, wenn es fortgesetzte, unerbittliche Strenge sieht.»

«Ausrotten sollte man sie völlig», warf der Marschall ein, der im eigenen lebhaften Gespräch nur auf die letzten Worte gehört hatte.

Julien sah den Intendanten mit einem ernsten Blicke an, indem er seufzte: «Sie glauben also wirklich, daß diese Unglücklichen gar keine menschliche Rücksicht mehr verdienen?»

«Schwerlich», sagte der Herr von Basville, «denn durch eigne Grausamkeit und Schändlichkeiten aller Art haben sie sich jeder Teilnahme unwürdig gemacht. Aber fahren Sie fort, Herr Obrist: wie wurden Sie in dieser bedrängten Lage gerettet?»

«Kaum noch», sagte dieser, «eines Schrittes mächtig, schleppte ich mich über den Fluß, durch den Busch und über eine Wiese nach der Mühle, denn mir blieb keine Wahl. Es war nun völlig finster geworden, und doch hätte ich diese Mühle so gern vermieden, denn die Leute dort waren mehr als nur verdächtig. Zwei der Söhne waren schon längst zu den Rebellen übergegangen, und es war mein Vorsatz gewesen, nach meinem Siege alles Volk aus diesen Häusern mit mir zu nehmen, und es im Gefängnisse verhören zu lassen. Ein Hund meldete meine Ankunft; dies war das letzte, dessen ich mir bewußt war, denn vor der Tür des Hauses sank ich ohnmächtig nieder. Als ich mich wieder besann, fand ich mich entkleidet auf einem Bette, meine Blessuren verbunden, und viele sonderbare Gesichter über mir versammelt, die beim matten Schein einer Lampe einen höchst widerwärtigen Eindruck machten. Ein alter Mann mit weißen Haaren, welcher der Vornehmste schien, war der einzige, zu dem ich Vertrauen fassen konnte; desto abscheulicher waren einige Weiber, besonders eine bejahrte, die mir die Frau des Alten schien. ‹Ihre Wunden›, sagte der alte Müller, ‹sind nicht tödlich, Sie werden sich bald erholt haben, seien Sie außer Sorgen.› – ‹Kann ich es wirklich?› entgegnete ich, ‹bin ich bei redlichen Untertanen des Königs?› – ‹Bei Gott ja!› rief der Greis mit Tränen im Auge, ‹wir haben ihm schon manches Opfer gebracht, und werden Sie schützen, obgleich Sie uns ganz zu kennen scheinen, und Sie uns auch nicht unbekannt sind. Meine beiden Söhne sind unter Martern hingerichtet worden – aber der König hat es so befohlen, und Gott hat es zugelassen, wir rechten nun nicht mehr mit ihm.› Hier fingen die Weiber, besonders die älteste, ein entsetzliches Geheul an; einige junge Burschen sahen mit blutgierigen Blikken nach mir herüber; ich war auf alles gefaßt. ‹Still!› rief der Alte, ‹dieser Mann ist nicht als mein Feind, sondern als ein Hülfsbedürftiger unter mein Dach geraten, wer ihm nur ein Haar krümmen will, hat es mit mir zu tun! – Wir fanden Sie tot vor unserm Hause, wir erkannten Sie gleich›, fuhr er, zu mir gewandt, fort; ‹wir durften Sie nur ohne Hülfe lassen, so hatten wir Sie nicht ermordet. Aber ich habe das Blut gestillt, Sie können morgen zur Stadt zurück, und ich werde dafür sorgen, daß Sie mit dem frühesten zum nächsten Dorfe auf eine bequeme Weise geschafft werden, denn wenn unsere Brüder in Haufen ankommen, wie es morgen wohl geschieht, so dürfte ich Sie nicht mehr schützen können.› So geschah es. In der Nacht wurden einige streifende Rebellen abgewiesen, die nach mir suchten; noch in der Dämmerung ward ich auf einem kleinen Wagen bequem nach dem Ausgange des Tales geschafft, von wo ich mich sicher zur Stadt konnte bringen lassen.»

«Über diese falsche Tugend», sagte der Intendant, «können wir uns wohl verwundern, aber wir müssen ihr unsere Achtung versagen, denn sie wäre nicht nötig, wenn diese

Unglücklichen dem Könige treu blieben, und seinen Befehlen gehorchten.»

Man war jetzt beim Dessert und den feineren Weinen, als sich plötzlich im Hause ein lautes Getümmel erhob. Man hörte verschiedene Menschen eilig die Treppe hinaufkommen, die Türen sprangen auf und herein stürzte der Pfarrer von St. Sulpice, blaß und zitternd; ihm folgten einige Bürger, und unter diesen ein junger Mensch, der völlig außer sich zu sein schien. «Was gibt's?» fragte der Marschall gebieterisch, und der Intendant erhob sich und begab sich zum jungen Bürger. «Nun, Clement», sagte er, «faßt Euch, was ist Euch widerfahren?» – «Ist dieser nicht der Anführer von der Bürgermiliz von Nismes?» fragte der Marschall mit Verachtung. – «So ist es», erwiderte der Herr von Basville, «er führt den Streifzug der Freiwilligen.» – «Er scheint die Sprache auf seinem Zuge verloren zu haben», sagte der Herr von Montrevel lachend.

«Sie sind hinter uns – sie werden gleich hiersein», stotterte der junge Clement.

«Wer?» fragte der Marschall, der sich wieder gesetzt hatte.

«Cavalier und die Camisards!» rief der junge Mensch.

«So schlimm, ganz so schlimm ist es wohl nicht», nahm der Pfarrer das Wort, der gesammelter schien. «Aber unser Streifzug ist total geschlagen, und die Rebellen sind immer hinter uns drein gewesen, und zeigen sich wirklich in der Ebene von Nismes, so frech, als wenn sie die Stadt selbst bedrohen wollten.»

«So geht es», sagte der Marschall schneidend, «wenn Bürgervolk sich in Sachen mischen will, denen es nicht gewachsen ist. Gebt dem jungen Menschen ein Glas Wein, daß er sich erholt.» Zugleich sah er den Intendanten von der Seite an. «Setzen Sie sich, Herr Pfarrer», fuhr er dann fort, «Sie scheinen gefaßter, erzählen Sie etwas umständlicher.»

«Nach dem Befehl des gnädigen Herrn Marschalls», sagte der Pfarrer, sich tief verbeugend, «brannten wir gestern das Dorf ab, welches den Rebellen Lebensmittel gegeben hatte, als sie sich dort einquartierten; darauf zogen wir aus, fünfhundert Mann stark, und dreihundert Soldaten marschierten zugleich mit hundert Dragonern jenseit des Flusses. Das arme abgebrannte Gesindel lief in die Wälder heulend hinein, und wir verfolgten unsere Straße, indem wir etwa einhundert Rebellen flüchtig vor uns laufen sahen. Hinter dem Walde vereinigten wir uns mit den königlichen Truppen, und schlossen bei Nages die Weinberge von drei Seiten ein. Es zeigten sich von der Seite Camisards, die sich aber nach einigen Schüssen aus dem Staube machten. Nun rücken wir nach: wir rechts, die Soldaten links, zwischen die Berge hinein; wir geraten in das Gebüsche, und – als wenn es von allen Seiten Feuer spie, fahren die Kugeln in uns hinein, ohne daß wir jemand sehen; wir stutzen, wir machen halt. Nun richten sich die Kerle in den Bergen auf, Heulen und Singen gellt mit den pfeifenden Kugeln auf uns ein; wir wehren uns, und hoffen auf die königlichen Truppen, aber die Übermacht ist zu groß, unsere Leute fallen, wir müssen zurück. Schwer war es, aus den Bergen wieder zurückzukommen, der größte Teil unserer Mannschaft bleibt dort liegen; und wie wir endlich wieder in der Ebene sind, sehen wir das Militär auch schon in die Flucht geschlagen.»

«Geschlagen!» schrie der Marschall.

«Sie kommen wahrscheinlich uns nach», antwortete der Geistliche.

«Die Freiwilligen», sagte der Intendant, «scheinen wohl nicht gehörig unterstützt zu sein, wie es schon oft geschehen ist; und wie soll der Bürger standhalten, wenn der Soldat flüchtig wird?»

Der Marschall, hochrot im Gesicht, wollte etwas Zorniges erwidern, als einige Offiziere bestäubt und verwildert in großer Eile hereintraten. «Die Rebellen, Herr Marschall», sagte ein junger Hauptmann, «zeigen sich vor den Toren von Nismes; diesmal hat uns Cavalier einen schönen Streich gespielt; die Kundschaft lockte uns zwischen die Weinberge, die Freiwilligen vereinigten sich nicht mit uns, wie es verabredet war, und wir sind völlig geschlagen. Cavalier weiß seine Dispositionen wie ein alter Soldat zu machen.»

«Herr Marschall», rief ein eintretender alter Obrist, «der Feind ist da! und der schreckliche Catinat hat als Vergeltung, wie er es nennt, drei katholische Dörfer in Asche gelegt, und mit eigener Hand die Kirchen angezündet.»

Man führte einige Gefangene herein, und unter diesen ein Kind von zwölf Jahren. «Was soll der Bursche?» rief der Marschall.

«Er ist ein Bruder des Cavalier», sagte der alte Obrist; «wir hatten diesen gefährlichen Anführer schon gefangen, wir hatten eine Brücke besetzt, und er konnte nicht zu den Seinigen zurück, als dieser Wurm, dieser Knabe hier, die Rebellen vereinigte, ihnen zuredete, mit aufgestreiftem Arm den Säbel schwingend auf uns stürzte, die Brücke eroberte, den Bruder frei machte, aber selbst unser Gefangener ward.»

«Satansbrut!» knirschte der Marschall; «fort ins Gefängnis mit allen, und wir, meine Herren, an unsere Posten!» Alle gingen eilig ab; die Gesellschaft hatte sich schon, ohne Abschied zu nehmen, entfernt: der Knabe sah dreist und lächelnd im Saal umher, und folgte unbefangen seinen Wächtern; es war niemand als der Obrist Julien und der Intendant zurückgeblieben, der Hut und Stock nahm, um sich ebenfalls nach Hause zu begeben. «So kann es nicht fortgehen», sagte Herr von Basville, «der König opfert ohne Frucht seine Armeen, und die Rebellen werden hartnäckiger und stärker.»

«Es wird sich ändern», sagte der Obrist, «ich habe aus Paris die sichersten Nachrichten; – aber Sie zeigen ihm zu unverhohlen Ihre Geringschätzung, er weiß auch, was Sie über ihn nach Hofe berichten.»

«Kann ich anders», sagte der Intendant, «wenn ich ein treuer Diener des Königs bin? Sie haben alles gesehen, und müssen mir in Ihrem Innern bezeugen, daß ohne diesen Marschall dieser Aufstand nie ein Krieg geworden wäre; er nährt ihn, ihn freut es, sich wichtig zu machen, er vergeudet bei den Weibern seine Zeit, und ist nur aus armseliger Eitelkeit brav als Soldat, so wie es sein Stolz ist, die Närrinnen in sich verliebt zu machen.»

«Wenn wir aber einen bessern General bekommen», sagte Julien, «so steht auch zu hoffen, daß man einmal das System dieser übertriebenen Strenge und Grausamkeit aufgeben wird, und versuchen, was die Milde vermag.»

«Das kann kein guter Untertan dem Könige raten», sagte der Intendant, indem er sich mit einer kurzen Begrüßung vom Obristen trennte.

Auf den Gassen war Getümmel, und alles beeilte sich, den Rebellen, die gefährlicher als jemals schienen, Widerstand zu tun.

Es waren einige Tage verflossen, in welchen der Parlamentsrat seinen Sohn nicht gesehn hatte. Franz, der alte Diener, war indessen verreist, und Joseph sowohl als die weiblichen Dienstboten hatten es nicht gewagt, Edmund zu stören. Der Vater war tief bekümmert, denn so auffallend hatte sich der Sohn noch niemals von ihm zurückgezogen. Sein Schmerz lag vorzüglich in dem Gefühl, daß er nicht einfach den nächsten und natürlichsten Weg einschlagen konnte und mochte, in sein stets verschlossenes Zimmer mit dem ganzen Ansehn des Vaters zu dringen, um ihn über seinen Zustand zu befragen. Joseph erzählte ihm, daß er sich immer eingeschlossen halte, daß man ihn seufzen, ja weinen höre, daß er dann nachts sich aus dem Hause schleiche, um in den Bergen umherzuirren, dann ebenso heimlich morgens zurückkomme, und jedem Menschen ausweiche, um sich von neuem zu verschließen. Auch scheine er strenge zu fasten, denn er habe keine Nahrungsmittel zu sich genommen, und alles abgewiesen, was man ihm angeboten. – Ich verstehe ihn gar nicht mehr, sprach der Alte für sich, als er sich wieder allein sah; seine übertriebenen Empfindungen zerrütten ihn, und ich, als Vater, muß ihn sehn zugrunde gehn, und kann gar nichts zu seiner Rettung tun. Endlich sind nun die dunkeln Geister aufgewacht, die ich so lange schon um uns her in ihrem Schlummer ächzen hörte; sie haben sich nun wohl seiner Seele bemeistert.

Es war spät, und die Nacht still und finster, da sandte er die Diener schlafen, um ungestört mit seinem Sohne sprechen zu können, denn es schien ihm eine unerläßliche Pflicht, sich über dessen Zustand aufzuklären, auch drückte diese Ungewißheit sein Herz schmerzlicher, als es die Überzeugung eines wirklichen Unglücks hätte tun können. Er nahm also den Hauptschlüssel, um die große Treppe hinaufzugehn, als er die Tür seines Sohnes öffnen hörte; er stand still, und herunter stieg ihm entgegen eine totenbleiche Gestalt, im dunkelgrünen groben Wams, das Gewehr über die Schulter gehängt, die Haare verwildert, die Augen erloschen. «Gott im Himmel!» rief der Vater aus, «mir ist, ich sehe ein Gespenst, und du bist es, mein Sohn!» – Er schwankte, und mußte sich zitternd auf die Stufen der Treppe niedersetzen. «Bist du es wirklich?» – «Ich bin's», antwortete Edmund mit dumpfer Stimme. – «Wie?» sagte der Alte, «so, in dieser Gestalt? so krank? in dieser Tracht? siehst du doch aus wie ein Camisard, als wärst du einer von ihnen.» – «So ist es auch», antwortete der Sohn, «ich will jetzt zu ihnen ins Gebirge hinauf.»

Der Vater raffte sich gewaltsam auf, er faßte kräftig den Sohn in seine Arme, und trug ihn so mit übermenschlicher Anstrengung in den Saal. Hier setzte er ihn in den Lehnstuhl, nahm dann das Licht, leuchtete ihm in die Augen, und betrachtete seine ganze Gestalt; dann faßte er ihn bei der Brust und rief im heftigsten Ton: «Das wolltest du mir tun, Ungeratener?» –

«Ja», antwortete Edmund kalt, «ich kann nicht anders, ich muß! – lassen Sie mich! glaubte ich doch so einmal Ihren Beifall zu erwerben.»

«Als Rebell?» schrie der Parlamentsrat mit gewaltiger Stimme, «als Mörder? den ich unter Martern auf dem Hochgericht soll sterben sehn? der mein graues Haar beschimpft? der den Vater in die Hände der Henker liefert?»

Der Sohn sah ihn starr an, aber kalt und ruhig; der Vater

war aufs tiefste erschüttert, und verlor vor diesem toten Blicke die Gewalt, die ein übernatürlicher Schreck ihm nur auf Augenblicke geliehen hatte; er fiel laut weinend auf den Sohn, der die Arme um ihn schlug, ihn küßte, und durch Liebkosungen den Jammernden zu trösten suchte. «O mein Sohn!» fing der Vater nach einer langen Pause an, oft durch Schluchzen unterbrochen, «hab ich doch seit manchem Jahre diese Zeichen deiner Liebe nicht gespürt, und nun eben, in diesem entsetzlichen Augenblicke, in welchem mein ganzes Leben wie in einem Traum zerrinnt, in welchem du so gewaltsam meinem Herzen entrissen wirst! – ich kann mich nicht fassen, ich kann dich nicht fragen; und was soll ich auch erfahren, wenn meine Bitten, meine Liebe, wenn nichts deinen starren, rätselhaften Willen brechen kann? O Gott der Liebe! gibt es in allen Empfindungen, die du geschaffen hast, eine innigere, als die des Vaters zum Kinde? Und wissen wir, welche ungeheure Schmerzen wir uns erflehen, wenn wir den Himmel um Kinder bitten?»

Sie hielten sich lange umarmt. Endlich sagte Edmund: «Lassen Sie mich mit Ihrem Segen scheiden, mein Vater.»

«Den kann ich dir nicht zu deinem gräßlichen Vorhaben geben», antwortete der Rat; «es ist so furchtbar, daß ich dich und mich noch immer wie zwei Gespenster anstarren muß.»

Beide schwiegen lange Zeit. Endlich sagte der Vater: «Ich mag dich nicht bitten, dich niederzulegen, denn ich muß fürchten, du gehorchst mir nicht, es nutzt nicht, wenn ich mich auch durch Schlaf beruhigen wollte, denn jeder Schlummer wird mein zerrüttetes Gehirn fliehn; was ich morgen erfahren würde, kann ich auch heut noch hören; wenn ich es fasse, wenn ich das Unbegreifliche verstehe, so wird es mich vielleicht weniger entsetzen, ich werde mit Gram und Schmerz dem Notwendigen vielleicht nachgeben, wie dem Sturm oder Erdbeben; aber von diesem Gespenstergrausen, von diesem fast fratzenhaften Rätsel, das mich rasend zu machen droht, befreie mich wenigstens durch Sprechen und Erzählen.»

«Läßt es sich sagen, mein Vater?» fing Edmund an, «werden Sie es fassen, was ich selber nicht mit meiner gewöhnlichen Erkenntnis begreifen würde? Wir würden es ja nicht verstehen, wenn dieser Saal sich plötzlich um uns in hesperische Gärten verwandelte, aber wir würden die Früchte genießen, wir würden im Wunder leben und sein, ja durch dasselbe, und darüber vergessen, daß es noch eines andern Erkennens bedürfe.»

«So hat dich also jener Wahnsinn», rief der Alte, «auf seine Weise auch angefaßt, und in die dunkeln Falten seines Gewandes eingewickelt? Nun davor sicher zu sein, hätt ich wohl geschworen! Und doch hätt ich unrecht getan, denn jede Schwärmerei ist ja doch nur die Zwillingsgeburt der scheinbar unähnlichsten und feindseligsten.»

«Sie sprechen von Ihrem Gemüte aus», sagte der Sohn, «und ich verstehe Sie vollkommen, aber Sie mich nicht.»

«Nun gut, Edmund», sagte der Rat, «du magst recht haben, erzähle nur, sprich, vielleicht komm ich deiner Seele näher.»

«Wie sehr ich diese Hugenotten haßte», fing Edmund wieder an, «wie sehr ich ihren Krieg gegen den König, ihre Schwärmer und Propheten verabscheute und den groben Betrug des Gesindels verachtete, brauche ich Ihnen nicht zu sagen, denn meine gereizte Empfindung machte Sie unglücklich, und es scheint mein Schicksal, daß ich Ihr Elend bin, ich mag mich auf eine Seite stellen, auf welche ich will, so jetzt, wie damals.» – Er hielt ein Weilchen inne, und sprach dann weiter: «Mit diesen Empfindungen zog ich die Bauernkleider an, die mir so verhaßt waren, unser Freund verließ mich, wie Sie wissen, und ich ging mit seinem Sohne in das Gebirgstal hinauf. Florentin scherzte über unsere Wanderung, ich war tief verdrüßlich und schämte mich meiner Absicht.

Als wir tiefer im Gebirge waren, schlichen auf dem einsamen Fußstege uns einige Gestalten vorüber, wir folgten demselben Wege. Wir gelangten mit ihnen nach einer halben Stunde zu einer einsamen Scheune. Man klopfte an, sie wurde uns aufgetan. Ich kann die Empfindung nicht beschreiben, mit welcher ich in diese bäuerische Versammlung trat. Es war ein Ekel des Körpers und der Seele. Einige knieten, andere standen betend. Ich begab mich zu diesen, und suchte ihre Stellung nachzuahmen. Alles ging still zu, aller Augen waren auf den Boden geheftet, nur einige alte Weiber murmelten zwischen den Zähnen ihre Psalmen. Plötzlich fiel ein Knabe, von ungefähr acht Jahren, nieder und zuckte wie in Krämpfen. Mein Widerwille erreichte seine höchste Stimmung, denn nun sah ich ja das fratzenhafte Schauspiel vor mir, das schon seit Jahren in der Erzählung meinen heftigsten Verdruß erregt hatte. Das Kind erhob die Brust, bäumte sich, und ließ sich dann wieder fallen, und ich glaubte deutlich die willkürliche Anstrengung wahrzunehmen. Alle Gläubigen wandten hoffend und getröstet ihre Augen dahin. Nie in meinem Leben war ich noch meiner selbst so sicher gewesen, so felsenfest in meiner Überzeugung. Meine Gedanken wurden immer zorniger, ich wünschte mich nur erst zurück, um meinen Haß so ganz frei gewähren zu lassen. Plötzlich ertönt es mit heiserer Stimme aus dem Kinde: ‹Wahrlich, ich segne euch, ihr sollt gesegnet sein!› – nun im Strom, der unaufhaltsam floß, eine Menge von Gebeten und Ermahnungen, sowie Stellen aus der heiligen Schrift und ihre Erklärung, alles auf die gegenwärtige Zeit gedeutet. Ich erstaunte noch mehr, als der Knabe rief: ‹Wahrt euch, Brüder; denn zwei Verräter sind mit in die Versammlung gedrungen, die es böse mit euch meinen!› Ich sah auf, der junge Vila war blaß, er stand an der Tür, und schlüpfte hinaus, indem sie wieder Neuankommenden geöffnet wurde. ‹Der eine ist entronnen›, wimmerte der Knabe, indem er mit verschlossenen Augen und Sinnen dalag, ‹aber der zweite Spötter ist noch zugegen, er weiß es nicht, daß ich, der Herr, ihn selber hieher geführt habe, der meinige zu werden.› Ich erschrak, mein Inneres war bewegt, und Empfindungen stiegen in meinem Herzen auf, die ich noch nie gekannt hatte. Man fing an, Psalmen zu singen, und so widerwärtig sie auch klangen, so machten sie mir doch keinen gehässigen Eindruck, mein Gemüt folgte den herrlichen Worten; das Unglück dieser Verlassenen, ihre Zerknirschung vor dem Herrn, der grauenhafte Hochmut ihrer Gegner zitterten und kreischten herzzerreißend in diesem unharmonischen Gewinsel; es dünkte mir lächerlich, daß mir bisher immer der Wohllaut notwendig gewesen war, wenn ich mein Herz im Gebet hatte erheben wollen. Schlägt nicht die allgemeine Wehklage der Schöpfung an sein Ohr? eilt nicht Preis und Dank mit der Träne und dem Geschrei des Schmerzes zugleich vor seinen Thron? An dieses Gefühl reihte sich manches andere, nur blöde, arm und unzusammenhängend dünkte mir mein bisheriger Lebenslauf. Ist es denn etwas anders mit den Bildern, Lichtern, Tempeln? sagte ich zu mir selber; mit dem ganzen Prunk des Reichtums und Glanzes? Wird der Herr, der als Knecht unter uns wandelte und sich mißhandeln ließ, nicht dadurch verhöhnt? stellen ihn diese Armseligen nicht von neuem unsern Augen dar? Kann ich nicht in jedem dieser Verfolgten ihn selber begrüßen? ihn selber speisen, kleiden, ihn verteidigen? – Da war mir, als wenn aller Schmerz und Kampf, den diese Gebirge seit Jahren erduldet, auf einmal in einer unermeßlichen Heerschar durch meinen wunden Busen zog. Ein anderer Knabe fiel jetzt nieder und rief: ‹Geht hinaus in den Wald, Elias Marion und einige Gläubige ziehn heran, sie sind verirrt, lockt sie mit Psalmen herbei, denn heut habt ihr keine Verfolger zu fürchten.› Einige aus der Versammlung gingen hinaus, und sangen mit lauter Stimme, und bald darauf kamen sie mit einer Anzahl Begeisterter wieder, unter denen ein großer Mann hervorragte, den sie alle ehrfurchtsvoll begrüßten. ‹Triumph!› sprach der Knabe am Boden laut, ‹der Ungläubige hat überwunden, er wird in das Reich des Herrn eingehn.› Da war mir, als wenn ich plötzlich gegen meine Brust den Schlag eines großen Hammers empfände. Ich widerstrebte noch diesem Gefühl und bezwang es. Der demütige Gottesdienst der armen Gemeine ward mit Gesang und stillbegeisterter Rede fortgesetzt. Marion sprach Worte des Lebens, es durchdrang alle meine Kräfte, in welchem ungeheuern Irrtum ich bis dahin gewandelt hatte. Alles Zufällige fiel vor mir nieder, es wurde mir vergönnt, den Herrn und die Kraft seiner Wunder in ihrer einfachen Herrlichkeit und in seiner demütigen Gestalt anzuschauen. War durch Prunk, Legende, falsche Rührung und kunstreiche Erhebung bis dahin mein Gemüt doch nur verschattet worden, wie prachtvolle Umhänge von Seide und Gold den reinen Strahl des klaren Lichtes nur hemmen und seine Glorie mit falschem Glanze färben. Mein Herz zerknirschte sich und ward wie eine Wunde von Schmerz und Rührung; mein Geist wurde zum Kinde. Ganz nahe stand der Höchste neben mir, und reichte mir die blutende Hand, die jetzt wieder von uns Frevlern war durchstochen worden. Der Blick seines Tränenauges ging in meinem Geiste auf, da ward alles in mir zornige Wehmut und freudiger Gram, und in der Bewegung empfand ich wieder einen Schlag, als sich jetzt die Versammlung trennte.

Was ist Natur? So hatte ich mich oft gefragt, wenn ich begeistert durch Waldberge und grüne Täler geschweift war, vom Morgenhauch magisch verdeckt und erleuchtet, vom frischen Wind durchrauscht, und in der Fülle aller lieblichen Ahndungen, die uns zu süßen Träumen laden. O mein Vater, nun verstand ich die tiefe Klage im Wald und Berg, im rauschenden Strom, das Wort des Ewigen selbst und sein hohes Mitleid mit uns Armen, Verlornen brauste mir aus allen Wellen, von jedem Gezweige entgegen. Mit Millionen Zungen schallten die unendlichen Laubbäume meine träge Säumnis. In Vergangenheit und Zukunft drang mein Blick. Mein Gedanke war Anbetung, heiligende Furcht mein Gefühl.

Im tiefsten Walde warf ich mich hin, und ließ meinen fließenden Tränen ihren Lauf. Nun erging die dritte Mahnung an mich, und ich widerstand ihr nicht länger. In nächtlicher Einsamkeit ergoß sich mein ganzes Wesen in Gebet und Lobgesang, wundervoll fanden sich ohne alle Bemühung die seltensten Worte zusammen, wie die Träne ohne Vorsatz rinnt, wie Welle der Welle im Strom folgt, wie der Wind das unzählige Laub des Waldes erregt, so von einem höhern, unsichtbaren

Geist getrieben, ward meine Rede Weissagung. Dann war ich erschöpft und wie ein neuer Mensch. Ich kannte mein Gestern nicht mehr. Im Spiegel meines Innern sah ein ander Auge mir entgegen, als das gewohnte, und doch war dieses nur mein wahrhaftes Selbst.

Bald ruhend, bald wandelnd kam ich mit der Dämmerung der Frühe in die Gegend von Sauve hinüber im innern Gebirge. Sie kennen, mein Vater, die hohe Lage der dortigen traurigen Landschaft, kein Baum, kein Strauch weit umher, kaum einzelne Grashalme auf dem dürren weißen Kalkboden, und so weit das Auge reicht, Blöcke, Gruppen, Massen von Kalksteinen in allen Formen, wie Menschen, Tiere, Häuser, blendend und ermüdend, umhergestreut, und dazwischen Kiesgerülle, und etwas tiefer das finstre, einsame Städtchen. Hier warf ich mich wieder nieder und schaute in die wüste Zerstörung hinaus, und über mir in den dunkelblauen Himmel hinein. Sonderbar, wie sich hier mein Gemüt verwirrte. Ich kann es in keinen menschlichen Worten wiedergeben, wie mir plötzlich hier jedes glaubende Gefühl, jeder edle Gedanke untersank, wie mir die Schöpfung, die Natur, und das seltsamste Rätsel, der Mensch, mit seinen wunderbaren Kräften und seiner gemeinen Abhängigkeit vom Element, wie toll, widersinnig und lächerlich mir alles dies erschien. Ich konnte mich nicht zähmen, ich mußte unaufhaltsam dem Triebe folgen, und mich durch lautes Lachen erleichtern. Da war kein Gott, kein Geist mehr, da war nur Albernheit, Wahnwitz und Fratze in allem, das kreucht, schwimmt und fliegt, am meisten in dieser Kugel, die denkt, sinnt und weint, und unterhalb frißt und käut. O lassen Sie mich verschweigen, und nicht wiederfinden, welche rasende Gebilde meinen Sinn bemeisterten. Vernichtung, totes kaltes Nichtsein, schienen mir einzig wünschenswert und edel. Ich war ganz zerstört, und schwer ward mir der Rückweg zum Leben, aber ich fand ihn endlich mit Hülfe des Erbarmenden.»

Der Vater faßte die Hand des Sohnes. «Sieh, mein Kind», sagte er weich, «so wie alle diese wunderlichen Zustände im irren Wechsel durch deinen Geist gezogen sind, so wirst du dich auch gewiß wieder sammeln, und ganz zu uns zurückkehren können. Dein verstörtes Herz wird von diesen Erschütterungen ausruhen und sich besinnen, und dann wird dein Verstand und freier Wille deinen schrecklichen Vorsatz wieder aufgeben.»

«Nie! mein Vater», rief der Jüngling mit plötzlicher Heftigkeit, «dies war meine Versuchung in der Wüste, die mir der Erbarmende nach wenigen Stunden abgekürzt und dann seine Vaterarme wieder geöffnet hat. Sie hätte auch Wochen und Monden dauern können, wenn er nicht Mitleid mit meinem schwachen Herzen gehabt hätte. Sie glauben mir nicht, Sie zweifeln, aber, was werden Sie sagen, wenn ich Ihnen die unleugbarsten Beweise geben kann, daß meine Erleuchtung keine falsche, keine erkünstelte ist, wenn Sie mir selbst werden gestehn müssen, daß ich durch sie nicht bloß mich, sondern auch alles außer mir, auf die rechte Art erkenne?»

«Wie meinst du das?» fragte der Alte verwirrt, «ich verstehe dich nicht, mein Sohn.»

«Als ich wieder zu Menschen gelangt war und mich erquickt hatte, wandelte ich wieder zum grünen Wald, der sich nach Florac zu erstreckt, dort, wo die Klippen den großen Charakter annehmen, bis nach dem Gebirge Lozere. Hier ward mir wieder wohl, und ich blieb die Nacht im Freien. Was taten Sie in dieser zweiten Nacht meiner Entfernung? Wo ist Franz geblieben? Glauben Sie, daß ich nicht alles weiß?»

Der Vater sah ihn erschreckend an. «Was weißt du?» fragte er stotternd.

«Indem ich mein Gemüt wieder zum Heiland wandte», sagte der Sohn, «und meine Verblendung ergründen wollte, daß ich ihn auch hatte verfolgen helfen, mußte ich im Sinne an Sie, meine Schwester und unser Haus denken. So wird es auch gewiß nach dem Tode sein, daß sich die Seele noch lange in die süße alte Gewohnheit zurücksehnt und ängstigt, und noch lange nicht die neuen Gedanken und das fremde Dasein fassen kann. Plötzlich, indem meine Sehnsucht Sie erfaßte, sah ich

Sie; alles war still im Hause. Sie gingen mit Franz leiser als gewöhnlich und höchst vorsichtig in Ihre Bibliothek. Die Laden wurden vor die Fenster gelehnt, die Türe verschlossen, es brannte nur eine Kerze. Darauf rückten Sie mit Franzens Hülfe die erste Reihe der Folianten mit dem Schranke zugleich zurück, durch den Druck einer Feder öffneten Sie das Paneell, das sich an der Wand hinzieht, und leuchteten in den kleinen verschlossenen Schrein. Mehrere Kästchen sah ich dort stehen, es waren Juwelen von kostbarem Wert, von denen ich nie gewußt, von denen Sie mir nie etwas gesagt hatten, aber Franz schien alles zu kennen. Sie öffneten die Etuis, Sie ordneten, Sie fügten noch einiges hinzu. Franz weinte und sagte: ‹So wird nun endlich mein Wunsch erfüllt, in Genf künftig zu leben, und *den* Glauben offen zu bekennen, den ich hier habe verleugnen müssen.› Auch das war mir neu und unerwartet. Sie umarmten hierauf den alten Diener recht herzlich, küßten ihn auf den Mund und sagten gerührt: ‹Du bist nun nicht mehr mein Diener, sondern mein Freund, mein vertrautester Freund, denn dir übergebe ich meine ganze Wohlfahrt, mein Vermögen und meine Kinder. Gott führe dich auf deinem Weg hin und zurück, gib die Briefe dort in die sichere Hand, zugleich mit diesem kleinen Schatz; schleiche dich, wie du kannst, über die Grenze, dann sind wir geborgen, und komme recht bald mit guten Antworten zurück.› Noch in derselben Nacht hat er fünf Meilen zurückgelegt.»

Der Alte zitterte heftig; er betrachtete den Sohn zweifelnd, sein Gesicht war blaß. «Wo hast du dies alles gesehen?» fragte er endlich.

«Drüben im Gebirge Lozere, sieben Meilen von hier.» Man schwieg. «Ich muß dir glauben», sagte der Vater, «sei es Wunder, Wahnsinn, eine unentdeckte Kraft der Natur, ich sehe, aber ich begreife nicht. Alles ist freilich so, wie du gesagt hast, aber dein Wesen ist mir entsetzlich. Glaubst du denn nicht, wie du auf so ungewöhnlich seltsame Weise in diese Stimmung, Überzeugung und Wundergabe geraten bist, daß es auch wieder Wege geben kann, die dir der Himmel, wenn du ihn gläubig und demütig anrufst, eröffnen mag, um dich zurückzuführen in das gewöhnliche Geleise der Menschheit, von jenen furchtbaren Klippen hinweg, auf denen du verschmachten mußt?»

«Sie verstehn mich nicht, sage ich noch einmal», rief der Jüngling, «ob ich gleich Ihre Meinung ganz verstehe. Sie vertrauen selbst den Zeichen nicht, die ich Ihnen gegeben habe. Doch», fügte er lächelnd hinzu: «Sie sind nicht so ganz verstarrt, soeben kommt ein besserer Gedanke, zwar auch aus der Gegend des Unglaubens, in Ihre Seele.»

«Und welcher?» fragte der Vater, «fast wirst du mich glauben machen, daß du in alle verborgene Tiefen des Herzens dringen kannst.»

«Soeben dachten Sie», sagte Edmund: «– laß ihn sein Wesen treiben, das Schlimme hat ja nun schon den höchsten Grad erreicht, vielleicht will es Gott, daß er auf diesem mehr als wunderbaren Wege endlich sein Heil findet, und die Schwärmerei, die ihn jetzt zum Wahnsinnigen macht, später durch Vernunft und wahre christliche Demut abkühlen lernt. So denken Sie von mir, so verleugnen Sie den bessern Geist.»

«Mein Sohn», sagte der Alte mit erhobenem Blick, «ist es ein guter Geist, der dich treibt? Ist es nicht vielleicht die verwilderte Natur selbst in dir, die dich über ihre eignen Schranken hinausreißt?»

Der Sohn sah ihn wieder mit jenem schrecklichen Blicke an, der den Vater verstummen machte. «Du bist frei», sagte der Alte, «nur die Liebe soll dich zurückhalten, keine Gewalt. Geh denn und folge deinem Herzen. Mein Gebet wird dich begleiten, und vielleicht hat es auch die Kraft, das Schrecklichste zu mildern oder zu verhüten.»

«Sie haben gewiß nichts dagegen», sagte Edmund ganz milde, «daß ich meinen armen Brüdern mein geringes Vermögen mitbringe, denn sie bedürfen es mehr als wir.»

«Nimm auch noch diese Börse von mir», sagte der Vater, «ich will nicht wissen, wozu ihr sie anwendet; aber die Unglückseligen dort sind bedürftig.»

«Franz kommt!» rief Edmund.

«Wo?» fragte der Rat.

«Er ist noch weit hinter dem Berge, ich seh ihn nur mit meinem innern Auge. Der übervorsichtige Alte! er hat den Brief in seinem Stiefel verborgen, da lehnt er sich an einen alten Baum, und zieht ihn hervor. Ich könnte Ihnen den Brief lesen, wenn ich wollte, aber ich sehe, daß er für Sie gute Zeitungen enthält, damit sei es genug. Lassen Sie mich nun gehn, eh der Alte kommt, und mir mit seinem Heulen das Herz von neuem schwer macht, oder meinen Zorn erregt.»

Vater und Sohn hielten sich lange umschlossen; der Greis schien in Wehmut und Tränen zu vergehn; Edmund machte sich gelinde aus den väterlichen Armen los, kehrte noch einmal zurück, und küßte den Vater. Eilig ging er durch den Garten, den Weinberg hinauf, stand oben noch einmal still, und winkte grüßend mit dem Tuche herunter, indem Franz von der entgegengesetzten Seite aus dem Walde trat, und schon von fern den Brief triumphierend hoch emporhielt.

Zweiter Abschnitt

In dieser Zeit war die Landschaft und das Gebirge von neuem mit Erzählungen angefüllt, die Schilderungen der schrecklichsten Grausamkeiten enthielten, welche die Camisards sollten ausgeübt haben. Selbst ihre besten Freunde und solche, die ihnen gern Vorschub taten, wurden stutzig, und viele der Rebellen selbst wagten es nicht, die Greuel auch nur zu entschuldigen, die sie gegen katholische Priester, Gutsbesitzer, ja selbst gegen heimliche Protestanten sich erlaubt hatten. Es schien, als wollte die schwächere Partei die Härte ihrer Feinde in trotzender Verzweiflung noch überbieten; aber es wandte ihnen viele Herzen ab und entfremdete ihnen deren Hülfe, die sich sonst gern öffentlich für sie gezeigt hätten.

Ein heiterer Sommermorgen leuchtete über das Gebirge, als Edmund sich mit hastigem Schritt, ohne Weg und Fußpfad, nach den innern versteckten Wüsteneien begab, die er nur aus der Schilderung kannte. Es war nicht anders, als ob seine wunderbare Gabe der innern Anschauung ihn richtig führte, denn er entdeckte die geheimsten Merkzeichen, an denen die dort eingewohnten Aufrührer nur allein die Schlupfwinkel fanden, ohne sich in den Felsengewinden zu verirren, oder von plötzlich erscheinenden Abgründen aufgehalten zu werden. Er ließ die Festung St. Hippolite seitwärts liegen, und geriet nach einiger Zeit, nachdem er steile Berge erklimmt hatte, in eine starre Felsengegend, zu der nur schmale Steinwege führten, und die weit umher durch geräumige Höhlen und Schlünde zerrissen war. Hier hatten in den Höhlen die Camisards ihre Schwerverwundeten, die sie aus den Gefechten hatten retten können; war ihnen dies unmöglich, so erschossen sie sie selbst, um sie nur nicht dem grausamen Scharfsinn der Henker zu überliefern. In diesen Spelunken verbarg auch Roland seinen Vorrat an Waffen und Pulver, wenn er davon einmal Überfluß hatte, sowie auch Lebensmittel und Wein, ebenfalls Arzneien, und was zur Pflege seiner Kranken diente. Die Regierung hatte schon ansehnliche Preise ausgesetzt, um diesen wichtigen Zufluchtsort zu entdecken, aber bisher vergeblich, denn unter den Aufrührern kannten nur die Vertrautesten diese Gegend, die sie natürlich nicht verrieten, und diese sorgten dafür, daß auch vom Landvolk nur diejenigen hinzugelassen wurden, deren Treue sie versichert sein konnten. Als Edmund den schmalen Weg hinging, der sich rechts unter einem steilen Berge hinzog, indem links, wenige Spannen entfernt, ein schwindelnder Abgrund gähnte, und er eben darüber nachdachte, wie leicht und sicher sich dieser Paß verteidigen lasse, hörte er sich plötzlich von einer breiten Figur mit bärtigem Gesicht und wildem Ausdruck anrufen, welche das Wort von ihm begehrte. Edmund wollte ihm auseinandersetzen, in welcher Absicht er gekommen sei, als die bärtige Gestalt das Gewehr, ohne zu erwidern, auf ihn anschlug und eben abdrücken wollte, indem eine kreischende Stimme hinter der Felsenecke hervorschrie: «Um Gottes willen nicht, Bruder Mazel!» und zugleich zwei nackte braune Arme dem Schützen um die Brust fielen, und ihm die Büchse niederdrückten. «Er ist kein Spion! kann es nicht sein!» rief der Halbnackte, «es ist ja der junge Herr von Beauvais!»

Als Edmund sich umsah, stand der Kohlenbrenner Eustach vor ihm, den er sehr gut kannte. «Wie kommt Ihr nur zu diesem geheimen Ort?» fragte der Kranke, der hier verpflegt wurde. Edmund sah nun mehrere sonderbare Gestalten, die sich um ihn sammelten, um ihn mit neugierigen Blicken zu betrachten. Dem Jüngling war es seltsam, als er diese zerlumpten, gemeinen Gestalten musterte, ihnen sagen zu müssen, weshalb er gekommen sei, und daß er als Bruder mit ihnen leben, und ihre gekränkten Rechte verfechten wolle.

Eustach schlug mit dem Ausdruck der höchsten Verwunderung die Hände zusammen, und schrie: «Ich hätte mir eher den Jüngsten Tag vermutet! Du glaubst nicht, Mazel, was der gnädige Herr hochmütig und ungehalten war, wenn ich einmal ein bißchen mit dem kleinen Fräulein Schwester sprach und spaßte! Ja, Abraham, das ist ein Zeichen von Gott, uns in unserer guten Sache zu bestärken. Wenn so ein Herr, dem nichts abgeht, dem Gott alles vollauf gegeben hat, was Ehre und Reichtum verschaffen kann, aufgewachsen und belehrt in ihrer Religion, wenn der zu uns übertritt, und Wetter, Sturm, Hunger, Blöße, und wohl schmählichen Tod um Gottes willen erdulden will – was sollen wir erst tun, die sie geplündert, gemißhandelt, denen sie die Kinder geschlachtet, die Priester ermordet haben? Ja, das sind Zeichen, wie vor dem Jüngsten Gericht.» Im Augenblick fing er an, einen Psalm zu kreischen; aber Mazel sagte: «Laß das jetzt, guter Bruder Eustach, denn wir wissen noch gar nicht, ob ihn Bruder Roland annehmen wird, dem muß er erst vorgestellt werden; wir sind neuerdings einigemal zu sehr betrogen worden, und das Ding mag auch diesmal seinen Haken haben, aber Roland und Cavalier die wissen gleich, woran sie sind, und diese kann man nicht hintergehen.»

Edmund sah ihn mit einem großen, verachtenden Blick an, und rief: «Führt mich zum Herrn Roland!» – «Bruder Roland, wenn's beliebt», sagte kaltblütig der untersetzte Mazel, «bei uns gibt's keine Herren, Gott ist unser Herr.» – «Etienne! Favart!» rief er mit gebietendem Ton, und aus der einen Höhle sprang ein junger, blondgelockter Mensch hervor, und hinter ihm schlich ein anderer her, den Edmund sogleich für jenen alten Jäger erkannte, den er in seines Vaters Hause vor ohngefähr zwölf Tagen getroffen hatte. «Führt den jungen Mann zum Bruder Roland», sagte Mazel zu den beiden, und Edmund ging mit ihnen schweigend noch tiefer in die Einsamkeit des Gebirges hinein.

Favart schielte den neuen Gefährten seitwärts an, indem sie miteinander wanderten, endlich sagte er: «Neulich wär's bald schlimm ergangen, junger Herr, wenn's der junge Bursche nicht tat.»

«Wer war dieser?» fragte Edmund.

«Weiß nicht», erwiderte der Jäger, «möcht es auch gern wissen; er tat mich kennen, obwohl ich ihn nicht kennen tat. Ich hatte die Brüder schon seit sechzehn Monaten wieder verlassen, nun bin ich wieder zu ihnen gegangen, hauptsächlich, weil neulich der junge Bursche mir ins Ohr sagte, daß ich ein Abtrünniger und Gottesverräter sei, nun weiß ich auch, wie der Herr von Basville, der Intendant, denkt, und die andern gottlosen Menschen. Sie sind Blutmenschen.»

Der junge Etienne nahm eine kleine Flöte heraus, und blies auf ihr ein geistliches Lied, das anmutig weit durch die Berge schallte. «Laßt das gottlose Blasen», sagte Favart. – «Warum gottlos?» fragte Edmund. – «Ist doch halt nur ein weltliches Pfeifchen», sagte der schielende Jäger, «kömmt doch alles von dem bösen Feinde her, unsere Seelen und Herzen durch Sinnenlust zu verstricken; einfach sollen wir an den Herrn denken tun, und unser Mund allein soll ihn preisen und loben, aber auch nicht künstlich und lieblich, denn es ziemt sich auch nicht, in unserm Jammer jubilieren zu tun.»

«Ihr seid zu strenge», sprach Etienne, «die Vögel im Laube preisen den Herrn auch künstlich auf ihre Weise.»

«Tun keine Vernunft und keine Seele haben», sagte Favart, «ist armes Vieh, und wenn's selbst die Nachtigall wäre; ist auch kein Lob des Herrn, locken das Weibchen damit, oder brüten im Nest; ist nur Lüge mit ihrer Gottseligkeit.»

«Wie Ihr wollt», sagte Etienne, indem er die Pfeife einsteckte. Sie kamen an einen Verhack, und man rief von innen: «Wer da?» – «Zion!» riefen die beiden Begleiter, und einige große Balken schoben sich zurück und machten Platz auf dem engen Wege. Sie gingen hindurch. «Wo ist Roland?» fragten sie die Schildwachen. «Oben», antworteten diese, «unter der großen Apostel-Kastanie.»

«Bald sind wir da», sagte Etienne. Sie hörten schon Geräusch aus der Ferne, Sprechen und Gesang, auch Klirren von

Eisen; und als sie nun auf die Höhe des waldigen Bergplans gekommen waren, sah Edmund viele Menschen in mannigfaltigen Gruppen versammelt, alle braun und von der Sonne verbrannt, die meisten in zerrissenen Wämsen; einige schienen zu beten, einige wenige lasen, andere ruhten im Grase, manche wetzten ihre schartigen Säbel, oder putzten die Flinten, andere flickten ihre Kleidungsstücke, manche sangen Psalmen. Ein großer wilder Mann schritt ihnen entgegen, er wandelte verdrüßlich auf und ab, die Hände auf dem Rücken, ein ungeheurer Knebelbart hing von beiden Seiten des Kopfes herunter, die Haare waren aufgewickelt; «guten Tag, Brüder», rief er mit widerwärtiger Stimme, die Edmund gleich für dieselbe erkannte, die er in jener Nacht aus der Ferne gehört hatte. «Held Catinat!» rief Favart, und schlug in die kräftige Hand des riesengroßen Mannes ein. «Wie geht es dir?» – «Angeklagt bin ich, Bruder», sagte jener, «und Roland will nicht mit mir reden, bis alle seine Offiziere, Cavalier und die übrigen über mich gesprochen haben.»

«Wo ist Roland?» fragte Edmund hastig.

«Der dort ist es, der mit dem bloßen Halse unterm Kastanienbaum sitzt», sagte Catinat.

Edmund sah an den Stamm des Baumes einen schlanken Mann von mittlern Jahren gelehnt, der ruhig auf den Boden blickte, indem er aus einer kurzen tönernen Pfeife Tabak rauchte; er hatte ein rotes seidnes Tuch abgenommen, das neben ihm lag, und das Wams aufgeknöpft, so daß die ganze Brust frei war; sein Haupt war unbedeckt, sein Gesicht nur mit großen Backenbärten beschattet. Er sah ruhig mit seinen hellbraunen Augen auf, als die drei sich vor ihn stellten und Etienne in wenigen Worten Edmunds Gesuch vortrug. «So!» sagte Roland, indem er fortfuhr zu rauchen, und seinen musternden Blick schnell wieder von Edmund abzog; «geduldet Euch ein wenig, ehe ich Euch meine Antwort gebe, wir tun nichts ohne höhern Rat, und ich bin nicht so gesegnet worden. Ist keiner unserer Propheten hier?» fragte er laut, indem er im Kreise umhersah.

«Nein, Bruder Roland», erscholl es von allen Seiten.

«So geduldet Euch», sagte Roland, «es werden bald einige von ihnen kommen, denn ich kenne Euch nicht, vor diesen aber ist nichts verborgen.»

Edmund fühlte sich verletzt, sein Herz wollte überfließen; er erzählte mit wenigen Worten seine wunderbare Verwandlung, und wie der Geist ihn in das Gebirge getrieben habe; «ja, ich selbst», schloß er seinen Bericht mit tiefer Rührung, «bin, so unwürdig ich auch noch sein mag, mit dieser wunderbaren Gabe der Weissagung beglückt worden.»

«So!» sagte Roland mit gedehntem Ton, indem er mit zugedrückten Augen den Jüngling mehr anblinzelte, als anschaute, ein Blick, in dem sich wie eine Geringschätzung, oder auch vielleicht Neid, wofür es Edmund nahm, spiegelte. Er erhob den Fuß, und klopfte an der Spitze die Asche der Pfeife aus; «geht ein wenig auf und nieder, ich habe noch etwas zu denken; sowie einer unserer Propheten kommt, erhaltet Ihr Euern Bescheid.»

Edmund ging verdrüßlich weg, und schaute über die unzähligen Berge hinüber; an die große Kette der Cevennen schlossen sich die blauen Häupter der Pyrenäen, und von der andern Seite sah man die Klippen und Felsmassen, die das rechte Ufer der Rhone so wunderbar gestalten. Wie erstaunte aber Edmund, als er hier unter den Brüdern auch zwei Edelleute wiederfand, die er wohl sonst in Nismes einigemal gesehen, und die dort wegen ihres Leichtsinns und ihrer schlechten Streiche in allgemeine Verachtung versunken waren. Cäsar und Mark-Anton waren nichts anders gewesen, als was man im gemeinen Leben liederliche Brüder zu nennen pflegt; sie hatten endlich, Schulden wegen, entweichen müssen, und schienen nur aus letzter Not die Gemeinschaft dieser religiösen Bergbewohner gesucht zu haben. Sosehr sie die Blicke und Mienen der übrigen nachzuahmen suchten, so lag doch in der Art selbst, mit der sie Edmund begrüßten, noch etwas von jener ruchlosen Frechheit und dem Leichtsinn der Liederlichkeit, die den sittsamen Jüngling schon vor Jahren aus ihrer Gesellschaft zurückgeschreckt hatten. Als Edmund noch einige Zeit die Gegend und seine künftige Gesellschaft betrachtet hatte, rief Roland wieder laut, indem er aufstand: «Ist noch kein Prophet gekommen?» – «Ja», sagte Favart, «hier ist Bruder Duplant.» Zugleich trat ein blasses, hageres Männchen herbei, das an allen Gliedern wie vor Frost zitterte, und dessen große weit hervortretende Augen den Ausdruck von Krankheit vollendeten. «Was willst du, Bruder?» fragte er den Anführer in einem fast winselnden Tone.

«Tritt herzu, Bruder», sagte Roland mit vollklingender Stimme; «hier hat sich ein neuer Bruder aus dem Tale gemeldet, ein reicher, ein vornehmer Mann und Katholik; was sagt dir der Geist hierüber?»

Duplant riß die hellblauen Augen noch größer auf, sah Edmund wie mit einem gebrochenen Leichenblick an, dann kniff er sie zusammen, zitterte heftig mit dem Kopf, fiel nieder, und indem Brust und Unterleib wie in gewaltsamen Krämpfen arbeiteten, rief eine tiefe, ihm fremde Stimme, aus ihm laut schallend: «Ich sage dir, Bruder, dieser ist ein erwähltes Rüstzeug, er wird dem Herrn treu dienen; sein Vater ist mit seinem Herzen in unsern Bergen, freuet euch, daß er zu uns gekommen, Amen!»

Sogleich umarmte Roland den Jüngling, dann reichte er ihm die Hand: «Im Namen Gottes denn!» sagte er feierlich.

«Mein Beruf muß der rechte sein», antwortete Edmund, «denn Ihr habt mich so aufgenommen, daß ein gewöhnlicher Enthusiast wohl gleich wieder umgekehrt wäre.»

«Wir können nicht anders, Bruder», sagte Roland, «zu oft versuchen uns Spione in allen Gestalten; darum entscheidet der Herr unter uns, der nicht getäuscht werden kann.»

«Wohl mir», rief Edmund, «daß ich unter euch bin, und alle die geehrten Männer von Angesicht sehe; aber wo ist Cavalier, der Held, dessen Namen im ganzen Lande erschallt? meine Seele brennt, ihn zu kennen, und in die Arme zu schließen.» – «Dort kommt er mit seinem Trupp, wunderlich ausstaffiert», sagte Roland.

Eine Schaar Camisards, in erbeutete Uniformen gekleidet, zog jubelnd den Berg herauf, an ihrer Spitze auf einem kleinen Pferde der Anführer, mit einer Feder auf einem großen Hut, die reichgestickte Uniform zu weit und schlotternd auf dem kleinen magern Körper. Er sprang vom Pferde, und indem Edmund auf ihn zuging, und er noch das fast Lächerliche des unpassenden Aufzuges in seiner Phantasie verarbeiten mußte, schritt der so oft gerühmte Cavalier auf ihn zu, und Edmund trat erschreckt und tief beschämt einen Schritt zurück, denn der junge Held war niemand anders, als jener junge Müllerbursche, den er vor kurzem im Hause seines Vaters mit Verachtung, ja mit schnöder Bitterkeit behandelt hatte.

Der junge Anführer musterte erst den erstaunten Edmund mit einem langen verwunderten Blicke, dann trat er ihm nahe und reichte ihm freundschaftlich die Hand. «Ihr seid von den Unsern», rief er aus, «der Herr hat es so gefügt, nehmt die Versicherung meiner Bruderliebe.» –

Edmund ergriff die Hand des jungen Menschen, hielt sie lange in der seinigen, und sagte dann mit großer Rührung: «Was habe ich Euch nicht schon zu danken in einer Zeit, da ich Euch nicht kannte und liebte; Ihr habt unser Haus, mich, meine Schwester und meinen teuern Vater gerettet! Die Decke ist mir nun von den Augen gefallen, und ich werde Euch, und alle diese Helden des Glaubens, als Brüder ehren und lieben.»

Es hatte sich ein Kreis gebildet, und Roland trat jetzt mit feierlichem Anstand in die Mitte. «Wir sind jetzt versammelt», fing er mit großer Bewegung an, «um über den Freund ein Urteil zu fällen, der mir einer der liebsten, der unter allen Brüdern einer der tapfersten, und im Werk des Herrn ein ausgezeichneter Eiferer ist. Hier steht Catinat, der Mann, vor dessen Namen unsere Feinde zittern. Ihr alle seid zugegen, Cavalier, du, Ravanel, Castanet, Duplant und Salomon,

Clary, auch Abraham Mazel ist herbeigekommen. Schon oft, meine teuren Freunde, habe ich darüber gesprochen, und meine Meinung und mein Gefühl euch deutlich machen wollen, daß in diesem Kriege, in welchem wir für den Herrn fechten, wir uns des Blutes, soviel es möglich ist, enthalten sollen. Nein, meine Geliebten, wir wollen nicht unsern Gegnern darin gleich werden, daß wir im Wetteifer des Mordens und Brennens sie und ihre finstern Werke überbieten. Der Feind, der uns bewaffnet gegenübertritt, sei der Schärfe des Schwertes preisgegeben, der Bösewicht, der uns verrät und den Herrn lästert, falle ein Opfer seiner Bosheit; aber der unschuldige Landmann, der schwache Priester, das wehrlose Weib, das unmündige Kind bleibe verschont. Was haben sie uns getan, was können sie gegen uns vollbringen? Wir haben ja immer gestrebt, unsere Feinde zu beschämen, und durch christliche Milde ihnen zu zeigen, daß unsere Sache die gerechte sei; aber hier Catinat hat meinem ausdrücklichen Befehl von neuem entgegengehandelt, auf seinem Streifzuge hat er wiederum drei Kirchen mit eigner Hand angezündet, zwei Priester niedergestoßen, sein Trupp hat auf seinen Befehl die Dörfer in Asche gelegt, und Weiber und Kinder sind auf entsetzliche Art gemordet und verbrannt. Ihr Geheul und das Schreien der Waisen, das Klagen der Mütter und Väter schlägt an den Himmel, und weckt und ruft die Langmut des Herrn, uns in seinem Zorn zu ergreifen und als unbrauchbare Gefäße weit weg von sich zu schleudern. Wenn wir selbst also handeln, worüber klagen wir denn, wenn die Feinde gegen uns den Rachen der Grausamkeit aufsperren, und weniger Erbarmen zeigen, als der Wolf der Wüste oder das Raubtier der Gebirge? dann flammt ihr Scheiterhaufen ja mit Recht uns drohend entgegen! Was zürnen wir denn noch, wenn ihre Henker mit gierigem Blick nach unsern Gebirgen heraufgrinzen und schadenfroh ihre Mordinstrumente wetzen? dann kämpft ja Tier gegen Tier, und Teufel gegen Beelzebub! Woran soll man alsdann die gute Sache noch erkennen? Auch erinnere ich euch, geliebten Brüder, daß diese Taten uns alle

Herzen der Bessern im Lande abwendig machen; nicht bloß der Katholik wird uns verabscheuen, auch diejenigen werden sich von uns wenden, die im Herzen unsere Brüder sind, jene Neubekehrten, die uns gern helfen möchten. Habt ihr denn auch vergessen, wie fromme Männer des Auslandes, Priester und Heerführer uns gewarnt haben, nicht mit unschuldigem Blut unsere Hände, nicht mit Brand und Grausamkeit unsere heilige Sache zu beflecken? Alle frommen Gemüter des Auslandes, die mit Liebe zu uns herüberblicken, werden irr an uns, und meinen wohl, es sei angeborne Grausamkeit und wilde Natur, die wir gern unter diesem Vorwande büßen, und nicht unser Gewissen und die Sache des Herrn, welche wir verfechten. Unglücks genug, daß wir gegen unsern rechtmäßigen König in Waffen stehen müssen, der uns unsern Gott rauben will; dies aber sei des Elends genug, nicht mehr, als nach unserm Gewissen nötig ist, laßt uns verrichten. Nun erinnere ich euch auch noch zuletzt, daß ich mit eurer aller Einstimmung, seit meines Oheims rühmlichen Tode, euer Anführer bin, daß mein Gebot unerschütterlich gelten muß, und daß derjenige, den ich aussende, und der meine Befehle frevelnd übertritt, wie ein Empörer zu betrachten ist gegen mich, euch und eure heilige Sache. Ihr wißt, ein solches Vergehen wird drunten bei den Königlichen mit dem Tode bestraft; fern sei es von uns, einen Glaubenshelden und Bruder wegen Widersetzlichkeit gegen mich, ein schwaches elendes Werkzeug des Herrn, so hart strafen zu wollen, aber ich trage darauf an, ihn des Kommandos zu entsetzen, weil keiner gebieten soll, der nicht auch gehorchen kann, und frage nun, ihr tapfern und erleuchteten Freunde, bei euch an, ob ihr diesen meinen Ausspruch bestätigen wollt? Denn noch einmal, ich fürchte, daß an diesen Übertretungen einzelner unsere große Sache zugrunde gehen wird.»

Roland entfernte sich aus dem Kreise, und alle schwiegen. «Wir wollen Catinat hören, wie er sich verantworten mag», sagte der breite, stämmige Mazel, und Ravanel, ein kleiner schwarzer Mensch mit finstern Blicken und wilder Miene, ging auf den großen Mann zu und rief: «Sprich, Bruder, du weißt, wie ich dich liebe, dein bin ich bis zum Tode, und glaube nicht, daß du je Unrecht tun kannst, denn in deiner Faust ist das Schwert des Herrn!»

Catinat schüttelte ihm die Hand, dann erhob er den Blick, schaute ruhig und scharf im Kreise umher und sagte dann: «Tapfere Brüder! Mein Vergehn ist deutlich und klar, es heißt Verbrechen gegen die Subordination, und da ich so gut wie Bruder Roland Soldat gewesen bin, so weiß ich es am besten, daß sich darüber nichts zur Beschönigung sagen läßt. Sprecht ihr nach diesen Buchstaben des Gesetzes, so bin ich verdammt, und ich lege dann ebenso gehorsam mein Kommando nieder, wie ich es aus eurer Hand und von Roland angenommen habe. Aber ich frage euch noch einmal hier öffentlich, wie ich schon oft gegen den einzelnen meine Meinung darüber kundgetan habe, können wir, das unmittelbare Werkzeug in der Hand des Höchsten, von seinem Geist durchdrungen, Befehle abmessen und ruhig befolgen? Sollen wir, dürfen wir diesen Krieg denn führen, wie mit Menschen unsersgleichen, und mögen wir uns eigensinnig dem heiligen Eifer entziehen, wenn der Geist auf uns niederfährt, und das Schwert unserer Hand regiert und den Brand in die Götzentempel schleudert? Wo ist noch Wahrheit, Zuversicht, Glauben, wenn ich nicht tun darf, was der Herr selbst mich würdigt in mir aufzurufen? Nein, meine Freunde, meine begeisterten Brüder! mögen andere, Selbstkluge, Eigenwillige, die ohne den Himmel kämpfen, so eure Soldaten sein, ich kann es nicht. Roland und Cavalier verzeihen den Gefangenen, die wir machen, schicken sie getröstet zurück, laben und verpflegen ihre Verwundeten, und hoffen in ihrer gutmeinenden Milde, das Herz der Bösewichter soll erwachen, und sie werden menschlich und brüderlich gegen uns empfinden. Aber mitnichten! Sie hohnlachen über diese unsere Schwäche, und nennen sie Aberwitz, ja, Feigheit schelten sie sie laut und rufen uns zu, wir dürfen nicht anders handeln, weil wir nur die Rebellen und Geächteten sind. Ja, vor den Menschen sind wir der Auswurf, und wenn sie uns fangen oder verwunden, zeigen sie weniger Erbarmen, als sie dem Hunde, auch wenn er ihr liebstes Kind zerfleischt hätte, erweisen würden. Brauche ich sie euch denn zu nennen die Greuel, welche sie an unsern Brüdern verübt haben, welche für den Glauben kämpften und starben? Nur erinnern will ich euch an den heiligen Vater Brusson, der in Montpellier die Märtyrerkrone errang, an den Frommen, der uns armen verwaisten Herden das Evangelium in der Wüste predigte, dann Abschied nahm, kein Schwert zückte, keine Fackel schwang, im Geist des Friedens lebte und starb, und nur noch einmal die alten Berge begrüßen, und von den Brüdern Abschied nehmen wollte, die der Glaube ihm wie seine Kinder nahebrachte; mit dem Evangelium in der Tasche und dem Brot der Tränen wallte er nach der Fremde zurück, die ihm Heimat geworden war; und da sie ihn fingen, was half ihm sein stiller, friedfertiger Geist? Unter Martern, vor denen die Einbildung schaudert, mußte er seine Seele in die Hände des Schöpfers zurückgeben. Brauche ich euch den glorreichen Esprit Seguier zu nennen, wie heldenmütig er starb, und den Scharfsinn seiner Henker nur verlachte? Aber wie vergeßt ihr denn die ganz Unschuldigen, die sich oft zum heimlichen Gottesdienst im Felde versammelten, und von den Gläubigen (wie sie sich nennen) niedergemacht, oder, wie so oft geschehen, hingerichtet wurden, Weiber und Kinder nicht ausgenommen? Und ihr denkt nicht mehr daran, wie man den Eltern, die verdächtig waren, die Kinder entrissen hat, um sie katholisch zu erziehen, wie die Mütter sie nie wiedersahen, und wie die Unmündigen, wenn sie dem Evangelium treu blieben, gemißhandelt und gemartert, in den Kerkern verschmachten mußten? Also aus dem Gedächtnis ist euch entwichen, was jene Priester von Kanzel und Altar gegen uns ausgesprochen haben, den Bann und die Flüche, und daß wir keines Erbarmens wert und keine Menschen seien, als wir noch gezwungen waren, ihre Messe zu besuchen? Und gegen diese Bluthunde sollte Milde, Tugend, Schonung, Klugheit, Menschlichkeit und Erbarmen nur erlaubt sein? Nein, wahrlich, wir gehn zugrunde, wenn wir sie nicht in ihrer Münze bezahlen, Gleiches mit Gleichem erwidern, Blut um Blut, Tod gegen Tod, Wut und Raserei gegen ihre Unerbittlichkeit und Strenge. Wie sie gegen uns mild und barmherzig gewesen sind, so laßt es uns erwidern; das Christentum, das sie predigen, brenne über ihren Häuptern zusammen; in ihren Herzen und Eingeweiden grabt nach, um zu sehn, wohin sich denn Mitleid und menschliches Gefühl verborgen haben. Wo unser Name ertönt, müssen sie bleich werden, und wenn wir alles gegen alles setzen, können wir erst wissen, ob wir gewinnen oder verlieren. Wir wollen sie, oder sie sollen uns vertilgen. Und wenn wir nicht mehr sind, so mag die öde Wildnis, das entvölkerte Land, die niedergerissenen Paläste und verbrannten Tempel und Schauder und Grauen der Nachwelt verkünden, was wir gelitten und was wir getan haben. Was ist mir Priester, Vaterland und Könige gegen diesen meinen Glauben, gegen das Feuer, das begeisternd durch alle meine Adern zuckt und in jeder Fiber brennt? Meint ihr, ihr dürft noch vernünftig und Menschen der gewöhnlichen Welt sein? Das ist es eben, was unsre Gegner stark macht und uns so manche Niederlage bereitet, daß wir noch auf die Welt und ihre Klugheit zurücksehen. Hier stehn unsere Propheten, hemmt doch den Geist, beschwört ihn doch, wenn er wie ein Sturmwind, wie ein Blitzstrahl durch ihre Seele fährt, und die Worte des Ewigen auf den Flügeln des Geistes aus ihrem geweihten Munde rauschen. Ihr wißt, mir, Roland und manchem ist diese Wundergabe versagt, aber gradeso, wie unserm Duplant, Cavalier oder Salomon dann jede Erinnerung verschwindet, jede gewöhnliche Menschenkraft erlischt, so, ebenso widerfährt mir, wenn im Getümmel wir endlich schlagen, und wir nun den Kirchen unserer Feinde siegreich vorüberziehn: aus jedem stummen Mauerstein grinst mich ihr Spott an, aus jedem Balken schreit mir das frech vergossene Blut unserer Märtyrer entgegen; schleicht das boshafte Geschlecht ihrer Priester mir dann mit verstelltem Flehn entgegen, ja, so brüllt es in mir nach Rache, wie dem Löwen, wenn er einmal, erst zahm, Blut gekostet, Dolch und Schwert fährt in ihre Brust, wie sie auch vor mir knien, mein ganzes Herz geht auf, wenn die lachende Flamme sich durch das Gebäude triumphierend schwingt, wenn in der Lohe die Balken schmelzen und niederfallen, und Weib und Kind in roter Glut begraben. Das ist alsdann kein Menschenwahn, der mich glücklich macht, sondern der wahre Geist des Allmächtigen, der mich treibt, und der Bischof, der König selbst, ja sogar unsere Propheten würden mir in diesen hochgeweihten Stunden umsonst dräuend und flehend entgegentreten, ja, wenn ein Engel vom Himmel stiege, und mir Einhalt zuriefe, ich würde nicht auf ihn hören. So bin ich, Brüder, und ich kann und will nicht anders sein, das sei hier beim ewigen Gott geschworen!»

Mit den letzten Worten erhob er sein großes Schwert gegen den Himmel, und stieß es dann mächtig gegen den Felsenboden, daß es laut erklirrte. Ravanel schrie wie besessen: «Ein Elias! ein Elias!» und warf sich dem wilden Manne an die Brust; die übrigen schwiegen, und Roland trat mit mildem Antlitz und wie in Verlegenheit wieder näher. «Was beschließt ihr, meine Brüder?» fragte er mit einem schweren Seufzer.

«Die Entscheidung ist schwer», sagte Constant, ein starker, blonder, junger Mann, laßt unsere Propheten entscheiden. Sogleich nahte der leichenblasse Duplant, seufzte hohl auf, und fiel nieder; von der andern Seite erschien Salomon, ein kleines Männchen, faltete die Hände, kniete, und warf sich dann am Felsen hin. Duplant rief mit jener wunderbaren tiefen Stimme: «Ich sage euch, Held Catinat hat nur mein Geheiß erfüllt!» – Doch kaum hatte er das Wort geendigt, als schon Salomon krächzte: «Folgt meinem Diener Roland, denn er ist mein auserwähltes Rüstzeug, ihr wißt, daß das Blut der Unschuldigen mir ein Greuel ist.»

Der Kreis war nun dichter gedrängt, und in der größten Spannung sahen die bleichen und braunen Gesichter eins zwischen den Schultern und über den Kopf des Vormanns hinweg. Aller Augen glühten, und Ravanel schrie: «Auch mir ward die Gabe der Weissagung, hört mich an, Brüder, ob vielleicht jetzt der Geist über mich kommen wird.» – «Halt!» schrie ihn Abraham Mazel an, «ich bin einer der ältesten hier, ich erhielt die Einsprache früher als ihr alle, durch mich, kann ich rühmen, ist dieser heilige Krieg entsprungen, aber ich meine, daß hier die Weissagung nicht gelten kann.» Er hatte mit diesen Worten den kleinen schmächtigen Ravanel bei den Schultern festgehalten, aber dieser schleuderte sich wie ein Blitz aus seinen Armen, warf sich neben Duplant nieder, der noch immer in der Verzückung lag, und rief: «Dieser ist unser größter Prophet, denn du hast nur zwei Grade, und ihm muß man Folge leisten.»

«Ist Salomon», sagte Roland ernst, «nicht so mächtig wie jener? Hier widerspricht sich das Wort des Herrn: wie sollen wir es auslegen?»

«Nur nicht», fiel Edmund ein, der sich nun nicht mehr halten konnte, «wie jene wilde Leidenschaft es begehrt, wo Zweifel sind, ist Milde und Erbarmen gewiß die Meinung des Herrn.» Er hatte diese Worte aber noch nicht geendigt, als er schon einen Schwerthieb zwischen Hals und Schulter fühlte, den ihm der wütende Ravanel geschlagen hatte. Der Jüngling taumelte zurück, und Cavalier fing ihn in seine Arme auf. «Wie?» schrien viele, «ein Bruder gegen den andern?» Mehrere Degen wurden bloß, ein wildes Geschrei flog über die Berge, und alles lief durcheinander. «Der Geist hat mich getrieben: er ist ein Verräter!» sagte Ravanel. «Halt! Ruhe!» so rief Rolands mächtige Stimme dazwischen, «Bruder Duplant hat uns eben geweissagt, daß er es redlich mit uns meine, und der Glaube ihn begeistere!» – Ravanel wandte sich verdrossen ab, und sprach mit Duplant, der indessen wieder erwacht war.

Ein großer schlanker Mann, dessen klares braunes Auge wundersam leuchtete, hatte sich indessen mit Edmund zu tun gemacht. Er hatte ihm schnell die Kleider vom Leibe gerissen, die Wunde, die nicht gefährlich schien, untersucht und verbunden, und den vom Blutverlust halb Ohnmächtigen zwischen seine Knie genommen. Cavalier beugte sich mit seinem freundlichen Kindergesichte über ihn, und dem Jüngling dünkte, er sei wieder im Vaterhause, und der fremde Gast komme, sich mit ihm zu versöhnen. «Ihr seid mein Engel», sagte er mit schwacher Stimme, «Ihr seid ja Gabriel, wie meine Schwester dort eben gesagt hat: nimm denn auch, so wie meinen Vater, Christinen in deinen Schutz, du frommer Knabe, dann sehen wir uns alle einmal froh und glücklich wieder. Aber glänze minder stark.» Indem verließ ihn das Bewußtsein.

«Er stirbt! Bruder Clary!» rief Cavalier aus. «Nein», antwortete jener, der ihn verbunden hatte, «er wird sich bald wieder erholen; doch Ravanel tut ihm unrecht, denn ich weiß es durch meinen Geist, daß dieser Jüngling fromm ist und unsere Sache mit Eifer führen wird. Aber das Zornfeuer jener wilden Helden richtet uns alle zugrunde.»

Roland ging indes mit gebietendem Anstande durch die Reihen, um die aufgeregten Gemüter wieder zu beruhigen. Alle standen auch schon in der Ordnung, wie sein Wink es befohlen hatte; nur Ravanel, schuldbewußt, hatte sich entfernt. Jetzt trat Cavalier unter sie und sagte mir seiner freundlichen Miene: «Brüder, das Band, das die ganze Welt verbindet, der Quell aller Wunder, die Stärke der Schwachen, die unmittelbare Gegenwart unsers heiligsten Vaters ist die Liebe, nur die Liebe. Ich bin erschrocken, daß wir, die Bedrängten, denen Einigkeit so not tut, sich auf diese Weise entzweien können. Dürfen wir es vergessen, daß wir Brüder sind? Knüpft uns nichts Höheres als Schwur zu einem heiligen Werke zusammen? Ravanel hat sich ohne Zweifel schwer an unserm neuen Bruder versündigt, aber der fromme Jüngling wird dem Eiferer verzeihen, und auch Roland und Catinat müssen sich wieder als Brüder die Hände schütteln. Vergib dem heftigen Mann, Bruder Roland, und verzeiht ihm, ihr übrigen Freunde, die ihr sein Betragen tadelt; er wird euch dagegen geloben, seinen Sinn zu beherrschen, sich zu zwingen, nicht ohne die äußerste Not dem Drang seiner Gefühle Raum zu geben. Wenn ihr wieder einig seid, habe ich euch etwas vorzutragen, das wohl der Beachtung würdig ist.»

Catinat ging langsam auf Roland zu; dieser trocknete sich eine Träne vom Auge, breitete die Arme aus, umschloß ihn und rief: «Sie mir willkommen, mein Bruder! Du wärst ganz in meiner Seele, wenn du deinem brennenden Eifer nur einige Tropfen Gelassenheit beimischen könntest.» Catinat versprach, sich zu mäßigen, und der Frieden war wieder geschlossen.

«Meine Freunde», fing Cavalier von neuem an, «als ich kürzlich in die Ebene und das Tal von Nages hinunterstieg, war es mir ein seltsames Rätsel, warum ich an so vielen Orten Kälte, Mißbilligung, ein fremdes Zurückziehen der besten und getreuesten Bewohner antraf. Man erzählte von unerhörten und mutwilligen Grausamkeiten, welche die Unsrigen verübt haben sollten. Ich erkundigte mich nach den Anführern, aber man konnte mir keine nennen. Unsere treuesten Freunde aber sagten mir, daß dies nicht die rechte Art und Weise sei, unsere überdies schon mißliche Sache durchzufechten. Mir schauderte, als ich die Erzählungen anhören mußte. So grausam haben kaum unsere Gegner gegen uns gewütet. Worüber ich Tränen vergießen mußte, war die grausame Art, mit der die Marquise von Miramon ist ermordet worden. Ihr wißt es alle, daß sie eine heimliche Freundin unserer Sache war, daß wir durch ihre Güte so manche Unterstützung genossen haben. Diese Dame reisete schon oft, traf oft auf unsere Leute, und diese, die sie alle kannten, die noch niemals die friedlichen und wehrlosen Einwohner mutwillig verletzt haben, ließen sie ungehindert ziehen. Jetzt wollte sie Usez verlassen, um ihren Gemahl zu St. Ambroise zu besuchen. Man rät ihr Bedeckung mitzunehmen, mindestens bewaffnete Diener, sie verschmäht beides, unserer Freundschaft vertrauend. Schon hat sie fast das Ziel ihrer Reise erreicht, als finstere Männer ihren Wagen umgeben; man bindet sie und ihre Dienerinnen, und weder Flehen noch Tränen, weder die Kostbarkeiten, die sie bei sich trug, noch das Versprechen vielen Goldes können die Unglücklichen von dem schmählichsten Tode retten. Ich widersprach allen Erbitterten, daß kein Trupp unserer Leute dies getan haben könne, aber nur wenige wollten mir Glauben beimessen. Zum Glück habe ich es entdeckt, wer diese Bösewichter sind, die sich auch Camisards nennen, und unsere Sache verunglimpfen; es ist eine Schar von Straßenräubern und Mordbrennern die aus der Provence herübergekommen sind. Tritt vor, mein Freund Degran, und erzähle den Brüdern, wie du zu den Bösewichtern gekommen, und auf welche Weise du ihnen entronnen bist.»

Ein zerlumpter Mann in langem Bart und von verhungertem Aussehen trat hervor, den einige kannten, andere mit Verwunderung betrachteten, wie sehr ihn ein Zeitraum von einigen Wochen verändert habe. Er fing mit matter Stimme an: «Es wird jetzt ohngefähr ein Monat sein, daß ich vom Bruder Cavalier mit drei von meinen Kameraden gegen Montpellier abgeschickt wurde, um den Feind zu beobachten, Pulver einzukaufen, und einige junge Mannschaft ins Gebirge zu berufen. Als wir, um nicht bemerkt zu werden, mit der Abenddämmerung auswandern und uns ein Gewitter im Walde überraschte, sind wir plötzlich von einer Anzahl schwarzer Männer umgeben. Man fordert uns auf, keinen Widerstand zu tun, auch wäre der Versuch bei der großen Menge vergeblich gewesen; der größte von ihnen tritt auf uns zu und sagt: ‹So sehe ich also welche von den braven, tapfern Camisards vor mir! Willkommen!› Wir begriffen nicht, wer sie sein konnten, sie sahen nicht wie Landmiliz aus, und selbst noch greulicher, als die Tollköpfe, die der wilde Eremit sonst führte. Nachdem wir einander näher betrachtet hatten, sagte der, welcher der Anführer zu sein schien: ‹Welch elendes, gefährliches Leben müssen so brave Leute nur führen, und keiner erkennt es doch, wieviel sie wert sind und was sie aufopfern. Was habt ihr von allen euren Anstrengungen? Ihr dürft nicht einmal plündern, wie man uns hat sagen wollen, bei den abgebrannten Kirchen ist es euch bei Lebensstrafe verboten, etwas von den goldenen oder silbernen Gefäßen für euch mitzunehmen: nein, ihr laßt alles im Brande zerschmelzen. Wir denken anders, wir sind zwar nicht eure Glaubensgenossen, aber ihr müßt mit uns gemeine Sache machen. Schauet her, unserer sind funfzig, alle durch Eidschwüre miteinander verbündet. Los könnt ihr von uns nicht wieder, und wollt ihr nicht zu uns gehören, so müßt ihr sterben. Ihr kennt das Land und die Einwohner, so nennt uns nun die reichen Katholiken, daß wir dort unsere Besuche abstatten können, und von dem, was uns als Beute zufällt, soll auch auf euch das gebührende Teil kommen.› – Was wollten wir tun? Wir mußten sie herumführen, indem sie uns immer genau bewachten. Ich mag nicht daran denken, welche Greuel wir mit ansehen mußten: aber noch entsetzlicher war es, was sie mit dem einen meiner Kameraden vornahmen, der ihnen hatte entwischen wollen, weil unser Gewissen uns Tag und Nacht ängstigte. Die schreckliche Mißhandlung, welche der Ermordung unsers Bruders voranging, band uns noch fester an die Straßenräuber. Bald war das Land von Gerüchten angefüllt von diesen schwarzen Camisards, wie man sie nannte. Sie waren aber gar nicht bekümmert darum, in der Maske, die sie angelegt hatten, bloß ihre Glaubensgenossen zu plündern, sondern sie machten sich auch bald an solche Häuser, die Neubekehrten zugehörten, und deren Familien man als eifrige Reformierte kannte. An einem Abend, als sie ein Landhaus umzingelt und mich vorangeschickt hatten, um die Gelegenheit recht zu erspähen, wurden wir überrascht; sie mußten eilig zurück und ich benutzte den Augenblick, um in den Garten, und von dort in den Wald zu entspringen. Sie haben nun noch eine große Liste von reichen Leuten, die sie plündern und ermorden wollen; der Herr von Beauvais steht obenan, und da sein Haus ziemlich einsam liegt, so kann es ihnen fast nicht mißlingen.»

«Genug, mein Freund!» rief Cavalier aus: «Nun, Catinat, willst du mich begleiten, um diese Mordhunde zu fangen? Ich nehme diesmal nur funfzig Mann mit mir, und denke bald zurück zu sein, um deine Befehle, Bruder Roland, zu empfangen.»

Er winkte, bestieg schnell sein kleines Roß, und diejenigen, die seinen Willen schon kannten, folgten ihm mit Catinat. Der Mann, der den Räubern entkommen war, ging auch mit ihnen, um die Frevler aufzuspüren.

Edmund war indessen entfernt worden. Er lag in einer von Zweigen geflochtenen Hütte auf einem Lager von Moos, und Abraham Mazel hatte sich zu ihm begeben, um für seine Pflege zu sorgen. Die übrigen Anführer hatten sich auch mit ihren Truppen tiefer in den Wald gezogen. Fast einsam wandelte Roland auf dem Bergplane hin und wider, erteilte Befehle, stellte neue Posten aus, und sandte einen Trupp unter Valmal fort, um Lebensmittel herbeizuschaffen. Bald darauf erfuhr Roland durch die ausgestellten Wachen, daß sie von der Seite von Rouergeu her eine große Anzahl Menschen sähen, die man für Landmiliz dem Anschein nach halten müsse. «Diese», sagte Roland, «werden nicht so unklug sein, uns in dieser festen Stellung anzugreifen.» Ein zweiter Bote kam mit der Anzeige, daß das heranrückende Volk großes Geschrei errege, und nicht im Marsch, sondern ohne alle Ordnung und im verwirrten Getümmel herbeiziehe. Jetzt hörte man schon das Getöse aus der Ferne, das zum Bergrücken bald näher emporscholl. «Landleute sind es», rief Roland, indem er von einer Anhöhe wieder herunterschritt, die er bestiegen hatte. «Was wollen sie nur? Woher diese Bewegung?» Der Zug kam herauf: Männer, Weiber, selbst Kinder, Greise in ihrer Mitte, alle bewegt, die meisten in Tränen, jeder wollte zuerst sprechen, jeder dem Anführer die Hand reichen. Die müdesten lagerten sich auf den Boden, die jüngern Männer stellten sich in Ordnung, einige hatten alte Flinten, andere Sicheln, manche waren mit kürzern oder längern Degen bewaffnet, viele trugen Beile und Äxte. Der Streitfähigen waren mindestens zweihundert, und als sich nun endlich das Getümmel beruhigt hatte und Roland von neuem fragte, woher sie kämen und was ihr Begehr sei, trat einer der ältern von der bewaffneten Mannschaft hervor und sagte: «Roland, mich mußt du kennen und meinen Vater dort, so wie noch manche hier aus der Gemeine Melière, die wir dir oft geholfen, alle dir heimlich angehangen, und täglich unser Gebet für dich zum Himmel gesendet haben. Du kennst auch unsere Verfolger; was brauche ich sie dir zu nennen? Aber unser Elend ist dir noch neu, und wahrlich, in unsern Tagen muß man leben, um es für möglich zu halten. Es ist schon einige Monate her, als der Intendant und der Marschall ganze Gemeinden in der Mitte der Cevennen, wie die von Mialet, aufheben ließ, und Weiber, Kinder und Väter in ihre Gefängnisse werfen, bloß weil sie ihnen verdächtig waren. Aus einundzwanzig Kirchspielen wurden kürzlich dreihundert junge Männer aufgehoben, allein aus dem Distrikt von Nismes, ganze Familien dazu, und in den Gefängnissen und Festungen des ebnen Landes und des Gebirges verwahrt. Der unmenschliche Intendant traut keinem, und wie soll der Untertan ruhig und dem Könige getreu sein, wenn der Wütrich in seinen kalten Tücken nur darauf sinnt, das Volk elend zu machen? Hat man doch aus dem Munde des Schrecklichen gehört: daß es die beste Maßregel und das sicherste sei, alle Neubekehrte mit den Rebellen zugleich vom Angesicht der Erde zu vertilgen. Selbst der Marschall, sagt man, ist vor diesem Gedanken erschrokken: und so sehr haben der König und Gott doch wohl nicht unser vergessen, daß sie je dergleichen Verruchtheit zulassen sollten. Aber seit vorgestern – ja, weint, heult nur, ihr Armen, Vertriebenen, Heimatlosen!»

Und wie ein Chor erhob sich ein Schluchzen und lautes Weinen, der Redner aber fuhr so fort: «Vorgestern früh, als wir uns eben zur Feldarbeit begeben wollen, hören wir trommeln. Wir halten es für gewöhnlichen Durchmarsch, aber bald rücken sie näher. Wir steigen auf den Berg hinauf, und sehen, daß rings die weite Gegend, Berg, Tal und Schlucht, so weit das Auge reicht, umstellt ist. Man läßt uns auch nicht lange in Zweifel, wir werden auf den Platz unsers großen Dorfes gerufen. Da eröffnet man unserm Schulzen und uns, daß in Nismes der Beschluß gefaßt sei, unsere Gemeine und noch viele andere, zweiunddreißig Kirchspiele, in der Summe mehr als achtzig Dörfer und Vorwerke ganz zu entvölkern, die Bewohner nach dem ebnen Lande, nach andern Provinzen, auf Inseln, zu schicken, und alle Häuser ohne Ausnahme, Ställe, Scheunen niederzureißen und abzubrennen. Vier Regimenter kampieren in der Gegend, um dieses teuflische Werk auszuführen. Alles schrie, alles heulte, aber man achtete nicht darauf. Wie unglückliches Schlachtvieh mußten sich die Elenden fortführen lassen. Wir entflohen. Und vom nächsten Berg sahen wir schon die Häuser einreißen, die Beile schallten, das Vieh brüllte, und der Widerhall aus dem Gebirge ächzte wehmütig nach. Da es den Ungeheuern wohl zu langsam ging, so sahen wir auch bald die Flamme emporlodern: wie ein gieriger Rachen, wie durstige Zungen, leckte das Feuer an unsern alten lieben Häusern, und tat sich rot verschlingend auf. Die Bäume vor den Hütten verbrannten mit. Ja, Roland, die Gegend, die lieben Dörfer, die gastlichen Häuser, die Euch und die Eurigen so oft liebevoll aufnahmen, diese sind in kurzem Wüstenei, und ich werde künftig vielleicht die Spur nicht mehr finden, wo ich mit meinen Eltern wohnte, wo ich mit ihnen vor der Tür saß und im Frühling spielte, wo ich mein Weib kennenlernte, wo sie mir den ersten Sohn gebar. Der Storch wird nicht wieder fromm und vertraut auf das Dach meiner Scheune einkehren, keine Schwalbe wird mir dort mehr die Frühlingswärme ansagen, und vor meinem Fenster mit ihren Kleinen schwatzen. Ach, und meine eignen Kinder! Hat der Mensch ja doch keine Kindheit, wenn er die Heimat entbehrt. Die armen Weiber! Wie bekannt, wie lieb war uns jeder Busch und jeder rinnende Bach. Jetzt wissen wir es erst, wie wir unsere alten Hütten, und die Sessel, vom Urgroßvater angeerbt, geliebt haben. Alles, was wir in Frömmigkeit dort dachten und beteten, alle die schönen Oster- und Pfingstfeste, die trauliche Einsamkeit der langen Winterabende, und das treuherzige Gespräch unserer alten Greise, alles, alles geht mit in diesem gräßlichen Feuer auf.»

«Nicht mehr! nicht mehr!» schrieen die Weiber, und die Kinder winselten.

«All das», fuhr der Redner fort, «widerfährt uns, teurer Roland, nur euretwegen, denn sie wissen wohl, die Verfolger, daß wir es im Herzen mit euch stets gehalten haben, so manche eurer tapfersten Männer sind aus unserer Mitte. Vorzüglich vertilgen sie uns deswegen, weil unsere Täler und Berge mit der Landschaft Vivarès grenzen, und von unserer Gegend her Catinat und Cavalier etlichemal dort einzudringen versuchten. Freund! Bruder! jetzt sind wir da, und gewiß werden noch mehr rüstige Männer von andern Gemeinden euch zulaufen, denn das erträgt der Mensch nicht, was uns geboten wird. Kommt, führt uns an, jagt uns in das dickste Gewühl, wo Tausende stehen, ihren Kanonen dicht gegenüber, und mit Degen, Sicheln, Beilen, Knütteln wollen wir auf sie einstürzen, ja, ohne Waffen, mit diesen Händen, mit den Zähnen wollen wir sie zerreißen! Ist doch im Tod, im Untergang jetzt Leben und Lust; wenn sie nur fühlen, wie wir sie hassen und verabscheuen, wenn nur einer und wieder einer, und ein dritter im schmerzhaften Tode zuckend uns im brechenden Blicke noch erkennt und erfährt, daß es ihm um diese Missetat geschieht.»

Alle Männer rückten zusammen, schwangen ihre Waffen und knirschten mit den Zähnen. Ein kurzes Geschrei der Wut brach plötzlich von allen Lippen. «Beruhigt euch, meine Freunde», sagte Roland, «so gut ihr es vermögt; du, Bertrand, hast mir durch deine schreckliche Erzählung die Seele mit Kummer gefüllt, denn euer Elend trifft uns zugleich, und euer Verlust läßt sich auf keine Weise ersetzen. Lagert euch hier, und erquickt euch, so gut ich es euch bieten kann; dann folgt meinem Rat, und laßt die Greise, Weiber und Kinder sich wieder zurückschleichen, denn hier ist weder Obdach noch Hülfe für sie. Gott wird fügen, daß alles sich wieder zum Besseren lenkt, daß die Angehörigen sich wieder finden, daß eure Hütten aus dem Schutte wieder auferstehen. Nur verzweifelt nicht, tragt euer Elend mit Schmerz und Klage, aber nicht in Verzweiflung, denn diese leugnet Gott, widersetzt sich ihm, ja, verhöhnt seine unerforschlichen Ratschläge, und möchte ihn selbst in ihrem höllischen Beginnen vernichten. Ergebt euch nicht diesem Gefühl, das des Menschen unwürdig ist. Sind wir ja doch alle von der Hand des Herrn schon längst zum Elend erzogen worden; zeigt nun, daß ihr folgsame und wohlgeartete Kinder seid, die auch im strengen Angesicht, in der strafenden Miene den Vater nicht verkennen.»

Alle zeigten sich beruhigter, und die jüngern Männer riefen: «Gebt uns Waffen! Waffen, Roland!»

«Die ich übrig habe», antwortete dieser, «sollt ihr empfangen; wer keine erhalten kann, muß den ersten Kampf abwarten und sie dem Feinde nehmen, denn so haben wir es von Anbeginn gehalten. Die Truppen müssen uns die Gewehre her in unsere Berge bringen, und eine Flinte, die man selbst dem stärkern Feinde noch unbewaffnet abgerungen hat, ist gar ein anderes Geschütz, als ein gekauftes. Pfui! wer wollte Geld für Eisen und Büchsen hingeben, solange der Marschall sich noch immer so freundlich die Mühe gibt, seine Leute in Hitze und Regen herauszuschicken, damit sie für uns zu unsrer Bequemlichkeit die Waffen beschwerlich genug herschleppen, vor denen er sich mit seinem Intendanten und seinem Stabe nachher selber fürchten muß. So denkt ein echter Camisard. Auch Röcke werden sie euch liefern, Schuh und Stiefeln; nur Höflichkeit müßt ihr lernen, Landsleute, und ihnen beim Auskleiden etwas behülflich sein. Mit hundert solchen Kammerdienern war noch Cavalier vor kurzem hier, die sich alle herrlich herausgeputzt und den Tuchhändlern und Schneidern keinen Groschen gegönnt hatten.»

Bertrand, dem, auf seine Flinte gestützt, noch die Tränen von den Wangen und über das Gewehr herunterliefen, mußte laut lachen, und die jüngern Burschen stimmten auch ein. «Ja», rief der junge François, «wir wollen sie schälen, wie die roten und gelben Äpfel, setzt uns nur bald ein Gericht davon auf.»

«Klopft sie», antwortete Roland, «wacker aus den Uniformen, die Zeit des Nüsseschüttelns ist ohnedies nahe.»

«Ich will sie rütteln», rief François aus, «daß sie klappernd mir vor die Füße fallen, und jeder sich für taub und wurmstichig ausgeben soll, damit ich nicht nach seinem Kerne suche.» – Die Mutter stand vom Boden auf, und umarmte den jungen Sohn, der nur eben die Knabenjahre verlassen hatte.

«Ich und viele von uns», sagte ein anderer Bursche, «haben wohl zuzeiten schon unter Euch gedient, Roland; dann gingen wir aber wieder in das Dorf zurück.»

«Das ist unsere beste Art, Krieg zu führen», antwortete Roland, «denn so sparen wir zuzeiten den Proviant, und unsere Truppen bleiben frisch und streitlustig. Ich kenne dich wohl, Adam, auch dort den kleinen Schuster Anton.»

Anton machte sich hervor; «ja, lieber Bruder, seht, ich bin so glücklich, daß die Schuhe, die ich Euch mal gemacht habe, noch halten.» – Er fiel nieder und wollte ihm die Knie umarmen, aber Roland hob ihn auf. «Sieh, Roland», sagte Anton, «ich liebe und ehre dich so sehr, daß ich dein Fußschemel sein möchte, auf dem deine müden Beine ausruhten. Ich habe schon sonst wacker zugeschlagen, aber nun soll es noch ganz anders kommen. Stich an Stich soll es gehn, und mein Pfriemen und der Draht soll ihnen durch Herz und Gedärme zukken, daß die Seele wie eine gefangene Ratte pfeifen soll.»

Alle schienen, zum kärglichen Mahl gelagert, etwas mehr getröstet und beruhigt; man sah wenigstens die verzerrten und verzweifelten Mienen nicht mehr, mit denen sie zuerst vor dem Anführer erschienen waren.

Edmund war wieder zur Besinnung gekommen, und als er sein Auge aufschlug, saß Mazel vor seinem Lager, und der braune Eustach, der sich, obwohl selbst verwundert, zu seinen Diensten herbeigemacht hatte, kniete an demselben. Er konnte lange die Erinnerung nicht wiederfinden, wie er dorthin gekommen sei, und die wilden Männer, sowie der Blick aus der Hütte über die Gebirge und Wälder hin, versetzte ihn in eine wundersame Stimmung. Indes vermochte er bald wieder einen Begriff mit dem andern zu verknüpfen, und seine ganze Seele zu sammeln. Seine Einbildung war noch mit Cavalier beschäftigt, und ihm dünkte, er könne ihm folgen, und sähe ihn bald wie einen Schatten, bald wieder heller, doch war es dann, als wenn sein Fieberzustand ihn hindere, daß er das Bildnis des Freundes und die Gegend, in der er war, nicht wirklich in Farbe und Umriß könne gerinnen machen. Eustach küßte seine Hände und badete sie mit Tränen. «O mein teurer junger Herr!» rief er dann schluchzend, «daß Sie nun auch unter uns sind, und gleich etwas so Schlimmes von unserm wildesten Propheten haben erfahren müssen! Ja, Bruder Ravanel ist der schlimmste – hätte ich doch bald in meiner Dummheit der gottloseste gesagt; der Himmel verzeihe mir meine Sünde. Nein, wir alle, und er selbst mit, müssen oft neben ihm beten, daß der Herr seinen brünstigen Eifer mäßigen möge, denn zornig ist er fast immer, aber nur allzu häufig wie rasend. Ist Ihnen denn besser, mein gnädigster Herr?»

Edmund drückte ihm die Hand und sagte: «Ich fühle, daß die Wunde nicht viel zu bedeuten hat; nur die Verblutung hatte mich ohnmächtig gemacht. Aber, Bruder Eustach, da ich jetzt euer aller Bruder bin, so laß auch jenes leere Wesen der Weltmenschen fahren, und nenne mich du, wie es unter euch gebräuchlich ist.»

«Wie du willst!» rief jener erschüttert aus: «aber ich bin wie im Himmel, daß ich das noch habe erleben können, daß du, Bruder, der du so hoffärtig warst, so mit mir umgehst. Sie leugnen immer die Wunder, und das ist denn doch wahrlich eins.»

«Laß ihn in Ruhe, Bruder Eustach», sagte Mazel, «erhitze und ängstige ihn nicht wieder, damit er bald hergestellt sei.» – «Erzähle mir», sagte Edmund, «Bruder Abraham, um meine Einbildung auf einen festen Punkt zu richten, die sonst krankhaft in alle Irre schweift. Erinnere ich mich recht, so sagtest du heut in jenem wunderbaren Streit, den mein Gemüt noch immer nicht begreifen kann, du habest den gegenwärtigen Krieg angehoben. Oder war's nicht so? Melde mir etwas davon, denn ob ich gleich in diesen Gegenden erwachsen bin, so weiß ich doch nur wenig vom Zusammenhang dieser Sachen.»

Mazel erwiderte: «Es ist wahr, Bruder Edmund, und ist auch nicht wahr, so wie man die Sache nimmt, und so ist es auch wohl mit den allermeisten Dingen in der Welt. Ich war ein Bursche, so ohngefähr zwanzig Jahre alt, als man mit einem Male unsern reformierten Gottesdienst einstellte. Es ging uns allen im ganzen Lande zu Herzen. Ich war erst nur Buschläufer bei dem Herrn von Mende an der Rhone. Da entstand das Wandern aus dem Lande: Adel, Kaufleute, Bauern und Bürger zogen weg (denn es war noch erlaubt), nach der Schweiz, Holland, England, Deutschland, wo man sie gern aufnahm, denn die Ärmern waren fleißige Arbeiter, hatten Kenntnis von Manufakturen, und brachten manche Künste und Vorteile hinüber in die andern Länder. Ich hatte keinen Trieb fortzugehn; lieber Himmel! die Heimat ist süß, wo man geboren ist, dünkt einem Luft und Wasser gut, wo sie meine Sprache verstehn, ist mein Herz. Dazu hatt ich ein Mädchen lieb, und sie wollten mich auch zum königlichen Hegereuter machen. Das Ding gefiel mir, und mit Liebe, Hausstand, Freude am Vaterlande, verband ich denn meinem Gewissen das Maul so dicht, daß es wie ein Tanzbär nicht um sich beißen konnte. Das große Auswandern, das Vermögen, das man mitschleppte, machte großes Aufsehen; das hatten sie nicht erwartet, und wohl geglaubt, alle wären so stilles Vieh, wie ich, und ließen sich ebensogern an die Krippe binden. Nun wurde bei Galeerenstrafe verboten, daß jemand das Land verließe; ach, das gab ein Entsetzen, und vollends, als sie Ernst damit machten, und, des Beispiels wegen, sogar einige alte Edelleute an die Kette schlugen. Die Angst im Lande war groß. Alles mußte in die Messe, die Dragoner wurden geschickt, die Leute gequält, die Kinder eingesperrt. Die Eifrigsten gingen zusammen in Wald und Höhlen, beteten da und predigten untereinander. Wen sie so fanden, der wurde ohne weiteres lebendig gerädert; Hängen war Gnade. Unser Intendant dachte mit kurzer Gewalt und großem Schreck die Sache zu zwingen, daß sich alt und jung schnell auf seine Religion nur so zu besinnen brauche. Die Leute denken wirklich oft, weil sie von der Sache überzeugt sind, es ist bei den andern nur wie Zerstreutheit; sie wollen sie zu sich bringen, und meinen es oft mitten in der Grausamkeit so schlimm nicht.»

«Du hast recht, Mazel», unterbrach Edmund, «war ich doch selbst vor kurzem noch dieses Glaubens.»

«Nun aber», fuhr der Alte in seiner Erzählung fort, «kriegten alle unsere Gemüter eine ganz andere Farbe, ein neuer Rock wurde ihnen angezogen, denn so hatten wir's uns nicht gedacht, und wir kamen zur Besinnung, aber auf ganz andere Art. War ich im Walde, und der Hund blaffte nur, so war es mir ausdrücklich, als wenn das mein Gewissen wäre. Ja, es schlug an, suchte und konnte doch das verborgene Kleinod noch nicht finden. Meine Frau tröstete mich dann wieder und meinte, es käme ja doch alles auf eins hinaus. – Nun war es was Wunderliches, daß sich schon früh in Dauphiné eine fromme Gesellschaft gefunden hatte. Da lebte auf einem hohen Berge mitten im Walde ein bejahrter Mann. Er hatte in der Einsamkeit da oben eine Glashütte. Nun haben wir es alle erlebt, daß Berg und Tal, die Luft, die hier zieht, das Rauschen und die seltsamen Stimmen, Ruf und Widerhall, den Menschen dreister, frischer und traumbegabter machen; er fürchtet sich vor seinen Brüdern in den Städten nicht mehr, er achtet die Steinhäuser und die graden Straßen und all das Schellengeklingel nicht so hoch. Der Mann, du Serre, hatte Erscheinungen und Offenbarungen. Er ging aber nicht umher predigen. Die Gabe fehlte ihm, wie mir, aber die Weissagung wurde ihm. Kann das einer vom andern lernen? Man muß es glauben, und unsere Zeit bestätigt es. Aber wie? da liegt das Rätsel. Soll es eine Kunst genannt werden? Behüte! die Feinde nennen es Betrügerei, das ist gar gottlos. Nun zog dieser Glasfabrikant funfzehn junge Leute in sein Haus, und seine Frau ebensoviel junge Mädchen. Die empfingen fast alle die Erleuchtung, und die meisten auch die Gabe zu predigen. So gingen sie denn in alle Welt. Bald erscholl der Ruhm von der schönen Isabeau, einer jungen Prophetin. Sie verführte alles zum Abfall, wie die andern es nannten. Noch eindringlicher lehrte und bekehrte ein Jüngling, Gabriel Astier genannt. Bald war ein Teil von Dauphiné und unser benachbartes Vivarès nur wie eine einzige Religionsflamme. Schon damals fingen auch die Kinder an zu weissagen. Doch die Armen! Ohne Waffen, im zu großen Glauben, wurden sie von den Soldaten überfallen, und die meisten niedergemacht. Unser Basville und sein Schwager, der Marschall Broglio, trugen den Ruhm davon, sie alle gemetzelt zu haben. Auch Gabriel, der Soldat in Montpellier geworden war, wurde erkannt und hingerichtet, und die schöne Isabeau fiel im Gefängnis von Grenoble aus Menschenfurcht wieder von ihrem Glauben ab, und so schien denn alles beruhigt. Doch hatten sich wohl Fünkchen des Glaubens und der Wunderkraft verspritzt und in den Cevennen verloren. Denn das hat der Geist, wie das Feuer, daß aus einem kleinen Punkt, an dem kein Käferchen sich wärmen kann, in wenigen Stunden ein Brand wird, der Wälder in Asche legt, und alles menschliche Löschen verlacht. Was liegt wohl in *einem* Wort? Oh, du armer Laut, wie Schwalbenzwitschern scheinst du in der Wüste zu verhallen, und der Geist führt dich durch die Welt, und legt dir die Rüstung an, daß Heerscharen aus dem Boden wachsen, und Roß und Reiter, und Tausende von Königen gesandt das Wörtchen nicht wieder mit Geschützesdonner so stille machen können und klein, wie es erst in der einsamen Hütte dalag. Gelobt sei der Herr!»

Er betete still für sich hin, dann fuhr er fort: «Indessen wurde man älter, klüger, aber freilich auch immer verstockter. Ich fing schon an, gar nicht mehr an meinen früheren Glauben zu denken, aber der neue lag mir auch nicht recht am Herzen. Esel war ich zwischen zwei Heubündeln, fraß von keinem.

Ein Mann, Herr Brousson, ein Gottesmann, lebte erst in

Nismes, dann in Toulouse. Ein Reformierter und Advokat, der immer, und wenn die Leute arm waren, umsonst, die Sachen seiner Glaubensgenossen führte: ein Geist voll Milde und Sanftmut. Der ging in das Ausland, und wurde in der Schweiz Priester, predigte dort und in Holland, erbaute Tausende. Den trieb der Geist und das Heimweh in unser Land zurück, und nun führte mich der Herr in die Wüste zu ihm. Dazumal war meine Frau schon tot. Einsam, wie ich war, ohne Kinder, konnte mein ganzes Herz, das so lange brach gelegen hatte, wieder die echten Früchte tragen. War es doch, als nähme ich von dort ein Stück vom Himmel in meine Hütte zurück. Das ging nun so fort. Ich war nicht mehr dumm, aber auch noch nicht glücklich. Es wollte nicht haften, Hagelschauer zerschlugen mir zuweilen die Saat. Und wenn ich oft auf dem Anstand lag, mit bestem Willen und offnem scharfen Sinn, geladen und schußfertig, so kam kein Wild, kein Tier sprang auf in der Wüste meiner Brust. Ach, man krüppelt jahrelang so zum Erbarmen hin, und die Zeit vergeht wie Traum und Rausch. Ich sah mich um, und ich war alt geworden. Wie? dacht ich, wenn der Herr herunterschaut, so sieht er deine Runzeln auf dem alten Fell, und du bist noch immer nicht kalt und warm? Da kam der selige Herr Brousson, der heilige Märtyrer, noch einmal zu uns. Ein Sturm des Geistes, so sagte er, hätte ihn zu uns getrieben. Er hatte es wohl daheim und bequem, aber seine lieben Berge, Waldschlüfte, die klaren Flüsse, wollte das fromme Waldvöglein noch einmal besuchen, und den süßen Nachtigallenton aus der Brust in unsere Seele schmettern, so inniglich, voll und liebesiech, daß er daran verscheiden mußte. – Amen!» –

Er hielt wieder inne, und Edmund sagte: «Ich habe diesen frommen Brousson damals in Nismes gesehn, ehe er hingerichtet wurde; es werden jetzt noch nicht fünf Jahre sein, daß er seine Lehre durch einen schmachvollen Tod besiegelte.»

«Damals», sprach Abraham Mazel weiter, «waren alle alten Verbote von neuem geschärft. Man konnte nicht sprechen, kaum denken, so war man verraten. Es war nun ein Jahr verflossen, als bei Alais eine Versammlung Gottesfürchtiger von Basville überfallen wurde, alle in die Gefängnisse geschleppt, und alle, ohne weitere Untersuchung, martervoll hingerichtet. Dies geschah im Oktober. Ich war auch zugegen gewesen, und nur durch ein Wunder entkommen. Schon hie und da hatte ich eins der prophetischen Kinder gesehen, aber ohne Applikation; mein Herz war bei dem Anblicke eher kälter geworden, weil mir die kleinen Würmer in dem Zustande nicht gefielen. Jetzt saß ich nach vollbrachtem Geschäft in der Einsamkeit, müde und matt vom Reiten, und beschaute mir die grüne Wiese, den Himmel und die Berge umher. Ich suchte mir im Innern das Wunder auseinanderzufalten, warum alles so und nicht anders sei, wie Mensch und Gott, Tugend und Sünde, in- und durcheinander, und im verschlungenen Knoten je zuweilen der Strahl der Ewigkeit in die Zeit herein scheint, und wir in einem Augenblickchen die ganze unermeßliche Ewigkeit in uns fühlen und erleben, und viele tausend Gedanken und Empfindungen, wovon die kleinste in dem Tüttelchen von Zeit nicht Platz haben dürfte. Auch warum wir denn so elend wären. Was der Herr damit meine. Sieh, Freund, da kam ein großer Gedankenstrom vom Himmel herab (ich sah und kannte aber noch kein Wort, keinen Buchstaben davon), und senkte sich wie mit großen Adlerschwingen in mein Gehirn, und brausete und rauschte fort, und das Rückenmark hinunter, wie Eis so kalt und frostig, so daß ich in meinem innersten Wesen fror, und die Zähne vor Entsetzen klappten. Wie in die Brust hinein verlor sich das Wehen, und nun war es, wie wenn Täublein säuselnd durch den unermeßlichen Raum meines Innern flögen. Alsbald kam eine linde Wärme, und mein Herz sprang auf, wie die Rose aus der Knospe am Frühlingsmorgen, und der Herr war in mir. Da fiel ich nieder, und Weissagung war mein Gebet. Oh, wie hätte ich denken können, daß seine Gegenwart so süß sei, der mit seiner Herrlichkeit fast die Wände der engen Wohnung zersprengte. Dank sei ihm ewiglich, Amen!»

«Seine Wunder sind unermeßlich und unaussprechlich», sagte Edmund. «Im ganzen Lande», erzählte Abraham weiter, «saßen viele Gefangene, die des Glaubens wegen verdächtig waren. Am schärfsten behandelte sie der Abt von Chaila, der seine Wohnung auf dem Schlosse Pont Mont de verd hatte. Eltern, Gatten und Verlobte klagten um die Geraubten. Sünde wäre es gewesen, mein Licht unter den Scheffel zu setzen, ich berief eine kleine Gemeine inbrünstiger Seelen in den Wald. Dort waren sie Zeuge meiner Begabung, und ihr Mut erhob sich. Es war mitten im Sommer, und ich weissagte ihnen, daß sie die Gefangenen erlösen würden. In der nächsten Nacht versammeln wir uns; und Perrier, ein junger Mann, dessen Braut in den Gefängnissen schmachtete, übernimmt die Anführung. Man rückt vor das Haus; die Diener des Abtes schießen aus den Fenstern, und töten drei von unsern Freunden. Nun hören wir auf die Psalmen zu singen, und stürmen mit Bäumen und Feuerbränden das Schloß. Die Tore brechen, wir ziehen ein, und treffen den Abt in seinem Gemache. Er läßt seine Kerker öffnen; wir versichern, daß ihm nun kein Leid widerfahren soll. Die Gefangenen kommen herbei; Weinen, Freude, Schluchzen und Gesang erfüllt das große Haus. Da zeigen sie die Wunden, die Spuren der Martern, die erloschenen Augen und verfallenen Wangen. Ein Geheul der Mordlust erdröhnt. Doch Perrier und ich beschwichtigen durch Wort und Tat die Verwilderten. Der Abt hört den Zeter, ihm grauset's wohl ob unserm Wesen, und vom hohen Fenster herab will er sich auf die Straße retten, er springt, und liegt zerschmettert unten. Seine Diener, viele von uns, laufen herbei. Der Herr hat ihn für seine Grausamkeit gerichtet! so schreien viele Stimmen; sie liegen neben ihm, um in sein brechendes Auge zu schauen. Manche verhehlen, trotz der Rührung, die Schadenfreude nicht. Und so ist nach der Wahrheit unsere erste Tat, der Anbeginn des Krieges, eine Geschichte, die man ganz, um uns zu verlästern, verunstaltet hat.»

«Man glaubt», sagte Edmund, «ihr hättet ihn frevelnd und mutwillig ermordet.»

«Ging es dem einen von uns zu Willen», fing Mazel wieder an, «so geschah das und noch mehr. Ein großer, wilder Mann war unter uns gewesen, der sich ungern dem Willen des vernünftigen Perrier fügte; ihr kennt ihn durch den Ruf: Esprit Seguier. Schon in ihm brannte jenes Feuer, welches jetzt aus Catinat und Ravanel leuchtet, und schon damals meinten viele, dies sei die echte Religion, und der Eifer des Elias, nicht die Milde des Johannes müßten uns retten. Wir gingen still, alle froh und glücklich zurück. Man hatte keinen von uns erkannt. Da sammelte Seguier Mannschaft, so wild, wie er, und indes die Truppen uns suchen, geht er nach Pont de verd zurück, verbrennt das Schloß, und schlachtet alle Priester, die er dort findet. Sie metzeln, was ihnen entgegen kömmt. Aber das Unglück ereilt sie. Sie werden geschlagen; als man den Anführer sucht, tritt er selbst aus einer Hütte hervor, und nennt seinen Namen. ‹Bösewicht!› sagte der Kommandierende, ‹welche Behandlung erwartest du nach deinen Taten?› – ‹Die ich dir zukommen ließe›, sagte der Begeisterte, ‹wärst du mein Gefangener, und wahrlich, deine Freunde sollten sich nicht darüber freuen.› So standhaft blieb er bis zum Tode. Er wurde lebendig verbrannt. Da machen sie bekannt: Allen, die irgend um die Sache des Abtes wüßten, sollte verziehen werden, sowie allen, die bisher noch heimlich Hugenotten gewesen wären. Die Unschuldigen, Hintergangenen! Sie melden sich, und man hängt alle, die auch nie in Pont de verd gewesen waren, vor ihren Häusern auf. Nun läßt sich der Zorn nicht mehr dämpfen, die jungen Leute rottieren sich, ich führe sie zu Perrier, Waffen werden vorgesucht, wer die nicht hat, nimmt Sichel und Beil; ein Regiment kommt uns dort links bei Karnaulé entgegen. Schon wie wir sangen, wurden die Truppen blaß; wir auf sie, ihre Kugeln sind ohnmächtig, und wir hauen alle zusammen, daß nur fünf Mann entrinnen und den Verlust ansagen können. Broglio selbst rückte nach, ward aber vertrieben. Ein christlich Dankfest, Kirche und Predigt ward im stillen Walde gehalten, und der Herr weissagte aus mir, zur Erbauung aller Krieger. Im nächsten Kampf ward unser Perrier verwundet, und la Porte ward von ihm selbst zum Anführer ernannt; er fühlte sich nicht zum Märtyrer begabt, und ging bald mit der jungen Frau nach Genf. Da lieferte der kühne la Porte das grausame Treffen vor la Salle, von dem du gehört haben mußt. Er starb bald hernach an seinen Wunden, glorreich, denn sie öffneten sich alle, als er, fast schon geheilt, so inbrünstig beim Gottesdienst Psalmen sang, daß zwanzig verletzte Adern zugleich bluteten, und so sein Geist in roten Strömen lobsingend zum Himmel eilte. Ihm folgte nun im Kommando sein Neffe, unser Bruder Roland.» –

Dieser kam jetzt herbei, erforschte mit Liebe Edmunds Befinden, und trug dann dem Mazel auf, Wachen rundumher aufzustellen, denn Herr Flotard komme, und habe geheime Dinge mit ihm zu besprechen, die niemand hören dürfe. Abraham ging, und gleich darauf trat aus dem Walde gegenüber ein feingekleideter Mann, dem Roland höflich entgegenging, und beide eilten dann nach der Ferne, wo sie am Saum des Waldes eifrig sprechend auf und nieder gingen.

«Kannst du hören, was sie reden?» fragte Edmund den alten Eustach.

«Nein, Bruder», antwortete jener, «wie wär es auch möglich, da sie so entfernt von uns sind, daß ich sie kaum unterscheiden kann?»

Edmund aber, indem er seinen Sinn zu Roland neigte, konnte zu seinem Erstaunen alles klar und deutlich verstehn, so daß ihm auch nicht ein Wort der Unterredung entging.

«Ich danke Ihnen, mein Herr», sagte Roland, «diese Summen kommen grade zu rechter Zeit, und werden den armen Soldaten zu den Bedürfnissen verhelfen, die sie so lange schon haben entbehren müssen.»

«Und Sie bleiben halsstarrig», fragte jener, «nichts für sich und andere Anführer annehmen zu wollen?»

«Lassen wir das», rief Roland, «Sie sollten uns doch endlich kennen. Nicht um Raub und Gewinn haben wir diesen heiligen Krieg unternommen. Arm wollen wir alle gern bleiben. Aber die Hülfe? Wo weilt sie? Wir tun mit den wenigen Mitteln, was wir können, aber ein großes Unheil kann uns alle einmal vernichten, und dann wird jede Unterstützung von außen zu spät kommen, da jetzt selbst eine kleine sehr folgenreich sein würde. Aber ich ahnde schon die Zukunft, man wird uns verschmachten und umkommen lassen, und dann beklagen, daß man nicht früher geholfen. So ist es immer, wenn man auf den Beistand der Auswärtigen vertrauen soll.»

«Darum könnte eine Summe – für alle Fälle –» meinte der Fremde.

«Nein», rief Roland mit großer Heftigkeit. «O mein Herr, meinen Sie denn, daß ich an einen glücklichen Ausgang glaube? Ich lebe und sterbe diesem Kampfe, mag er doch enden, wie er will; als ich den Mut hatte, das Schwert zu ergreifen, habe ich auch sogleich die Scheide hinter mir weggeworfen. Ich habe mich dem Untergang geweiht. Mag mein Name verunglimpft werden, der Bessere soll fühlen, daß ich nicht niederträchtig, daß ich dennoch ein guter Untertan war.»

«Ein guter Untertan?» fragte jener. –

«Ich verstehe, mein Herr, das Befremdliche in diesem Tone sehr wohl. Sie meinen, ich, ein Rebell, ein Geächteter, der selbst vom Auslande Summen annimmt, müsse nun auch den Feinden meines Königs um jeden Preis feil sein, müsse meinem Monarchen auch schadenfroh jedes Unheil gönnen. Aber so ist es nicht, so tief sinkt kein Franzose. Der König gebe unser Gewissen frei, und lahm, abgehungert, aus allen Wunden blutend, wollen wir noch gegen England und Deutschland für ihn kämpfen. Und nie würden ich und meine Freunde dazu helfen, unser Land ganz unter fremde Botmäßigkeit zu bringen, auch wenn er so grausam gegen uns verharrt: darauf rechnen Sie nicht. Aber kriegen, auf edle Art, will ich für meine Sache, solange ein Atem in mir ist. Wir beschäftigen hier, so schwach wir auch sind, eine ganze Armee, und damit helfen wir dem Auslande schon genug. Meinen Sie nicht, daß ich mich mit dieser Gesinnung einen guten

Untertanen nennen muß, da ich, meines Untergangs gewiß, den König und mein Land so schone, wie ich es tue? Hier fall ich im Gefecht, oder gefangen erwarten mich Schmach und Marter, kein Funke Erbarmen leuchtet mir. Ich aber entzünde nicht den Flammeneifer meiner Leute und ihre Wut, um in das Land blind hineinzubrechen, um auf ein gefährliches Spiel alles zu setzen, wodurch auch manchmal der Rasende gewinnt. Ich zügle sie vielmehr. Für mich tu ich nichts, für die Meinigen und meine Religion alles. Und, brauchte ich doch die Armen nicht mit in meinen Untergang zu verwikkeln! Aber der König, das Schicksal, hat es einmal so gewollt.»

«Weiter soll ich anfragen», fing Flotard von neuem an, «ob man nicht geschickte Offiziere als Anführer in das Gebirge bringen sollte.»

«Ich widerrate das», sagte Roland ernst. «Nicht meinetwegen. Ich weiß nicht, wie wir den Krieg angreifen, aber noch beschäftigt dieser kleine Bergfleck eine große Anzahl regulierter Truppen. Wir haben mehr getan, als wir jemals nur im Traume denken durften. Und alle diese armen begeisterten Menschen, die nie fragen, wie stark der Feind sei, die mit Lobgesang sich in die Bajonette und die Flammen des Scheiterhaufens stürzen, sie würden keinem fremden Führer folgen, der nicht denselben Glauben, dieselbe Not mit ihnen teilt. Denn, wie ich sage, es liegt ihnen nicht daran, Meuter und Empörer zu sein, und so einer fremden Fahne, wenn auch mit mehr Sicherheit, zu folgen. Sie siegen nur und kämpfen nur unter ihren bekannten Landsleuten, die mit ihnen beten und singen, deren Herkunft sie wissen, und deren Prophezeiung sie ohne Furcht in die augenscheinlichste Gefahr jagt.»

«Im Auslande», sagte Flotard, «lacht man über diese Propheten; wie denken Sie denn darüber?»

«Ich weiß nichts darüber zu sagen», antwortete Roland; «ich sehe oft das Wunder vor meinen Augen, daß diese Menschen Dinge wissen, die keiner auf dem natürlichen Wege erfahren kann; oft wieder dünkt mich, daß nur blinde Leidenschaft aus ihnen spricht, und daß sie willkürlich diesen Zustand in sich erregen. Zuweilen widersprechen sich die Propheten untereinander. Sie lenken unsere Züge, und es trifft sich wohl, daß meine Anordnungen von dem abgehn, was sie verlangen; aber dies habe ich schon zuweilen bereuen müssen. – Kommen Sie jetzt zu den Magazinen, und übersehn wir, was uns das Nötigste sein möchte.»

Roland rief, und mit einigen Gefährten gingen beide tief in die Dunkelheit des Waldes hinein.

Am andern Morgen fühlte sich Edmund um vieles besser. Cavalier schwebte noch immer vor seinen Augen, und ihm war, als zögen ihn Arme von seinem Lager auf, um dem Freunde nachzufolgen. Als Eustach gegen Mittag eingeschlafen war, erhob er sich still, nahm seine Büchse, und stieg eilig und mit leisen Schritten den Bergpfad hinunter. Er fühlte sich leicht und wohl, ihm dünkte, er hätte noch nie so schnell und so unermüdet wandeln können. Er vermied die Straße, und wieder führte ihn ein richtiges Gefühl die kürzesten und sichersten Wege.

Als die Sonne sank und die Schatten dunkler wurden, stiegen mit der zunehmenden Finsternis die Gebilde immer deutlicher und bestimmter in seiner Phantasie auf. Auch die andern Gestalten im Trupp unterschied er. Als es ganz dunkel war, erschien ihm sein Vater, Franz, das väterliche Haus und die kleine schlafende Eveline. Umher lauerten schwarze Gestalten, Verderben drohend.

Eine Stunde vor Mitternacht stand er oben auf einem Berge, und unter ihm ein dunkles Tal, ein großes Haus, aber nur wenige Fenster erleuchtet. Wie erstaunte er, als er sich wiedererkannte. Es war seine Heimat, und er hatte sie auf einem Wege gefunden, den er sonst noch niemals betreten hatte. Hier hatte er neulich seinem Vater den letzten Gruß zugewinkt. Er stieg hinab. Im Weinberge hörte er flüstern, er sah Gestalten sich kriechend fortbewegen. Bekannt, wie er hier war, gewann er leicht die hintere Felsenwand einer Grotte, und hörte drinnen sprechen. «Es muß bald geschehen», sagte eine heisere Stimme, «und zwar, wie ich auskundschaftet habe, geht es vom Garten her am besten, wir versammeln uns alle in dem gewölbten Bogengang. Von dort erreichen wir die untern Fenster am leichtesten. Zwei, drei andere steigen indes auf der Leiter durch das Fenster oben. Der Alte, das Kind und die Dienerschaft totgeschlagen. Aber nicht geschossen. Das sag ich euch; denn königliche Truppen stehn ganz nahe, die uns dann wohl das Plündern verbieten würden. Darum dürft ihr auch das Haus nicht anzünden.»

Edmund schlich den Garten hinab, hinter den Scheunen fand er Cavalier und seinen Trupp. Sie erstaunten, ihn so plötzlich zu sehn, und waren über die Nachricht, die er brachte, erfreut. Er führte sie auf einem andern Weg in den Garten, und postierte sie an den hintern Teil des geflochtenen Berceaus, das weiter keine Ausgänge an den Seiten hatte. Die Hälfte des Truppes nahm er mit sich, um den Eingang zu besetzen. Die Räuber waren schon im dunkeln Buchengange. Als sie Menschen kommen sahen, zogen sie sich zurück, aber Edmund verfolgte sie; es kam in der Dunkelheit zum Handgemenge, und Cavalier und die Seinigen näherten sich nun ebenfalls und nahmen die Mörder in die Mitte. Cavalier hatte schnell ein Windlicht anzünden lassen, und nach kurzem, aber mörderischem Kampfe, als die tapfersten der Räuber gefallen waren, mußte sich der Rest ergeben. Cavalier ließ alle binden, und von seinen Soldaten fortführen.

Edmund ging in der stillen Nacht mit einigen des Gefolges um das Haus. Er fand eine Leiter angelegt, auf welcher wohl einige der Räuber hatten hineinsteigen wollen. Er konnte dem Zuge nicht widerstehen, den Aufenthalt seiner Jugend wiederzubesuchen. Als er oben war, hörte er, daß alles schlief, alle Lichter waren ausgelöscht. Jetzt öffnete er die Halle, da saß sein ehrwürdiger Vater schlafend im Lehnstuhl, ein Nachtlicht neben ihm, die Heilige Schrift lag vor ihm aufgeschlagen. Wie sah er so blaß und leidend aus; die Ermüdung hatte ihn in tiefer Nacht in seiner Andacht überschlichen. Edmund kam leise und mit klopfendem Herzen näher. «Er hat seinen Engeln befohlen über dir, daß sie dich behüten auf allen deinen Wegen!» diese Stelle leuchtete ihm aus dem Buche in die Augen. Er erhob begeistert den Blick, schrieb seinen Namen auf ein kleines Blatt, und legte dies auf diese Stelle der Bibel. Da seufzte der Alte in seinem Traume: «Edmund! mein Sohn!» – O wie bin ich dieses Tones, dieser Liebe, dieser Treue so wenig wert! sagte Edmund zu sich selbst. Es zog ihn nieder, er küßte die Füße seines Vaters und ging dann wieder zurück. – Er schloß das Fenster, ließ die Leiter in den Garten tragen, und folgte dann dem Trupp Cavaliers durch die Nacht in den Wald zurück.

Sie zogen mit dem Haufen schweigend fort. Um den königlichen Truppen auszuweichen, welche in der Nähe standen, mußten sie einen Umweg nehmen. Catinat führte mit seiner Schar die Gefangenen, um sie Roland zu überliefern, und über sie im einsamen Gebirge ein Urteil zu sprechen, und Cavalier sonderte sich mit Edmund von den Gefährten, um auf einem Fußsteige durch den Wald die entfernte Höhe zu erreichen.

Lange gingen sie schweigend nebeneinander. In Edmunds Gemüt war durch die letzten gedrängten Begebenheiten alles, was ihm fest zu stehen schien, durcheinander geworfen. Die Wunde und die Schwäche, welche sie veranlaßt hatte, die Wanderung in der Nacht, und die Gefühle, welche ihn so mannigfaltig erschütterten, hatten erst seine Kräfte des Körpers wie der Seele wundersam erhöht, und sie jetzt fast erschöpft. Indem ihn die Dunkelheit des Waldes aufnahm, dachte er an sich und seine Verhältnisse wie an einen Fremden; was er erlebt hatte, was er wollte und getan, schwebte vor seiner Erinnerung wie die seltsame Erzählung aus einer längst verflossenen Zeit, und Cavalier schien sein Stillschweigen zu ehren, oder selbst mit wichtigen Gedanken zu beschäftigt, um des Gesprächs zu bedürfen.

Als sie wieder zum Walde heraustraten, brach das Licht des Mondes hinter schweren niedrigziehenden Wolken hervor. Indem der Schimmer sich mit der beruhigenden Klarheit über die Felsen verbreitete, erschien dem Jünglinge von neuem das ehrwürdige Haupt seines Vaters, und ein Tränenstrom brach nun lindernd und belebend aus seinen Augen. Er wandte sich an seinen Gefährten, um sein langes Schweigen zu entschuldigen. «Laß es dich nicht irren, Bruder», antwortete dieser, «der Geist hat mich ebenfalls besucht, und mir Gesichte gezeigt, in denen ich eine trostreiche Zukunft erblickte. O wenn nur bald geschähe, wovon ich weiß, daß es geschehen wird und muß, um das Blut und die Schmerzen der Armen zu sparen!»

«Was ist dir offenbart worden, teurer Bruder?» fragte Edmund.

Sie setzten sich auf eine Felsenplatte, die auf dem Abhange lag, und Cavalier erzählte: «Ich wurde in meiner Einbildung von hier geführt, weit, weit weg, aus unsern Bergen heraus, über Ebenen und Ströme hinüber. Ungern verließ ich das heimatliche Gebirge. Ich sah fremde Städte, ich vernahm den mannigfachen Ton verschiedener Menschen. Als ich durch große Strecken entführt war, tat sich mir endlich ein herrlicher, wunderherrlicher Garten auf, viele Springbrunnen warfen ihre Strahlen in die warme Sommerluft hinauf, und unten waren seltsame Figuren, Mensch und Fisch, und nackte Weiber und Seegetier im glänzenden Stein künstlich ausgehauen, alles Dinge, wie ich sie noch niemals gesehn, von denen ich nicht weiß, ob ich je davon habe erzählen hören. Ein großer weit hingestreckter Palast glänzte und blendete mit seinen unzählbaren Säulen und Fenstern. Indem ich noch alles verwundernd beschaute, wußte ich mit einem Male gewiß, daß sogleich von der großen Treppe, vor welcher ich stand, unser König herniedersteigen würde, unser Ludwig, daß ich ihn sprechen solle, indem er schon auf mich gewartet habe. So geschah es auch, in allem Glanz der Majestät, von seinem ganzen Hofe umgeben, schritt er herab. Er verwirrte mich nicht, es war nur Blendung, wie wenn auf der Reise die Sonne plötzlich durch Nebel reißt, und wir doch alle unsre Gedanken und Absichten behalten und wissen. Nun war der Augenblick da, von welchem unsers Landes Schicksal abhing, um ihm, der mich zu sprechen begehrte, alles zu sagen, und sein menschliches, sein königliches Herz zu rühren. Diese Stunde wird kommen, in welcher auf meiner Zunge das Heil von so vielen, vielen Tausenden ruht, und der Herr wird alsdann seine Feuerflamme darauf legen, daß ihr Brand auch seinen Geist entzünde; dann werden unsre Brüder und der Glauben frei, dann stürzen alle unsere Feinde ohnmächtig zu Boden und des Schwertes bedarf es nicht mehr. Ich will beten, daß dieser glorreiche Tag nur bald, bald vom Herrn heraufgesendet werde, damit des unglücklichen Kampfes ein Ende sei. Als ich den König eben anreden wollte, traten wir aus dem Walde, du sprachst zu mir, und das prophetische Gesicht verschwand.»

«Wie kamst du nur, mein Freund und Bruder», fragte Edmund, «neulich in unser Haus? Der Drang so mannigfaltiger Begebenheiten hat mich bis jetzt immer noch gehindert, dich darum zu befragen.»

«Das war ein böser, böser Tag», antwortete Cavalier, indem sie weitergingen. «Wir waren von allen Seiten umzingelt, durch die Verräterei einiger treulosen Brüder hinab in die Ebene gelockt, der Geist in uns hatte geschwiegen, und wir glaubten uns sicher. Ein Teil meiner Leute war dem Eremiten entgegengegangen, und ich hatte gehört (eine falsche Nachricht, wie ich nachher erkannte), daß er schon völlig geschlagen sei, als plötzlich eine andre neue Heeresmacht in unserm Rücken hervorbrach. Die Flüchtigen vor uns ermutigten sich wieder und kehrten um. Da galt es zu fechten, sich hindurchzuschlagen, um die Fußsteige des Gebirges zu finden, wo uns die schweren Pferde der Königlichen nicht folgen konnten. Mit vielem Verlust zwar, aber doch glücklich, führte ich meine Leute hindurch, denn es gelang mir, dem Feinde die Wendung abzugewinnen, daß wir ihn nur auf einer Seite hatten. Fechtend und fliehend kamen wir in die Wälder, und da ich einer der letzten war, um den Meinigen den Rückzug zu sichern, sah ich mich plötzlich abgeschnitten. Mein Pferd trug mich im vollen Rennen, so weit es vermochte, zwei nachsetzende Dragoner schoß ich nieder, aber nun stürzte das eifrige Tier; Degen, Hut, Gewehr verlor ich, indem ich mich kaum schnell genug aus dem Sattel losmachen konnte. Im Felde tauschte ich mit einem Bauer die Kleidung; auf allen Wegen streiften Soldaten. Ich mußte ein Obdach suchen, auf die Gefahr erkannt zu werden, da überdies das Gewitter hereinbrach, und so führte mich der Herr in das Haus deines ehrwürdigen Vaters. Nach wenigen Tagen ging es mir noch schlimmer, wenn mein jüngerer Bruder mich nicht wieder befreit hätte, der jetzt in Nismes gefangen sitzt.»

«Mit welcher Bewunderung muß ich dich betrachten, Bruder», begann Edmund von neuem, «der du, jünger als ich, schon so viel getan hast, dem so Großes gelungen ist, so daß das ganze Land von dir spricht. Woher nur dieser kühne, und doch so besonnene Mut, diese Erfahrung, diese Kunst, den Feind zu täuschen, ihn zu besiegen, oder seinen künstlichen Schlingen zu entgehn? Wo hast du alles dies lernen können?»

«Ich habe es nicht gelernt», antwortete Cavalier, «ich weiß auch nicht, ob sich dergleichen lernen läßt. Du achtest mich viel zu hoch, Bruder Edmund, wenn du glaubst, daß das, was ich tu, aus Überlegung oder Kunst hervorgehe. Es ist wahr, ich verliere den Mut nicht, mein Sinn bleibt kalt, wenn ich auch tausend Feinde mit ihren Schwertern und Büchsen vor mir und um mich sehe, aber das ist meine Natur so, das ist kein Verdienst oder eine Ermutigung. Wie ich noch als kleiner Knabe bei meinem guten alten Edelmann die Schafe hütete, so erschrak ich auch niemals, wenn ich den Wolf ansichtig wurde. Ich blieb ruhig und erschlug zwei dieser bösen Gesellen, worüber alle Leute meinen großen Mut bewunderten, und ich verstand gar nicht, was sie damit meinten. So erwachte denn mein Geist und ich geriet in diesen Krieg, wo es mir bald gelang, Brüder zu befreien und die Feinde zu schlagen, so daß alle Glaubensgenossen ihr volles Zutrauen auf mich setzen und den Segen und das Gedeihen ihrer Hoffnungen von mir erwarten. Aber Bruder Roland ist viel klüger und erfahrner, er sieht weiter und ich bin nur wie ein Schüler gegen ihn zu rechnen. Dennoch hat ihn der Herr nicht so mit Glück begabt, wie mich, und darum folgen auch die Streiter mir lieber, wie ihm. Führe ich nun die Brüder an, und die Sache will sich nicht so fügen, wie wir sie beredet und erdacht haben, so regiert mich plötzlich der Geist, ich sehe, ich merke alles, was mir vorher unbekannt war, von selbst gibt mein Mund den richtigen Befehl, es schwebt und webt um mich, daß ich es nicht zu sagen weiß, und führt mich und die Meinigen durch die Scharen der Feinde. Wie ein froher Rausch fliegt es mit mir durch das Getümmel, und der Sieg ist erfochten.»

«Also Schäfer warst du in deiner Kindheit?» sagte Edmund; «wie passend, wenn sie dich mit David vergleichen.»

«Ich bin arm und verloren in der Einsamkeit der Berge aufgewachsen», antwortete jener: «ich hatte mein selbst vergessen, es konnte mir nicht beikommen, einst für den Herren zu streiten, denn auch mein Glauben war in mir untergegangen, und ließ mir alles so hingefallen, was sie mit mir vornahmen. Bis dann eifrige Brüder den erloschenen Zunder wieder zur Flamme anbliesen, so daß mein Leben wiederkam und ich Gott suchen und finden konnte. Nachher riß mich der Zorneifer, als man die Brüder so grausam mordete, in ihre heilige Gemeinschaft, und seitdem bin ich ein demütiges Werkzeug in der Hand des Allerhöchsten. Ich konnte es nicht denken, daß ich so hoch gewürdiget werden sollte, als ich in St. Hippolite allen Druck eines Lehrburschen erdulden mußte, und mein Bäckermeister mich aus geringer, oft aus gar keiner Ursach schlug, und mir mein Haar zerraufte. Und doch war er einer von unsern frommen Glaubensgenossen, der nur seinen Zorn nicht bemeistern konnte.»

«So hatte der Pfarrer also doch recht», erwiderte Edmund mit Lächeln, «der dich, den Knien nach, für einen Bäcker erkennen wollte.»

«Wohl», sagte Cavalier, «ist der wunderliche Mann nicht

ohne Geist und Einsicht. Wenn er am Menschen nur auch etwas mehr, als die Beine erkannt hätte, so möchte er vielleicht minder gottlos sein, denn auch vom Fuß hinauf sollte er endlich zum Herzen und später zum Geist gelangen. Freilich verhalten wir uns auch zur großen Natur wohl nicht anders, und wenn der Herr uns nicht persönlich entgegenkommt aus Barmherzigkeit, so gelangen wir nicht einmal dazu, ihm die Riemen seiner Schuhe aufzulösen, wenn es anders erlaubt ist, so weltlich von ihm zu sprechen.»

Indem jetzt die Klarheit des Tages sich verbreitete und sie um eine Felsenecke bogen, erblickten sie unter sich im Tal den Zug der Camisards mit ihren Gefangenen. Zugleich kam der alte Favart gelaufen, und meldete ihnen, daß Roland sich mit einem Trupp vom Gipfel jenes Berges herabgezogen habe, daß aber der Obrist Julien jetzt mit einer ansehnlichen Mannschaft zwischen ihnen beiden stehe, die man wohl schwerlich umgehen könne. Catinat zog mit dem Haufen zu ihnen und erzürnte heftig, als er die Hemmung ihres weitern Marsches vernahm. «Der Mameluck!» rief er aus, «dieser Julien, dem ich schon seit so lange den Tod geschworen habe, kreuzt alle unsere Unternehmungen. Keine Barmherzigkeit, wenn er einmal in unsre Hände gerät. Er darf auch keine erwarten, da er ein abtrünniger Bruder ist, der unsre reformierte Gemeine verlassen hat, nur um der Regierung gefällig zu sein und bei weltlichen Ehren zu bleiben.»

Man hörte ein lautes Geschrei, und aus einem engen Hohlwege stürzte jetzt Ravanel mit einer Schar heraus, die den streifenden Soldaten glücklich entkommen war. Auf der Höhe machte man halt und die Gefangenen wurden vorgeführt. Das Kriegsgericht, das man schnell auswählte, verdammte sie alle zum Tode, und kaum war das Wort ausgesprochen, als der behende Ravanel den vordersten schon mit seinem Pistol niedergeschossen hatte, so daß das umspritzende Blut den nahe stehenden Edmund befleckte. Der Gefallene röchelte nur wenig und verschied sogleich. Edmund trat entsetzt und erblassend zurück.

«Du hast wohl noch nicht viel Blut gesehn, junger Mann?» rief ihm Ravanel spottend zu; «so solltest du heute deine Weihe feiern, und selbst einige dieser Elenden niedermetzeln.»

«Laß das jetzt, Bruder Ravanel», rief Catinat, «die Königlichen stehn so nahe, und wir kennen ihre Anzahl nicht, daß wir sie mit unserem Schießen nicht herbeilocken dürfen. Wird es uns doch nachher schwer genug werden, uns von ihnen loszumachen.»

«Doch dürfen die Armseligen nicht leben bleiben!» rief Ravanel von neuem zornig, zog alsbald sein Schwert, und hieb damit den Nächststehenden, der auch gleich verblutend zusammenstürzte. – «Soll ein Bruder blutgierig sein?» fragte Edmund.

«Wohl soll er es!» rief ihm Ravanel zürnend entgegen: «O Freund, wer es nur einmal gekostet das Vergnügen, einen Feind zu seinen Füßen niederzustrecken, der wird, Löwen gleich, nach der geschmeckten Süßigkeit kaum seinen Wärter mehr verschonen. Matt und schwach bin ich, wenn ich lange kein Blut gesehen habe; es raucht mir dann entgegen, wie der Schein der Lampe in trübseliger Dämmerung, wie das Morgenrot nach schwarzer Nacht.»

Cavalier verwies dem Eifernden seine Grausamkeit und Catinat führte die übrigen Gefangenen an die Felsenwand, wo sie unter den Schwertstreichen der Camisards niedersanken. Nur ihr Anführer, der größte und wildeste von allen, war noch übrig. Dieser rief jetzt mit gewaltiger Stimme: «Haltet! Ferne sei es von mir, um mein Leben zu bitten, das ich so armseligem Volk auch nicht einmal schuldig sein möchte, doch, was ich verlange, könnt ihr mir leicht ohne Nachteil gewähren.»

«Was willst du, Bösewicht!» fragte Cavalier, indem sich die übrigen noch dichter um ihn versammelten.

«Daß ihr mir die Arme losbindet», sagte der große wilde Mann, mit dem Ausdruck der tiefsten Verachtung: «daß ich dann noch einmal und zum letztenmal meine Flasche an meinen vertrockneten Mund setze, die mir in allen Drangsalen Freund und Tröster gewesen ist, und daß ihr nachher dafür sorgt, daß ich recht schnell so erbärmlicher Gesellschaft, als der eurigen, loswerde.»

Die Camisards murrten und wollten ihn niederhauen, aber auf einen Wink Catinats traten sie zurück, der selber die Bande des Gefangenen auflöste und mit dem Schwert in der Hand beobachtete, ob ihn die Verzweiflung vielleicht zu irgendeinem tollkühnen Unternehmen im Augenblicke seines Todes antreiben möchte. Doch der greise gewaltige Mann sahe mit der größten Ruhe umher, schüttelte seine Arme und Schultern, um nach dem Zwange wieder seine Freiheit zu empfinden, nahm dann lächelnd eine Flasche mit Wein aus dem Busen und leerte sie behaglich aus, warf sie nachher gegen den Felsen, daß sie in Stücke brach, und wandte sich wieder an die Umstehenden, seinen Hals entblößend, indem er sagte: «Nun, wenn es gefällig wäre!»

Selbst Ravanel maß ihn mit einem anstaunenden Blicke, und Edmund, der ihn immer beobachtet hatte, fühlte sich von einem unerklärlichen Gefühle angetrieben, dem Verruchten das Leben zu retten. «So fremd ich euch auch sein mag, liebe Brüder», rief er laut, indem er in den Kreis trat, «so bitte ich euch dennoch, mich so hoch zu ehren, mir diesen Unglückseligen zu schenken, daß sein Schicksal in meinen Händen ruhen möge. Soll dieser Verlorne so unvorbereitet so ganz in der Blöße aller seiner Verbrechen vor seinen strafenden Richter treten? Sollen wir es nicht versuchen, das wilde Gemüt wieder zu zähmen, und den Abtrünnigen seinem Schöpfer näherzuführen? Gönnt mir diese Wohltat, ihr Freunde, versagt mir meine Bitte nicht, und laßt mein eigenes Leben für ihn einstehn, daß er uns diese Rettung nicht mit Verrat und Falschheit lohnen wird.»

Cavalier vereinigte aus Liebe zu Edmund seine Bitten mit denen des Jünglings, und nach kurzem Widerspruch Ravanels und einigem Murren des Trupps stimmten alle in die Begnadigung des Räubers ein. Cavalier kündigte ihm seine

Lossprechung an, damit er fühlen solle, fügte er hinzu, daß Barmherzigkeit selbst bei den Feinden sei, und er darum von nun an auch Barmherzigkeit dort vor dem Richterstuhle des Ewigen suchen möge.

Der Räuber hatte Edmund schon seit lange mit seinen großen blitzenden Augen forschend angeblickt, jetzt beugte er sich zu dem kleinen schmächtigen Cavalier hinab, und sagte mit lachender Miene: «Ei! Kleiner! Woher kennst du denn den auf seinem Richterstuhle so gut, daß du von ihm schwatzest, als dürfte man nur um die Ecke dort gehn, und an sein Haus klopfen und dem Türhüter ein Trinkgeld für den Eintritt zahlen? Ihr meint also, ich solle noch länger diese Luft in mich atmen, und dieses Licht sehen, was ich nun fast siebenzig Jahre getan habe? Meinethalben. Aber ich will euch nicht betrügen, ihr sollt mir dies elende Leben nicht schenken, um euch an meiner Bekehrung zu freuen. Denn, geradeheraus, da seid ihr mit aller Frömmigkeit und Buße, Gottseligkeit und Liebe ganz an den Unrechten geraten. Ich will mit euern Geschichten und Faseleien gar nichts zu tun haben, mit Beten und Singen sollt ihr mich verschonen, obgleich ich nichts dagegen habe, mit euch zu ziehen und wacker dreinzuschlagen, weil ich doch irgend was treiben muß, und für jetzt auch nichts Besseres zu tun wüßte.»

Wieder erhob sich ein Murren, aber es war jetzt nicht Zeit, zu urteilen, oder zu streiten, denn man sah schon die Truppen des Königs herbeimarschieren. Schnell begab sich jeder Anführer zu den Seinigen, man rief, befahl, und in kurzer Zeit war die Ordnung hergestellt, um den Angriff abzuwarten. Edmund und der Räuber, dessen Leben er erbeten hatte, standen im Gliede beisammen. Indem man gegeneinander rückte, stürzten bei der ersten Salve des kleinen Gewehres viele der Camisards, aber unerschrocken, indem sie laut ihre Psalmen sangen, rückten sie vor. Bald war alles handgemein und in scheinbarer Verwirrung, denn Ravanel und sein Trupp stürzten wie wahnsinnig in den Feind, der von dieser Seite bald zurückwich; andre wollten den Furchtsamen zu Hülfe kommen, und so verwickelte sich die Masse auf dem beschränkten Plan in ein kämpfendes Gewirre. Ein großer Offizier ergriff Edmund, indem ein zweiter den Arm aufhob, um den Jüngling niederzuhauen, als der Räuber mit Riesenkraft die beiden Soldaten bei den Haaren ergriff und ihre Köpfe so aneinanderschlug, daß sie besinnungslos zu Boden stürzten. Aber Edmund war nur für einen Augenblick frei, denn er fand sich gleich drauf in einen Kampf mit vielen verwickelt, und ein heftiger Schlag auf den Arm entwaffnete ihn. Er war gefangen, indessen seine Freunde die Truppen des Königs schon zum Weichen gebracht hatten. Diese flohen mit ihrem Anführer und nahmen ihn mit sich. Er sah sich ohne Rettung verloren.

Im Walde näherte sich der Obrist Julien und betrachtete mit Verwunderung seinen Gefangenen. Er sendete hierhin und dorthin Detachements, um das Gehölz zu rekognoszieren; einen Trupp auch wieder rückwärts, um zu sehen, wohin sich die Rebellen wenden, oder ob sie ihnen folgen würden. «Laßt mir nur diesen einzelnen Gefangenen», rief er den letzten zu, die er ebenfalls auf einige Minuten von sich schickte; «ich will mit dem Unbewaffneten schon fertig werden. Ist es möglich?» wendete er sich hierauf zu Edmund, als er sich mit diesem ganz allein fand; «so, junger Mann, müssen wir uns wiedersehen? Ich habe es dem Gerüchte nicht glauben wollen, ja ich möchte noch jetzt meinen eigenen Augen nicht trauen! O du armer Vater eines so entarteten Sohnes.»

«Abtrünniger!» rief Edmund erbittert aus; «hast du wohl ein Recht, diese Sprache zu führen?»

«Gehen Sie, entfliehen Sie», sagte Julien mit dem Ausdruck des verachtenden Mitleids; «eilen Sie in dieses dichte Gebüsch, ich will Sie nicht gesehn haben. Entziehen Sie sich der Schande und dem Hochgericht, bevor meine Begleiter zurückkommen und es unmöglich machen.»

Edmund sprang in den dichteren Wald, zürnend, beschämt, geängstigt: er rannte unaufhaltsam, war bald in der einsamsten Gegend, und als er endlich erschöpft und atemlos in eine Kluft der Felsen hinabstürzte, fand er den großen Räuber dort ruhend, dem er heut aus Mitleiden sein Leben großmütig erbeten hatte, wie er es wieder aus der Hand eines verachtenden ehemaligen Freundes hatte empfangen müssen.

«Habt Ihr die Narrenpossen satt?» fragte der Wilde nach geraumer Zeit den Jüngling. «Ich dächte, Ihr hättet nun Lehrgeld gegeben, und sähet Euch nach einem einträglichern Handwerk um.»

«Elender!» rief Edmund aus, «der du weder an Gott noch an Menschen glaubst, entferne dich aus meiner Nähe, denn deine Gedanken vergiften meine Seele.»

«Nicht so vornehm, junger Herr», rief jener im barschen Tone: «heut hat Euch meine Faust, trotz meinen giftigen Gedanken, gute Dienste geleistet, wenn Ihr das Leben nicht etwa ebenso wohlfeil achtet, wie ich; aber darnach sieht bis dato Euer Milchgesicht noch nicht aus. Weshalb seid Ihr denn so unmenschlich tugendhaft gestimmt? Laßt mich immer noch Eure holdselige Gesellschaft genießen, denn ich bin ja Euer, habt Ihr mich heut früh doch fast wie einen Hund losgebeten. So könnt Ihr mir dann auch das Bellen gönnen, und um Euch zu sein, daß Euch kein anderer beißt.»

«Wie hast du nur so tief sinken können?» fragte Edmund mit einiger Teilnahme.

«Ich bin bloß stehen geblieben», sagte jener ruhig, «ich habe mich nur nicht heben können; und da ich keine Flügel an meinen Schultern spürte, wollte ich mir keine anlügen, und noch weniger die erste beste Gans darum ansprechen, die mir doch auch nichts hätte helfen können.»

«Du meinst», sagte Edmund, «du wärst ehemals ein Mensch wie andre gewesen.»

«Wahrscheinlich doch wohl», erwiderte der Räuber: «vielleicht ist auch noch jetzt keine so große Kluft zwischen uns befestigt. Tut man kostbar mit sich selbst, dann scheint freilich auch im Geisterreich der Abstand so unermeßlich, wie zwischen dem Könige und dem Bettler; setzt aber beide nackt auf eine wüste Insel hin, so sind sie Brüder und gute Gevattern, wenn einer nicht etwa den andern frißt. So auch mit den sogenannten Seelen: wenn sie Verse machen oder verliebt sind, ja dann freilich dünken sie sich wunder wie schmuck. Aber laßt sie nur recht in Desperation geraten, so recht wild unbändig werden, so fällt auch hier alle Affektation ab, wie der Metze die Schminke, wenn sie sich im Platzregen umtreiben muß. Solltet Ihr meinen Namen niemals gehört haben? Ich heiße Lacoste. Es würde mich wundernehmen.»

Edmund wurde nachdenkend. «Mir ist es», sagte er nach einer Weile, «als sei mir der Name nicht ganz unbekannt; aber ich kann mich nicht entsinnen.»

«Ja, gute Jünglingsseele», fuhr Lacoste in seiner Art fort. «In Euren grünen Jahren war ich ein galanter Taugenichts, ein zuckersüßes Kaninchen, das mit roten Lippen jedermann entgegen leckte und lächelte. Sagt einmal, habt Ihr schon recht geliebt?»

«O schweigt!» rief Edmund zornig: «wer möchte doch mit Euch darüber sprechen.»

«Kurioser Diskurs, den wir führen», sagte Lacoste kaltblütig: «wenn Ihr nichts darum wißt, um so besser für Euch; ich war aber in Eurem Alter so durch und durch verliebt und entzückt, daß man mit bloßem Anstreichen von mir tausend Menschen hätte verliebt machen können, wie durch den Magnet die Eisenstäbe Anziehung kriegen. Dazumal war mir die Erde mit allen ihren Steinen wie durchsichtig, ich war so wohlwollend und liebevoll, daß ich den Nachtigallen meine Augenbrauen hätte schenken mögen, damit sie sie zu Nest trügen, und ihrer jungen Brut ein Bett daraus machten. Aber schön war meine Geliebte, das konnte fast der Blinde gewahr werden. Und noch liebevoller, noch mitleidiger, wie ich. Hätte sie doch gern alle Leiden und Schmerzen der ganzen Welt auf sich nehmen mögen, ja sich wohl verdammen lassen, wenn sie damit die Hölle hätte erlösen und Hungernde und Kranke dadurch reich und gesund machen können.»

«Selbst in Eurer Bosheit», sagte Edmund weich, «schildert

Ihr dies Mädchen als ein edles, die wohl ihres himmlischen Ursprungs würdig war.»

«Himmlisch», sagte jener, «bis zum Ekel: ganz natürlich! das ist es ja auch, was ich meine. Jedem Bettler hätte sie mögen ihr alles geben, aber mir – sie sah meine Liebe, meine Verzweiflung, wie hingegeben ich nur in ihren Blicken atmete, wie ich mich verzehrte, und mein Gram, mein unnennbares Elend mich dem Grabe oder dem Wahn überliefern mußte. – Das war ihr aber gleichgültig, ja mehr als gleichgültig, es war ihr lieb.»

«Und wie ist dergleichen möglich?» fragte Edmund.

«Alles hat seinen Haken», fuhr Lacoste fort. «Es ist an sich schon recht, wenn so schäbichte Narren, wie ich einer war, von den Weibern gemißhandelt werden, damit sich andre Gimpel ein Exempel nehmen. Aber sie hätte doch wohl Gnade vor Recht ergehen lassen, wenn nicht ein Mangel in mir selbst im Wege gestanden hätte, ein Mangel, der mich noch jetzt drückt, obgleich ich ihn als solchen nicht spüre.»

«Und der ist?»

«Dasselbe, wovon unser Gespräch ausging. Dieselben Fittige, die uns doch immer nur lächerlich sitzen würden. Ich war nämlich nicht fromm, ich konnte gar nicht begreifen, wie die Menschen auf diese Erfindung geraten waren. Ich hatte denken, urteilen, phantasieren lernen. Aber an den neuen Sinn, von dem ich so viel hören mußte, konnte ich nicht glauben. Woher ihn auch nehmen? Ich bin da, ich freue mich, wenn es mir wohl geht. Dafür soll ich danken? Ergeben, demütig sein? Nun, wem soll ich denn die unzähligen Schmerzen anrechnen? Alle Leiden dieser elenden Sterblichkeit? Den vielfältigen Gram? Keiner ist da, den ich darum verklagen dürfte. Aber auch dies alles soll ich in Demut, mit Freuden empfangen. Geht es mir gut, überschwengliche Wohltat; schlimm, väterliche Prüfung. Ich fasse es nicht, wie ein andres Gehirn dergleichen fassen kann. Das unnennbare Wesen, das ich mir gar nicht, oder nur mit Schwindel und Grauen vorzustellen weiß, trägt alle Welten, duldet alle Schiffbrüche,

Kriege und Erdbeben, nun so mag es auch mich und meine Gedanken dulden. Aber er will, er kann mir nur nahekommen, so sagen sie, wenn ich ihm zerknirscht nahe, wenn ich so oder so von ihm glaube und spreche; Gebärde, Worte, Verbeugungen gehören dazu, um ihn wie mit Magie in Fesseln zu legen, daß er sich um mich bekümmere, daß er mich liebe, muß er sogar erst mein Mitleid erregen. Ja, meinen Zorn erweckte freilich alles dies, und statt, daß mich nun die liebevollen frommen Menschen dulden, belehren, höchstens bemitleiden sollten, meinten sie ihrem Gott der Liebe kein Genüge zu leisten, wenn sie mich nicht verabscheuten.»

«Entsetzlicher Mensch!» rief Edmund, «wie konnten sie anders? Ist die Flamme des Scheiterhaufens wohltätig, so ist sie es für Euresgleichen.»

«Natürlich!» sagte Lacoste mit lautem Lachen. «Brennen doch die Juden das Gold aus alten Kleidern, so kommt wohl im Brennen auch aus dem härtesten, trockensten, abgelebtesten Sünder noch ein Tröpfchen Frömmigkeit heraus. Das Beste und Erträglichste ist nur noch, daß sie einander um diesen Liebesglauben totschlagen und martern, und jeder den andern verketzert, jeder dem andern flucht und ihn der Hölle übergibt, gegen mich aber alle Parteien, wenn sie auch noch so sehr gegeneinander wüten, in der Verdammnis übereinstimmen.»

«Ein Zeichen», sprach der Jüngling, «daß alle, mögen sie auch an sich selbst irren, doch gegen Euch gehalten, die Wahrheit besitzen.»

«Ich beneide sie um ihren Besitz nicht», erwiderte der Greis. «Mein Leben, alle meine Leiden, ja wenn ich boshaft ward, und mit Recht es wurde, habe ich nur diesem Egoismus zu danken, der sich Demut, Begeisterung, Liebe oder Religion nennt. Ich ward verworfen, verfolgt, ja, um das einfältige Wort zu brauchen, verkannt: denn wer kennt doch den andern, oder auch sich? Verarmt und mit gebrochenem Herzen zog ich fort, und meine Freunde sahen mich gerne ziehen. In allen Ländern wiederholte sich dieselbe elende Komödie.

Man hätte mir gern geholfen, sich mir vertraut, mich auch wohl geliebt, wenn ich nur die sogenannte Religion gehabt hätte. Die dumme Tugend meiner Ehrlichkeit, daß ich mir keine anlügen mochte, brachte auch der Allerbeste nicht in Anschlag. Einige Ehen, die fast schon mit mir geschlossen waren, gingen aus demselben Grunde wieder zurück. Auch in den andern Weltteilen ging es mir nicht besser. So bin ich ein Greis, so bin ich ein Bösewicht geworden, und ich kam zurück, an meinen lieben Landsleuten, an meinen Freunden mein Mütchen zu kühlen. Da habt Ihr mir das Ding verdorben: gerade Ihr! Wunderlich genug.»

«Warum das?» fragte Edmund gespannt.

«Kommt, laßt uns wieder gehen», sagte der Fremde, «wir müssen doch wohl unsre Kameraden wieder aufsuchen.»

Sie erhoben sich, und schritten aufs Geratewohl durch Berg und Wald. Als sie höher gestiegen waren, bemerkten sie einen dicken Rauch, der ihnen gegenüber mit schwarzen Wolken den Himmel verfinsterte. Ein fernes Geschrei lenkte ihre Schritte, und als sie herankamen, sahen sie auf der Spitze des Berges eine Anzahl Rebellen, die sich unruhig hin und her bewegten. Als Edmund näherkam, glaubte er Roland zu erkennen. Er war es auch, aber noch ehe er sich dem Führer hatte nähern können, stürzte ihm ein junger Mensch mit entsetzlichem Geschrei entgegen. «Bruder!» rief er, von Schluchzen und Wut unterbrochen, «Bruder! alles ist dahin! Die Mordbrenner haben dich auf ewig unglücklich gemacht.»

Es ward Edmund schwer, seinen Freund, den jungen Vila zu erkennen. «Was ist dir? wo kommst du her?» fragte er endlich erstaunt.

«Ich gehöre jetzt zu euch!» rief Vila aus: «ich habe mein Herz nicht bezwingen können, seit ich alles hörte, seit ich den Jammer unseres Volkes sah. Ja, vernichten, morden, zerfleischen will ich euch helfen jene Mordknechte, die vom Menschen, zur Schande aller Geschaffenen, nur noch das Angesicht tragen.»

Da Edmund fragen, wissen, sich erkundigen wollte, zog

ihn Vila höher den Berg hinauf, und wieder stand der Jüngling oben und schaute wie in der Nacht auf den Garten und das Haus seines Vaters hinab. Aber das Haus war Ruine, noch wütete das Feuer in den Gemächern und dicke Rauchsäulen erhoben sich, dazwischen sah man die verzehrende Glut, die oft rote Ströme seitwärts oder nach oben sandte. Unten standen Hirten und Bauern, manche starr dem Schauspiel zusehend, einige ohnmächtige Hülfe und Rettung versuchend.

«Wo ist mein Vater?» rief Edmund, als er sich von der ersten Betäubung erholt hatte. «Entflohen», antwortete Vila, «niemand weiß, wohin; Kind, Diener, alles hat entweichen müssen, weil ihn der Marschall und Intendant zur strengen Rechenschaft nach Nismes gerufen hatten. Als die Bösewichter, die sich Soldaten nennen, das Haus ganz leer fanden, haben sie es geplündert und dann angezündet.»

«So habe ich nun nichts mehr zu schonen», sagte Edmund kalt.

«Ei! ei!» rief Lacoste; «also dem alten Herrn, meinem alten Nebenbuhler, ehemaligen Freund und Feind, ist es so schlimm ergangen? Seht nun selbst, böser, wie es jetzt ausgegangen ist, hatten wir es neulich auch kaum im Sinn, als Ihr, Edmundchen, uns das Handwerk legtet.»

Keiner hörte ihn an, und alle sahen schweigend, Edmund mit totenblassem Antlitz, in die Glut des Feuers hinab.

Die Stadt Nismes war in der größten Bewegung. Neue Verhaftungen waren vorgefallen, der Argwohn hatte sich noch gesteigert, und viele Edelleute, die bisher vom Verdachte frei geblieben waren, saßen in den Gefängnissen. Kein Stand, kein Einwohner dünkte sich jetzt noch sicher, in allen Häusern lauerte der Verrat. Der Marschall hatte selbst einige seiner bisherigen Freunde, sogar Damen, in ein strenges Verhör genommen, den liebenswürdigen Helden ganz verborgen und nur den gestrengen Richter gezeigt. Der Intendant war mit seinem Gegner noch nie so zufrieden gewesen. Auf dem Lande war die Bestürzung noch größer, und die Bewohner der Schlösser wußten nicht mehr, wie sie dem Mißtrauen und dem Verdacht der Empörung entgehen sollten, vorzüglich die Neubekehrten, deren Versicherungen man durchaus nicht traute, und selbst Ergebenheit und Patriotismus nicht mehr achtete. Auch der Arzt Vila hatte sich zur Stadt begeben müssen, um sich gegen vielfältige Beschuldigungen zu verantworten. So tief bekümmert er war, so zeigte er doch vor seinen Richtern keine Niedergeschlagenheit, sondern wußte mit kaltem Blute alles, was man ihm aufbürden wollte, von sich abzulehnen. Der Intendant, sowie der Marschall, waren unentschieden, ob sie seine Ruhe und Sicherheit für Unschuld oder Verstocktheit des Empörers halten sollten.

«Nein, meine verehrten Herren», rief er im Saale vor ihnen stehend, von einer großen Anzahl der Offiziere und Stadtbeamten umgeben; «ich habe nichts mit diesen allerunglückseligsten Geschäften zu tun, denn das kann man mir unmöglich als Bosheit auslegen wollen, daß ich neulich den Herrn Marquis ohne Perücke habe kurieren wollen, eine Begebenheit, die freilich auffallend genug sein mag, die aber doch nicht die Übertreibung notwendig macht, daß Sie mir nun den Kopf zugleich mit abnehmen lassen, wodurch ich ein ganz unbrauchbarer und geschlagener Mann würde.»

«Bleiben Sie ernsthaft, mein Herr», antwortete der Intendant mit dem größten Zorn, aber doch ruhigem Äußern: «was hatten sie damals im Gebirge zu tun? Wozu jene Verkleidung, deren Sie sich selber angeklagt haben?»

«Naseweisheit, mein edler Herr», sagte Vila; «als kurioser Arzt wollte ich meine Nase auch einmal in diese geistigen Monstrositäten stecken. In meiner Jugend wußte ich nur von vier großen und zwölf kleinen Propheten der Bibel, die tausend großen und zwanzigtausend kleinen unsrer Tage waren mir so wenig plausibel, daß ich einige Exemplare von ihnen in der Nähe sehn, und ihre verkritzelten Lesearten selbst untersuchen wollte.»

«Und Sie beredeten Ihren Sohn und den jungen Edmund dazu, Sie zu begleiten?»

Der Alte schwieg eine Weile, und mußte sich die Augen trocknen. «Verzeihung», sagte er dann ,«der Mensch bekommt, wenn er auch schon alt ist, bei gewissen Empfindungen eine Art von Schnupfen, der zugleich auf die Tränendrüsen wirkt; vielleicht haben Sie auch schon sonst diese Erfahrung gemacht. Starker Tabak bringt das nämliche hervor. Ja wohl habe ich die jungen Leute zu der Torheit veranlaßt. Ich konnte nimmermehr glauben, daß die jungen Burschen Ernst machen würden. Sie sollten sich nur spiegeln, psychologische Bemerkungen einsammeln, ihre eigene Altklugheit dadurch stärken und alle edle Religion korroborieren, und die Gimpel machen es wie jener Bauer, der von einem Fläschchen täglich nur zwölf Tropfen einnehmen soll, und der lieber gar die ganze Flasche mit Pfropf und Etikette hinunterschlingt. Glauben Sie mir nur, die Bauchgrimmen werden nicht ausbleiben, und es wird Künste kosten, den Bettel wieder aus dem Leibe zu kriegen.»

«Sie scheinen», rief der Marschall, «die Sache mehr von der spaßhaften Seite zu nehmen.»

«Gewiß», sagte der Alte, der seine Tränen noch immer nicht hemmen konnte und ein Schluchzen gewaltsam unterdrücken mußte; «es ist immer lustig genug, daß ich seit drei Tagen nicht habe schlafen, noch weniger etwas genießen können; daß meine verdammte Phantasie mir immer meinen unglückseligen Sohn auf dem Hochgerichte zeigt, wie er die ausgesuchtesten Martern erduldet, und mit demselben Auge nach mir hersieht, das schon in der Kindheit so dunkel glänzte, wenn er eine Frucht, oder ein Spiel so recht innig wünschte. Ich glaube auch, ich sehe blaß und leidend genug aus, und was Sie mir auch verschreiben mögen, so werde ich den alten Kopf schwerlich mehr lange auf den müden Schultern tragen.»

«Sie wissen es also, daß Ihr Sohn, sowie der junge Edmund, sich zu den Empörern geschlagen haben?» sagte der Intendant scharf mit seiner eisigen Kälte: «und wer bürgt uns denn nun dafür, daß dies nicht auf Ihren Rat und Ihre Einblasung geschehen sei.»

«Kein Mensch wird mich verbürgen», antwortete der Vater, mit stiller Ruhe, «und von mir, meiner vieljährigen Redlichkeit und einer Beteurung bei meiner Ehre mag ich gar nicht einmal sprechen, denn es kommt mir selber abgeschmackt vor. Nein, meine hochverehrten Herren, mein Rat hätte dergleichen seltsame Umkehrung wohl nicht hervorbringen können, aus einem Vagabunden, der sich bisher nur für Pflanzen und Altertümer interessierte, und aus einem eifernden katholischen Enthusiasten Schwärmer und Rebellen zu machen, sondern, wenn ich einen Augenblick als Vater sprechen dürfte, es scheint mir eher, daß Sie, meine würdigsten Richter, die Urheber davon, zwar ohne Ihre eigentliche Absicht, sind, und die Veranlassung sein dürften, daß noch viele Fantiker nach dem Gebirge laufen werden.»

«Nun, diese Unverschämtheit –» rief der Marschall.

«Lassen Sie den Unglücklichen sprechen», unterbrach ihn der Intendant, «er faselt, scheint es, im Schmerz, und es ist nicht unbillig, alles anzuhören, was er zur etwanigen Entschuldigung vorbringen dürfte.»

«Ich sage nur», fuhr Vila fort, «daß Sie mit der allerbesten Absicht, diese Empörung auszurotten, sie verstärken. Denn das ist eben die Eigenheit und Verkehrtheit des menschlichen Geistes (und ich sage ja damit nur etwas sehr Altes), daß das Verbotene, Verpönte, reizt und die straffällige Sache in ein verführerisches Zauberlicht stellt. Das, was erst gleichgültig und oft unwichtig schien, tritt nun wie mit einer Glorie auf, die Gefahr lockt, wenn erst einige Opfer, sie verlachend, gefallen sind, die Leidenschaft bemeistert sich der Herzen und derselbe, der noch vor kurzer Zeit seinen Glauben mit stillen Zweifeln hegte, fühlt nun in jeder Aufregung der Laune und des Zornes die unmittelbare Stimme seines verfolgten Gottes. Nun widerlegt man den Gegner mit Mord und Totschlag, als wenn man in seinem aufgerissenen Leibe noch die unrichtige

Leseart seines Gemüts korrigieren wollte. Dergleichen Nachschlagen kann denn natürlich der Rechtgläubige auch nicht vertragen, er will jenem den verkehrten und verdorbenen Text mit Stumpf und Stiel aus der Brust reißen. Beiderseitige Kommentatoren erhitzen sich aneinander, jeder wird zorniger und wilder, an Vermitteln ist gar nicht mehr zu denken, Belehrung fruchtet nicht, und wer kühl und gemäßigt zwischen sie treten möchte, ist beiden Parteien ein Abscheu. Sie sehen ja, daß alle die Pillen, die Sie, verehrter Herr Marschall, drehen und gießen lassen und die die Tausende von Chirurgen den Verkehrten beibringen, ihnen das Übel nicht abführen, oder nur lindern. Was frommt es doch nur, daß die tätigen Männer so fleißig mit den Bajonetten nachstopfen, weder diese Lanzetten, noch die Inzisionen der Herrn Dragoner verbessern die Säfte. Auch die Kuren in den Gefängnissen oder auf den öffentlichen Plätzen schlagen nicht an. Was kann ihre Vernunft, Ihre kalte ruhige Überzeugung dafür, daß das ganze Land, ehrlich gesprochen, wie ein großes, auseinandergelaufenes Tollhaus dasteht, wo die Rasenden mit ihren Lehrbegriffen gegeneinander wüten und wie die gehetzten Hunde mit den Zähnen knirschen? Ich glaube, die Luft ist angesteckt und macht verrückt, und so hat es den jungen Edmund und meinen armen Sohn befallen. Wen der Teufel reitet, der kann gewiß nicht behaupten, daß er einen Überfluß von freiem Willen habe, zu gehen und zu kommen; was hätte mich aber wohl bestechen sollen, meinem einzigen Sprößling die Steigbügel über die Schultern zu legen, damit der schwarze Rabenvater aller Lüge sich ihm noch bequemer aufhucken könne? Bedenken Sie das nur selbst, großmütige Männer.»

«Ich verstehe Sie nur halb», sagte der Marschall.

«Ich verzeihe Ihrem Schmerze vieles», antwortete der Intendant.

«Aber warum hat sich der Herr von Beauvais unserm Verhör nicht gestellt?» fing der General wieder an: «warum ist er entflohen? Bekennt ihn die Tat nicht als schuldig? Und wissen Sie von ihm etwas und seinem Aufenthalt? Können Sie uns von seinen Unternehmungen einige Nachricht mitteilen? Halten Sie ihn verborgen? Bekennen Sie von allem die Wahrheit.»

«Exzellenz», sagte der Arzt, «der alte Sünder hat sich gewiß aus dem Staube gemacht, weil er allerdings verdächtig ist, selbst mir, und gewiß nicht mit Sicherheit und Anstand hier hätte erscheinen können.»

«Reden Sie weiter», sagte Herr von Basville; «Sie geben es zu meiner Freude schon näher.»

«Sie wissen es ja selbst so gut als ich», antwortete Vila, «der Skandal ist ja im ganzen Lande ruchbar. Kahlköpfig hätte er hierher treten müssen und Rede und Antwort geben. Ich will noch zugestehen, man schafft Manschetten, man legt den Degen ab, auch die Stickerei auf dem Kleide, oder die Krawatte mag noch ohne Ketzerei als überlei geachtet werden; aber wenn Sie erwägen, daß er schon seit länger als zehn Jahren ohne Perücke da draußen in seiner Wüstenei wohnt, wie ein thebaischer Einsiedler, so können Sie ihm unmöglich ganz rechtgläubige Gesinnungen zutrauen. Wie soll denn auch der Kopf gesund bleiben, wenn er sich allem Wetter, allen Gesellschaften, allen vorfallenden Redensarten, Witz und Unwitz so nackt preisgeben muß! Es ist ja wie eine Festung, wo man die Wälle und Schanzen abgebrochen hat. Da reitet im Kriege alles Gesindel ungehindert hinein.»

«Sie sind kindisch», sagte der Herr von Basville: «aber wo ist das Fräulein von Castelnau geblieben? Sie werden wissen, daß sie verschwunden ist. In allen diesen Umständen sehen wir, mögen Sie auch sagen, was Sie wollen, ein zusammenhängendes Komplott.»

«Ach! die arme Christine!» seufzte Vila kläglich: «ich weiß jetzt erst, wie lieb ich das herrliche Mädchen gehabt habe. Ja sie ist nicht mehr in ihrem Hause, aber der Herr Marschall wird wohl am besten Nachricht von ihrem Aufenthalte geben können.»

«Ich?» fragte dieser.

«Alle Welt sagt wenigstens», fuhr der Arzt fort, «daß Sie sie hätten verhaften lassen, und das ist auch nicht ganz ohne Wahrscheinlichkeit, da die unkluge Dirne vor einiger Zeit so ganz die Hochachtung, die sie Ihnen schuldig ist, aus den Augen gesetzt hat.»

«Es wäre unter mir», sagte der Marschall, «Ungezogenheiten durch mein Amt rächen zu wollen.»

«Wo man nicht Liebe erwecken kann», sagte der Arzt, «die man wohl fordern dürfte, da soll oft Furcht und die gehörige Strafe des Gegenstandes uns dafür genugtun.»

«Ich geb Ihnen mein Ehrenwort, ich weiß nichts von der Törin!» sagte der Marschall errötend.

«Es ist wohl möglich», antwortete Vila, «daß Sie gerade jetzt nicht wissen, in welchem Kerker sie schmachtet, da wir seit einigen Jahren diese Anstalten so ansehnlich vermehrt haben.»

«Herr!» rief der Marschall – «ich dächte, Herr Intendant, wir ließen den Aberwitzigen abtreten, denn es ist nur vergebliche Hoffnung, ein kluges Wort von ihm zu hören. – Danken Sie es dem Herrn Marquis und seiner eifrigen Vorsprache, oder vielmehr seiner Grille, sich von niemand anderm kurieren zu lassen, daß man Ihre Frechheit, die sich töricht stellt, so ungezüchtigt von hier läßt. Aber lassen Sie sich betreten, daß Sie es mit den Empörern und den Verdächtigen irgend halten, so sprechen wir uns wieder, und alsdann in einem höhern Ton.»

«Wie Sie ihn immer anzugeben belieben», sagte der Arzt, und entfernte sich mit einer tiefen Verbeugung. Seine Kutsche hielt vor der Tür des Hauses, er ging aber noch erst in den Stall des Hofes, um einen alten Diener aufzusuchen, den er mit sich nach St. Hippolite nehmen wollte. Hinkend und mit verbundenem Kopf und Arm kam dieser ächzend herbei. «Kutscher», rief Vila seinen Fuhrmann an: «mach Platz auf dem Bock für den alten Knecht da!»

Indem kam der Obrist Julien die Straße herunter. «Was schleppen Sie da für Ware mit sich?» fragte dieser, indem er den Verwundeten betrachtete.

«Meinen uralten Conrad», antwortete der Arzt; «der dumme Kerl gerät gestern auf ein Dorf und will sich mit der Bekehrung eines Camisards einlassen, der aber auf echte Rebellenweise fängt zu prügeln an; mein abgelebter Enthusiast will auch seinen König und Herrgott nicht schimpfen lassen, und darüber ist er so zugedeckt worden, daß ihn unser Phylax zu Hause kaum wiedererkennen wird.»

«Sehen Sie», sagte der Obrist, «der arme Krüppel kann den hohen Kutscherbock vor Zittern nicht erreichen. Er scheint dergleichen nicht gewohnt. Helfen Sie doch, Herr Pfarrer.»

Der stämmige Pfarrer von St. Sulpice, welcher sich herzugedrängt hatte, schrotete mit Armen und Schultern den Alten hinauf. «Gewohnt oder nicht gewohnt!» rief Vila verdrüßlich, «er mag dem Himmel danken, daß ich ihn noch mitnehme. Ein Kerl, der in seinen Jahren noch auf Prügeleien ausgeht, ist in meinem friedlichen Hause nichts nütze. Die Zeiten sehen freilich wunderlich genug aus, so daß das Gesindel vielleicht bald die Prätension macht, mit in der Kutsche zu fahren.»

«Platz genug hätten Sie», sagte der Obrist, der vom Arzt, der sich schon breit hingesetzt hatte, Abschied nahm. – «Nun zugefahren!» rief Vila, «und nicht zu schnell, besonders auf den Steinen, denn alle Rippen und der Kopf obenein sind mir wie zerschlagen, und gib acht, daß das alte Gespenst dir nicht etwa gar vom Bock herunterrumpelt. – Adieu, Herr Pfarrer!» – Die Kutsche fuhr die Straße hinunter und zum Tor hinaus.

Die Landstraße war voller Soldaten und Milizen, an vielen Orten mußte die Kutsche stillhalten, um die Züge vorbeizulassen. Endlich als man den andern Weg nach den Bergen eingeschlagen hatte, konnte die Reise ungestörter fortgesetzt werden. Der Arzt war sehr unruhig, und sah nach allen Seiten um, murmelte für sich und war abwechselnd gerührt und verdrüßlich. Endlich, als die Gegend ihm einsam genug war, ließ er halten, stieg ab und half dem verwundeten Conrad, wie er ihn in der Stadt genannt hatte, selbst vom Wagen. «Armer, alter Freund», rief er aus, indem er ihn mit großer Bewegung umarmte: «wie geht es dir? Fühlst du dich ermüdet? Jetzt steige hier mit mir ein, und verzeih mir alles, was ich zu deiner Sicherheit habe tun müssen.»

«Mir ist ziemlich wohl, du Guter, Treuer», antwortete der Herr von Beauvais: «aber leiste mir nun noch den Liebesdienst, daß wir noch einmal die Ruinen meines Hauses besuchen.»

Vila gab dem Kutscher die Anweisung, und sie stiegen ein. «Aber warum willst du dir das Herz noch schwerer machen?» fing der Arzt an. «Komm lieber gleich mit mir, daß ich dich in dein kleines ländliches Asyl führe, um dich dort bis auf bessere Zeiten zu verbergen. Denn jetzt ist doch nicht daran zu denken, daß man dich über die Grenze schaffen könnte.»

«O mein armes Vaterland!» seufzte der Parlamentsrat: «wie Verbrecher müssen nun auch die Rechtschaffenen das Verborgene suchen. Ich will mich nur noch einmal in die große Halle begeben: ein eiserner Wandschrank ist vielleicht von den Räubern und Flammen verschont geblieben, dort liegt das Bildnis meiner Gattin, welches ich in der Eile mit einzupacken vergessen hatte. Sehr schmerzlich würde es mir fallen, dies teure Angedenken verlorenzugeben.»

Die Sonne war schon untergesunken, und sie näherten sich jetzt der heimatlichen, wohlbekannten Gegend. Aus den schwarzen Mauern stiegen noch qualmende Wolken, doch schien das Feuer erloschen. Der Wagen hielt, die Reisenden stiegen aus. Eine Laterne wurde angezündet, und der Rat mußte sich darüber wundern, wie schwer es ihm wurde, sich in dem sonst wohlbekannten Hause zurechtzufinden. Niedergestürzte verkohlte und erloschene Balken hemmten den Eingang zum Saal, Asche und Schutt erfüllten den weiten Raum, alles war unkenntlich, und nur die Mauern bezeichneten noch den ehemaligen Sitz des Glücks und Friedens. Die Laterne warf einen bleichen wechselnden Schimmer auf die traurige Zerstörung, und indem bei ihrem Schein der Vater nach jenem Schranke zitternd herumtappte, glaubte er in einem andern Gemache eine Stimme zu vernehmen.

Als er genauer hinhorchte, war alles still; doch machte sich nach kurzer Frist ein tiefes, schmerzliches Seufzen von neuem vernehmlich, und wie aus qualbedrängter Brust ertönten dann die Worte: «Ja mein, mein sündliches Feuer hat diesen Wohnsitz in Asche gelegt, mein frevelnder Ungestüm hat das Glück dieses teuern Hauses gemordet.»

«O mein unglücklicher Sohn!» rief der Alte, indem er jenem Gemache entgegenstrebte; doch Edmund kam ihm schon entgegen, sank an ihm nieder und umfaßte seine Knie. «Können Sie mir vergeben? können Sie mich noch lieben?» rief er in heftiger Bewegung; «ich, ich Elender habe den Brand in dies Haus geschleudert, ich habe Sie und meine Schwester elend gemacht, ich bin wohl an Ihrem Tode schuld. O großmütigster, mildester der Menschen, mit welchem zerrissenen Herzen lieg ich hier zu Ihren Füßen, nicht wert, sie zu umfassen, nicht des Staubes wert.» –

Der Alte hob ihn auf, drückte ihn an sich und sagte: «Nicht also, mein Sohn, nicht auf so kurzsichtige Weise laß uns die Wege des Schicksals meistern und schelten. Du warst es, wie ich es wohl weiß, der mich aus den Händen der Mordbrenner rettete. Dein Herz ist mir geblieben; diese Mauern, dieser tote Besitz gehörte nicht zu meinem Glück und Wesen, du selbst bist mir näher und bist mir, gottlob! nicht verlorengegangen. Gönne es mir, daß ich dich in den Trümmern wiedergefunden habe, und ich will dem Himmel mit Tränen der Inbrunst für mein Unglück danken. Folge mir jetzt und verlaß diesen unglücklichen Bund. Es findet sich die Zeit und günstige Stunde, daß wir über die Grenzen unsers Vaterlandes hinausfliehen, und unter einem andern Himmel dann das Glück unserer Liebe wieder auferbauen dürfen.»

«Nur das verlangen Sie nicht von mir, großmütiger Mann!» rief Edmund wie im bewußtlosen Zorn: «strafen, rächen muß ich mindestens, unsern und Gottes Feinden doch etwas vergelten. Oh, Catinat! wie unrecht tat ich dir, dich zu schelten. Nein, ich will kein Erbarmen so tief herabwürdigen, es an diese Elenden zu verschwenden, die den Tiger noch in die

Lehre nehmen könnten, um seine Tücke und Grausamkeit zu mehren.»

Vila machte sich mit der Laterne herbei und leuchtete dem Jüngling in das blasse und verstörte Antlitz, indem er mit der größten Gutmütigkeit sagte: «Ei! Edmundchen! Kindchen! laß dir raten: folge doch nur ein einziges Mal deinem Alten da, der immer nur das Vernünftige von dir gewollt hat.»

«Laß Ihm die Rache», sagte der Vater mit starker Stimme, «Ihm, der alles lenkt und zuläßt und voraussieht, und in dessen allmächtigem Arm unser Zorn und unsere Ohnmacht nicht Rache mehr ist. Rache! ich verstehe das Wort nicht. Für dieses Gefühl wurden unsere Herzen nicht geschaffen.»

«Immer und immer noch die alte Narrheit!» rief eine tiefe Stimme von hinten und die große Gestalt des greisen Lacoste tappte in der Finsternis über die Schutthaufen herbei. «Rache! Haß!» rief er; «wer das Gefühl nicht kennt, kennt wohl auch die Liebe nur halb. Kennst du mich noch, deinen Nebenbuhler, den Lacoste, den du vor vielen Jahren so unglücklich gemacht hast? Der es schlimm mit dir vorhatte, wenn da dein braver Edmund nicht war.»

«Wie kömmst du hieher?» rief der Vater erstaunt. «Was treibst du hier?»

«Deines Sohnes Hund bin ich geworden», antwortete dieser; «solche Dienste tu ich ihm jetzt, soviel ich vermag, und wenigstens laufe ich ihm nach, aus Dankbarkeit, weil er mir das Leben gerettet hat.»

«Hab ich doch kaum Zeit und Gefühl», sagte der Herr von Beauvais, «mich über dieses seltsame Zusammentreffen zu verwundern.»

«Wohl drängt die Stunde», rief Vila, «wir haben noch weiten Weg vor uns, und müssen die Nacht benutzen.»

«Hier ist der verborgene Schrank, noch unversehrt», rief der Parlamentsrat, «ganz wie ich vermutet hatte.» Er nahm einen Schlüssel, öffnete und leuchtete hinein. Unter manchen Geräten, welche dort aufbewahrt waren, fand er in einem Kästchen das Bild. Mit Tränen betrachtete er es und wollte es zu sich stecken, als Lacoste seine Hand ergriff und sagte: «Nur einen Augenblick, um ehemaliger Bekanntschaft und Freundschaft willen: laß auch mir dies Angesicht nach so vielen Jahren einmal in meinem öden Herzen wieder aufblühen.»

Der Vater gab es ihm zitternd; Lacoste hielt es scharf gegen das Licht und betrachtete es starr mit seinen weitgeöffneten grauen Augen; eine Träne entfiel ihm unbewußt, er drückte einen Kuß auf das Bild und gab es dem Rate zurück. Sieh, sieh, sagte er zu sich selbst, jeder Mensch bleibt doch ein Narr, gebärde er sich auch, wie er will. Können jene sich bei ihren Reliquien auch so viel denken und einbilden, wie ich eben jetzt fühlte, je nun, so mögen die Armen auch nicht so ganz unrecht haben.»

«Roland steht mit seiner Mannschaft in der Nähe», sagte Edmund; «einige von uns mögen Sie geleiten, teurer Vater, so weit Sie begehren, damit wenigstens die Unsrigen Sie nicht mißhandeln.»

«Klug gesprochen», sagte Lacoste, «denn wir sind auch, mit Vergunst, ganz verruchtes Gesindel.»

Der Parlamentsrat stieg mit seinem Freunde wieder ein, indem er sagte: «Jetzt sind wir freilich so weit gebracht, daß die gewöhnliche Vorsicht überflüssig wird. Sorgen wir dafür, daß unser Freund Vila nicht durch uns ebenfalls elend werde.»

«Wäre mein Sohn nur vernünftig», sagte dieser, «so möchten sie mit mir alten abgelebten Sünder machen, was sie wollten. Sterben wird fast eine Zerstreuung, die man aufsucht, so wie die regierenden Herren die Sachen zugerichtet haben.»

Sie fuhren fort und Edmund und Lacoste folgten zu Pferde, um sie bis zu Rolands Trupp zu begleiten.

Als die Nacht fast vorüber war, und Roland sich längst mit der Hauptschar entfernt hatte, wurde der kleine Trupp der begleitenden Camisards plötzlich aus einem Hinterhalt von einer ziemlichen Anzahl der Königlichen überfallen. Es war in dem Richtweg nach Florac zu, wo Vila mit seinem Freunde eine Freistätte, die ihm sicher dünkte, hatte aufsuchen wollen. Die Verwirrung war allgemein, und es schien, daß der kleine Trupp der Camisards sowohl, als die Reisenden, durchaus verloren sein müßten. Während dem Schießen und Geschrei war Vila mit den Pistolen in der Hand aus dem Wagen gesprungen, und der Parlamentsrat war ihm gefolgt, ohne sich deutlich bewußt zu sein, was geschehen solle. Beim grauen Licht des Morgens entdeckte man, daß der Angriff aus einem seitwärts liegenden Tale geschah, die Reisenden befanden sich auf der Anhöhe. Der Parlamentsrat, der später den Wagen verließ, sah schon alles im Handgemenge, die Königlichen schienen zu weichen, als ein zweiter Trupp sich aus dem Gebüsche stürzte, von dem man nicht sogleich sagen konnte, ob es Soldaten oder Empörer waren. Denn noch ehe der Rat irgendeine Überzeugung gewinnen oder einen Entschluß fassen konnte, ergriff ihn der Kutscher, nötigte ihn dringend, in den Wagen zu steigen, und als er die Unentschlossenheit des alten Mannes sahe, hob er ihn fast mit Gewalt hinein. «Besser ohne den Herrn, als mit ihm hier umkommen, er wird uns schon wiederfinden», rief er in höchster Angst, und peitschte auf die Rosse, daß sie im schnellsten Trabe über Hügel und Täler schnaubend dahinliefen. Nach einiger Zeit besann sich der Herr von Beauvais und zwang nach vielem Streiten und Disputieren den Halsstarrigen, wieder stille zu halten. Auf der Spitze eines Berges, von welcher man die ganze benachbarte Landschaft übersehen konnte, erwartete man den Zurückgebliebenen. Von dem Gefecht war nichts mehr zu entdecken: es schien, als wenn in weiter Ferne eine Schar Flüchtiger davoneilte; doch konnte man nichts genau unterscheiden. Endlich sah man aus einem Gebüsche zwei Reiter auftauchen, die dieselbe Straße verfolgten. Sie kamen näher, und der Arzt war jetzt zu unterscheiden, der mit einem Tuche winkend sich auf einem kleinen Pferde zur Anhöhe hinaufarbeitete. Ein junger Bursche mit verbundenem Kopfe folgte ihm. «Du tatest gut», rief er, als er oben war, «gleich beim Anfange der Schlacht den Rückzug anzutreten;

das sind dumme abgeschmackte Händel, die uns Zivilpersonen nicht geziemen. Da, Martin, so heißt Ihr ja, nehmt den Klepper wieder an Euch, und macht mit ihm, was Ihr wollt.» Mit diesen Worten stieg er ab, und begab sich in den Wagen, wo er erst vielen Selbstruhm seines Kutschers anhören mußte, der sich das ganze Verdienst dieser weisen Retirade aneignen wollte, wegen deren Übereilung der Herr von Beauvais den alten Freund beschämt um Verzeihung bat. «Es war keine Übereilung», rief Vila aus, «sondern das Klügste, was geschehen konnte, ich hätte nur ebenfalls in dem Kasten sitzen bleiben sollen, denn mein bißchen Schießen ist wie ein Tropfen im Strom gegen die Bravour der Camisards gerechnet. Mit denen nimmt es keiner von uns auf. Die Kerle verstehen keine Raison. Ob Kugeln fliegen, ob Degen blitzen, das ist ihnen nur ein Spielzeug, und die kleinsten Buben, die kaum von der Mutterbrust entwöhnt sind, sind auf das Teufelszeug ebenso versessen, wie die ältesten Knasterbärte. Hab ich's doch nun einmal recht in der Nähe gesehen, was ich in den Erzählungen nicht habe glauben können; doch da ich's überstanden habe, so ist es mir nun auch auf Lebenszeit genug.»

An einer einsamen Schenke hielten sie still, um die Pferde zu erfrischen, und während sie das Frühstück genossen, fuhr der Arzt fort, seinem alten Freunde den Verlauf jener Begebenheit zu erzählen. «Wie gut», fing er von neuem an, «daß du in unsrer Schlacht nicht zugegen gewesen bist, denn, denke nur, dein Edmund hatte uns immer noch begleitet, er hatte es sich nicht wollen nehmen lassen, für deine Sicherheit zu sorgen. Wie der Spektakel nun losging, war er auch immer vorn an. Da war nun ein Bürschchen, das machte sich auch herbei. ‹Wo kommt Ihr her?› schrieen die Camisards. – ‹Darnach habt ihr nicht zu fragen›, antwortete der Naseweis. – ‹Ihr seid ein Verräter.› – ‹Wozu schimpfen›, rief der Kleine, ‹das tun ehrliche Leute nicht.› – ‹Haut ihn nieder!› schrie ein andrer. – ‹Niederhauen›, sagte der Knirps, ‹wenn ich für euch mein Leben opfern will?› – ‹Wer bist du?› hieß es wieder. – ‹Ich heiße Martin, weiter braucht ihr nichts zu wissen.›

– Die Untersuchung wurde durch Schießen und Hauen gestört. Da kam es in meine Gegend heran, und ich kriegte eine Gänsehaut über den ganzen Körper; verschossen hatte ich mich schon, vielleicht ohne zu treffen, da erbarmte sich der große Lacoste meiner Angst und hieb die Kerle zusammen, als wenn es nur Mohnköpfe wären. Aber Edmund, der sich zu mir hindurchhauen wollte, kam in ein schlimmes Gedränge. Zwei Dragoner machten sich an ihn, und holten fürchterlich aus. Aber noch ehe sie hauen konnten, sieh, Freundchen – da hatte der kleine Spitzbube, Martin, den einen vom Pferde gehauen, und schoß dem andern fast im demselben Augenblick durch die Brust, als wenn sich die Krabbe zeitlebens auf nichts anders geübt hätte. Der große Lacoste, der Hund, wie er sich selber tituliert, war auch nicht saumselig, und dein Sohn verlor weder Mut noch Kraft; die Camisards waren wie ebenso viele Teufel, und so mußten die guten Rechtgläubigen uns denn das Feld lassen, in welchem eine ziemliche Anzahl von ihren Freunden liegen blieb. – Meinen armen lieben Sohn habe ich nicht bemerken können; er mag wohl mit dem großen Truppe gegangen sein, wenn sie ihn nicht schon ermordet oder gefangen haben.»

«Und Martin! der Knabe, von dem du sagtest, der so wakker meinem Sohn das Leben gerettet hat?» fragte der Herr von Beauvais.

«Martin», rief der Doktor laut; «Martin! wo steckst du denn? Ja, das muß wahr sein; bei dem schlanken Gelbschnabel könnt ihr euch beide bedanken. Er trug schon, als er ankam, ein dickes Tuch um den Kopf, und mochte wohl schon einen Hieb wo erwischt haben, und nachdem er deinen Sohn frei gemacht hatte, ging ihm wieder ein Säbel recht tief in den Kopf hinein, so daß sogleich ein Blutstrom nachschoß. Als wenn er sich zur Abwechslung die Nase wischte, so mir nichts dir nichts, band er um den ersten noch einen zweiten Turban, und war doch dabei recht leichenblaß. – Martin! wo bleibt denn der Flegel?»

Aber niemand war zu errufen. «So ist die dumme Jugend»,

sagte der Arzt verdrüßlich: «er hat das mit dem Pferdezurückführen falsch verstanden, und ist in der Einfalt gleich wieder umgekehrt. Der arme Junge. Wenn nur kein Fieber dazustößt.»

«Es würde mich unglücklich machen», sagte der Rat, «wenn ich dem lieben Knaben meine Dankbarkeit nicht bezeigen könnte. Müßte ich ihn mir leidend, krank, hülflos oder sterbend denken, so möchte ich blutige Tränen weinen.»

«Es wird so arg nicht sein», murrte Vila verdrüßlich: «warum muß denn der Grünspecht auch so davonlaufen, als wenn – ei! ei! die Wunde hätt ich ihm doch wenigstens gern verbunden. Nun, der Teufel wird ihn auch nicht gleich holen. Solch Camisardengespinst ist in der Regel ein zähes Wesen.»

Man mußte wieder aufbrechen, um noch mit Sicherheit das einsame Dorf im hohen Gebirge zu erreichen. «Du weißt», sagte der Arzt, als sie wieder im Wagen saßen, «daß es nur eine alte Magd ist, zu der ich dich hinführe, eine einfältige Person, die lange bei mir gedient hat, die aber so treu und ehrlich ist, daß es fast eine Schande wird, wie vielleicht mancher freigeistige Stutzer von ihr sagen würde. Sie hat einen Gärtner oder Bauern, der auch im Gebirge den Chirurgen macht, geheiratet. Dort giltst du für einen alten kranken Vetter, dem die Camisards Haus und Hof angezündet haben; deine Tochter findest du schon dort, das kluge Kind muß dich nur nicht verraten; die beiden Leute aber ließen sich eher zerschneiden, ehe sie etwas anders von dir aussagten. Wenn du bei der Barbe auch nur eine halbe Stunde in der Stube gesessen hast, so hält sie dich auch selbst für ihren Vetter und braucht gar nicht mehr zu lügen. Das ist es ja, warum es in dieser Klasse von Leuten so oft besser gelingt, als in den höheren: Bildung haben sie nicht, aber die rechte Glaubensfähigkeit. Verliere nur nicht selbst den Mut, und werde in der Einsamkeit dort ein zu weichlicher Hasenfuß. Es kann ja noch alles gut werden.»

Unter diesen und ähnlichen Gesprächen waren sie endlich nachmittags zu jenem Dorfe im innersten Gebirge gelangt. Die Häuser lagen zerstreut, unterhalb oder oben am Abhang des

Berges; jedes hatte Garten und Gebüsch um sich her, und die Kirche sah vom höchsten Punkt auf die niederen Hütten herab. Das kleine Haus, nach welchem die Reisenden sich hinfragen mußten, stand fast am Ende des Dorfes, unmittelbar über einem schnell fließenden Bach, ein Krautgärtchen war vor dem Hause und einige Kastanienbäume, Eschen und Platanen gaben Schatten und Kühlung in der Nähe. Als man ausstieg, kam ihnen die ziemlich bejahrte Wirtin auf dem kleinen Flur entgegen. «Willkommen! schön willkommen!» rief sie halb im Scherz, aber mit der herzlichsten Freundlichkeit: «also der alte Herr ist mein Herr Vetter? freue mich, Sie in die Verwandschaft zu bekommen.»

«Wo ist meine Tochter?» fragte der Herr von Beauvais.

«St! St!» sagte Barbe mit bedeutsamer Miene; «das kleine Mühmchen schläft oben in der Stube – die du nun auch bewohnen wirst, mein geehrter Herr Vetter.»

«So ist es recht», sagte der Doktor: «lernt Euch nur hübsch ein in Euren Ton: und was macht der kranke Joseph?»

«Ach Gott!» sagte die Alte, «der hat den Schreck nicht verwunden, der arme Mensch ist da unten in dem andern Dorfe verschieden. Denn als er mit der kleinen Muhme so schnell Hals über Kopf weg mußte, und sein Herr sich verloren hatte, der auf einen andern Weg geraten war, und die Polizeibedienten so grob wurden, und das Militär auch schon einrückte, da ist ihm alles das auf Milz und Leber geschlagen und er hat daran glauben müssen.»

«Armer Joseph!» seufzte der Rat.

«Aber machen Sie sich's doch bequem», fuhr die Alte fort, «– setze dich doch, Vetter, armer Mann, da auf den weichen Stuhl; du mußt es jetzt vergessen, daß du es sonst besser gewohnt gewesen bist.»

«Nun», fragte Vila, «und die Wirtschaft, wie geht sie? Was macht der Mann?»

«Danke der gütigen Nachfrage», antwortete die Geschwätzige. «Ach! lieber Gott! aus dem wird nichts, der bleibt ein Windbeutel sein Leben lang.»

«Laßt ihn nur erst etwas zu Jahren kommen», sagte Vila, «so vergeht ihm der Mutwillen schon.»

«Ach du lieber Himmel!» rief sie aus, «er ist ja nun schon über die Funfzig; daran liegt es nicht, an einem verständigen Alter hat es ihm Gott nicht fehlen lassen; die Jugend drückt ihn nicht mehr, aber Hopfen und Malz ist an ihm verloren.»

«Ist er denn faul, Alte? Oder bringt er Euch das Eurige durch?»

«Nein», fuhr sie lebhaft fort, «das muß man ihm nachsagen, er wendet nichts auf sich, er gönnt sich kaum das liebe Brot, und rumlaufen, arbeiten, handanlegen tut er auch genug. Aber er bringt nichts vor sich. Je nun, die Zeiten freilich sind auch nicht mehr, wie ehemals.»

«Also der Verdienst bleibt aus?»

«Gewiß, verehrtester Herr Medikus. Sehen Sie, hier bei uns zulande heißt mein Alter weit und breit nur der kluge Mann. Wo ein Vieh krankt, wo ein Mensch Siechtum hat, da wird er gerufen, und das muß wahr sein, der Himmel hat einen ganz aparten Segen in seine Hand gelegt, denn was er beinahe nur anrührt, wird besser. Wo seine Misicamente, oder seine Rehzeppe nicht ausreichen, da braucht er denn auch die Symphonie, oder was sie die symphatetrische Methode nennen, und die ist bei den Bauersleuten immer am meisten beliebt und am besten zu fructizieren.»

«Ihr habt auch was von ihm gelernt», bemerkte Vila.

«Sollte in so vielen Jahren nicht etwas hängenbleiben?» antwortete sie bescheiden. «Aber wenn er nur nicht das meiste sogar umsonst täte, so wäre das alles recht gut und schön. Sehen Sie, statt Kohl zu pflanzen, steht unser Gärtchen voll gelehrte Rappunzig und Rettig und Zwiebeln mit lateinischen Namen, was er dann selber tribuliert oder desteliert, wie er's heißt, und Pulver und Latterwerke daraus ökonomisiert, daß es nur eine Art hat. Sie wissen's auch schon in der ganzen Nachbarschaft, daß er ein Narr ist, denn oft um Mitternacht klopfen sie ihn heraus und rufen ihn zum kranken Kinde, oder Hinz und Kunz, die das Gefreis haben, oder auch wohl zuviel getrunken. Und wenn sie dann bezahlen sollen, so ist der Dienst vergessen und kein Geld im Kasten. Es sind arme Leute, sagt der Taugenichts dann, sie haben schon Elend genug: uns hat es gottlob noch nie an Brot gefehlt.»

«So war er aber von jeher», bemerkte Vila, «ich dachte, er würde verständiger werden, und mehr an sich denken lernen. Er war von jeher zu fromm.»

«Fromm!» rief die Frau aus: «ach Herr Je! Ihr Gnaden, da kommen wir erst auf den faulen Fleck. Nein, Herr Vila, Religion, oder was man so Christentum nennt, hat er nun auch ganz und gar nicht.»

«Wie ist er denn so in die Irre geraten?» fragte der Alte.

«Das weiß der Herr am besten», antwortete sie, «der ihn so konfuse geschaffen hat. Er wird sich auch noch um den Hals kurieren. Sehen Sie, nicht allein seinen Glaubensgenossen, den katholischen Christen hilft er umsonst, wenn sie nur irgend ein bißchen von Armut ihm vorlügen: nein, auch – Gott steh uns bei – den Hugenotten, und sogar den Camisarden hilft er wie unsereinem, wenn er nur irgend dazu kommen kann. Hier hatten sich Blessierte verzettelt, von den Rebellen welche, sie hatten nach Florac mitgenommen werden sollen, sehen Sie, die Gottvergessenen hat er einquartiert und verbunden, verköstigt und sich mit ihnen so viel abgegeben, daß sie nachher gesund davonlaufen konnten, und ich will nicht dafür gutsagen, daß er ihnen nicht noch Geld und Geldeswert mit auf den Weg gegeben hat. Bewahre, kein Funke von echtem wahren Glauben und vom rechten Christentum in dem Mann.»

«Er wird wohl», sagte Vila gerührt, «so eine Art Samariter sein.»

«Recht, bester Herr», fuhr Barbe fort, «Samriter oder Samojede, und wenn nur nicht gar noch ein Anbaptist aus ihm auf seinen alten Tagen wird. Denken Sie, als sie in Florac vor sechs Wochen die vielen armen Sünder hinrichteten, da ist er vorher noch hingelaufen, und hat die Kranken verbunden und ihnen die gebrochenen Glieder eingerenkt. ‹Mann›, sagt ich, ‹sie werden ja doch gerädert und aufgehenkt, an denen ist ja nichts zu korregieren.› Da sagt der einfältige Mensch, Gott oder die Natur hätten sich so viele Mühe gegeben, die Gelenke, Beine und Musklatur, und was weiß ich alles, wachsen zu lassen, daß man es aus Liebe schonen und pflegen müsse, solange es nur noch vorhalten wolle. Sehen Sie, solchen Enthasten-Mus hat er im Kopfe, wie man zu sagen pflegt, daß er der Hans an allen Ecken ist, wo nur was zu kurieren da ist, und wären's auch die größten Missetäter.»

«Ich werde ihm den Text darüber lesen», sagte Vila.

«Recht so!» rief sie erfreut, «schelten Sie ihm die Haut recht voll, denn er sagt immer, ich wär nur zu dumm; so hilft mein Einreden nichts.»

Die Frau war schon einigemal aufgestanden, um nach einem kleinen Bette zu sehen. «Habt Ihr da ein krankes Kind vielleicht?» fragte der Arzt. – «Kind!» antwortete sie etwas schnippisch; «hat sich wohl! sehen Sie nur die Bescherung!» – Als sie das Kissen wegnahm, lag ein Spitz mit verbundner Pfote da. – «Die Geschichte», fing die Erzählerin an, «korrektirisiert den einfältigen Menschen ganz. Sie haben ihn oft zum Narren, die Leute im Orte, weil er solche gutwillige Nachtmütze ist; und so gibt ihm der Schmidt letzt seinen Hund in die Kur, dem er in der Bosheit mit dem Hammer die Hinterpfoten entzweigeschlagen hatte. Mein Gottfriede wikkelt den Hund ein, und bringt ihn mir ins Haus geschleppt, verbindet ihn selbst, legt ihn nieder, hebt ihn auf, läßt ihn nicht herumgehen, bindt dann das Kissen über ihn fest, macht ihm eine Art Maskineri ans Bein, weil er spricht, zu Hause würde der Hund doch nicht gehörig in Obacht genommen, er müßte ihn selber unter Augen haben. So wird denn auch mein guter Schmidtshund wieder gesund und geht davon, ohne guten Tag und guten Weg. Das mochte so zwei Monat her sein, da kratzt vorige Woche was in der Abendstunde an unsere Stubentür: ‹herein!› kein Mensch macht auf; aber es kratzt und scharrt wieder: so geht mein Gottfriede selber hin, macht auf und sieht nach, da springt unser alter Schmidtshund wie ein Narr herein und hinter ihm humpelt der Köter, der Spitz da, mit einem gebrochenen Bein, das ihm nachschleppt, und der Schmidtshund tanzt und springt um meinen Mann, als wenn er ihn bitten, und sozusagen suppensiclieren täte, daß er den Kameraden auch in die Kur nehmen möchte. In der Bosheit erwisch ich meinem Alten seinen Botanisierstock, um die Köters aus der Stube zu prügeln. Der aber ist wie gerührt, sagt, er hätte sich von einem Hunde niemals so viel Verstand und Dankbarkeit vorstellen können, und nimmt ihn auch gleich in die Arme, sieht nach dem Fuß, verbindet und markelt sich mit dem Vieh herum. ‹Dankbarkeit!› schrie ich, ‹das nennst du so, wenn der Bullenbeißer dich da an den Spitz rückinkommodiert, der nachher die Geschichte unter alle Hunde im ganzen Lande herumbringen wird, daß du vor lauter Hundepraxis nicht mehr wirst gehn und stehn können?› Aber alles umsonst! da liegt das Vieh, und ich muß es pflegen, wenn der alte Narr nicht zu Hause ist.»

Der Mann kam jetzt an, den Arm voll Kräuter, die er sogleich in die Kammer trug; dann begrüßte er anständig, aber still seine Gäste, und bevor er sich noch niedergesetzt hatte, sah er nach seinem vierbeinigen Patienten, der ihm aus Dankbarkeit die Hände leckte und ihm freundlich ins Auge sah. Mit der größten Ruhe, und ohne als wenn es etwas Auffallendes wäre, band er den Fuß wieder fest, legte den Kranken wieder in sein Bett, welches er auch verfestigte, dann drückte er ihm den Kopf in die Kissen, als wenn er ihm damit sagen wollte, daß er nun schlafen müsse. Dieser schien es auch zu verstehen, und blinzelte nur noch einige Male zu seinem Wohltäter hinüber, worauf er sich dem Schlummer ergab.

«Eure Frau hier», fing der Doktor an, «klagt über Euch, Ihr haltet das Eurige nicht zu Rate, Ihr kuriert jedermann, bis auf Hund und Katze, und habt nichts davon: nicht wahr, dieser Hund, sowenig wie der vorige, haben Euch Eure Rechnung noch nicht bezahlt?»

«Ich habe ihnen keine gemacht», sagte der Alte mit der trockensten Ernsthaftigkeit.

«So muß ich sie Euch machen, Ihr Nachlässiger!» rief Vila heftig aus: «was? Rezepte umsonst verschreiben? Ihr bringt ja unsere ganze Kunst herunter. So nehmt also dies hier auf Abschlag dessen, was die armen Sünder, die Blessierten, das Bettelgesindel und der preßhafte Viehstand Euch noch bis jetzt schuldig geblieben sind.» – Er zwang dem Erstaunten und Verlegenen einen schweren Beutel mit Gold auf, und ohne seinen Dank zu erwarten, eilte er hinaus und saß schon im Wagen, ehe der ländliche Praktikant sich nur besonnen hatte. Gerührt sah dem Forteilenden Herr v. Beauvais nach.

Der Vater ging zur Tochter hinauf, die jetzt von ihrem erquickenden Schlummer erwacht war. Die Kleine warf sich mit einem Tränenstrom in die Arme des Eintretenden, und konnte es nicht müde werden, ihm Hände und Wangen zu küssen; es schien, als wäre es ihr Bedürfnis, sich einmal ganz im Ausdruck und der Darstellung ihrer Liebe zu sättigen. Hat der Mensch, dachte der Herr von Beauvais bei sich selbst, doch nichts anders, als diese armen Zeichen, oder die Tat, Schmerzen zu lindern, Nahrung zu reichen, die Blöße zu kleiden, dem Frierenden Wärme zu geben: vielleicht daß in Zukunft Geist in Geist in Liebe übergeht.

Als beide mehr beruhigt waren, sagte der Vater: «Eveline, du bist immer ein kluges Kind gewesen, aber jetzt kannst du es mir mit der Tat, zu meinem Heil, und auch dem deinigen, beweisen. Niemals muß hier ein Wort von unserm vorigen Wohnsitz, von meinen Freunden, von deinem Bruder, über deine Lippen kommen. Sind wir beide ganz allein, so magst du von allen diesen Dingen sprechen, aber unten, oder wenn Leute zugegen sind, bist du immer die kleine Muhme unserer guten Wirte. Sei daher in Gesellschaft lieber ganz still, oder suche dir das Betragen dieser Leute auf kurze Zeit anzueignen; denn das Leben deines Vaters hängt davon ab, daß wir in dieser Verborgenheit nicht entdeckt und ausgekundschaftet werden.»

«Mein lieber, armer Vater», sagte Eveline, «das alles soll mir nicht schwer werden, nun du wieder bei mir bist. Du weißt ja wohl, wie unser großer Hektor dem Bruder oder Franz immer nach den Augen sah, und auf den Wink verstand, wenn er gehen, bleiben, kuschen oder fressen sollte; kein einziges Mal hat das Tier einen Fehlgriff getan: sieh, Väterchen, so wird dein kleines Schoßhündchen auf jeden noch so kleinen Wink deiner lieben Augen achtgeben und alles verstehen und fassen. Durft ich ja auch in des Bruders Gegenwart über viele Dinge nicht reden; dir konnt ich vieles nicht sagen, was mir Martha erzählte, weil du sonst über die Alte böse wurdest, und so muß man es wohl von Kindesbeinen an lernen, sich in die Welt zu schicken. Aber wir werden doch Franz und Hektor einmal wiedersehen? Auch den Bruder? Ach, das hat mir immer geschwant, daß der noch einmal recht gottlos werden würde; denn das kann nicht gut ablaufen, wenn der Mensch sich wie mit Grobheit gar zu dicht an Gott hinandrängen will.»

Der Vater ging wieder hinunter, und war sehr verwundert, in der Stube seines Wirtes einen neu angekommenen Gast zu finden. Der alte Gottfried war eben damit beschäftigt, einem jungen Menschen, der kaum vierzehn Jahre alt schien, zwei tiefe und gefährliche Kopfwunden zu verbinden. «Siehst du, Vetter», rief ihm die geschwätzige Barbe entgegen, «wie ich gesagt habe, da hat unser Samritius, wie ihn der alte Herr vorher nannte, wieder eine Schwindelei aufgegriffen, einen echten Vogelbund, wie sie solche Ausreißer nennen; der fragt hier im Dorf nach dem und dem, nach einer Kutsche und nach fremden Reisenden, und gleich nimmt ihn da unser Kräuterfabrikant ins Haus, weil er was zu kurieren hat, was einmal seine größte Passivität ist.»

Der Parlamentsrat hörte nach dem Geschwätze nicht hin, sondern betrachtete nur mit der größten Aufmerksamkeit das schöne Gesicht und den edlen Ausdruck des Fremden, der fast noch ein Knabe schien. Dieser Anblick fesselte ihn um so mehr, weil sich ihm die Vermutung aufdrängte, daß dieser

Verwundete wohl jener Martin sein möchte, von dessen wundersamer Unerschrockenheit ihm der Doktor erzählt hatte. Rührung und Dankbarkeit mischten sich daher in jenes Gefühl der Teilnahme, das ihn zu dem Leidenden zog, und er wollte nur die Entfernung der andern abwarten, um ihn zu befragen.

Der Chirurgus Gottfried schien bei dem Anblick der Wunden nicht zufrieden, er tröstete den Jüngling, er verschnitt ihm die kurzen braunen Haare noch mehr und streichelte seinen schönen Kopf mit zärtlicher Teilnahme. «Hat uns doch der Herr mit Geld gesegnet», rief er aus, «das soll Ihnen – dir da, wollt ich sagen, alter lieber Vetter, zugute kommen, aber auch dem jungen Patienten hier. Ich will auch gleich in den Flecken laufen, und bessere Nahrung einholen, denn die Wunde darf beileibe nicht vernachlässigt werden.»

Ein großer, abgemagerter Mann in einer ganz abgetragenen Uniform trat herein, der Chirurgus sprang ihm froh entgegen und schüttelte mit Herzlichkeit die dürre Hand, so daß sich der lange Arm zitternd bewegte und das blasse Gesicht unter dem großen Hute, den der Alte aufbehielt, in ein verzerrtes Grinsen der Freundlichkeit überging. Jetzt sah der Eingetretene den Rat und nahm den Hut ab, indem er sagte: «Ich wußte nicht, daß Ihr Fremde hattet, Gevatter.»

«Keine Fremde eigentlich», nahm Frau Barbe ihrem Manne gleich das Wort vorweg, «sondern ein lieber Vetter von uns, der Herr Peter Florval, der ein hübsches Haus und Gärtchen da unten in der fruchtbaren Camargue gehabt hat. Das haben ihm nun alles die Antichristen, die rebellischen Camisards weggeplündert und gebrennt, und er hat sich kaum mit dem kleinen Mühmchen retten können; nun will er hier bis auf bessere Zeiten mit unserer Armut verliebnehmen.»

Der Fremde kam näher und sagte feierlich, indem er dem Rate mit einer gewissen Majestät die Hand reichte: «Alter Herr Peter Florval, gebt Euch nur zufrieden und laßt nicht ganz die Flügel hängen, diese Zeit wird auch vorübergehen, und in weniger als einem Jahre seid Ihr wieder im Glück. Ich habe einen Traum gehabt, der mir dies und noch mehr vorhergesagt hat, und meine Träume lügen niemals, da ich ihnen die rechte Ausdeutung zu geben weiß. Der abscheuliche Cavalier ist mir erschienen, ich wollte ihn malen; seht: ein Kerl noch einen Kopf höher als ich selbst, breit, kräftig, Muskeln wie ein Herkules, einen Schnauzbart, den er sich zweimal um den ganzen Kopf wickeln konnte, was er auch manchmal tat, um desto gräßlicher auszusehen. Der kam auf mich zu, er hatte eine Gardeuniform in der Hand und sagte: ‹Sergeant werd ich noch einmal unter den Fahnen der königlichen Garde, und das soll das Wahrzeichen sein, daß ich heut übers Jahr diese Uniform trage, und dann ist Friede im Lande, denn ohne meine übermenschlichen Riesenkräfte können die Rebellen nichts anfangen, und sie müssen sich ergeben.› Denkt an Gherard Dubois, mein guter Peter, wenn die Sache eintrifft.»

Ohne auf den Redner sonderlich zu achten, hatte sich der Chirurg wieder mit dem Kranken zu tun gemacht, dem er auch schon eine Schlafstelle auf dem Heuboden eingerichtet hatte. Auch nach dem Spitz sah er noch einmal, gab dann dem Rate die Hand und suchte Hut und Stock. «Ich gehe mit Euch», sagte Gherard, «im Fall Ihr nur nicht botanisiert, denn das verfluchte Bücken und Bergeklettern kann ich nicht vertragen.» Da er erfuhr, daß der Gang nur zum nächsten Marktflecken war, nahm er Abschied, und freute sich, seinen Gevatter begleiten zu können.

«Sieh, lieber Vetter», fing die Alte sogleich wieder an, «der große Schlagetot ist auch mit schuld, daß aus unserm Alten zeitlebens nichts wird. Der verführt ihn erschrecklich zum Müßiggange, weil er selber gar nichts zu tun hat. Er ist nämlich ehemals in der königlichen Garde ein sogenannter Traumpeter gewesen, weil er aber schwach auf der Brust wurde, so kriegte er Abschied und Gnadengehalt, und mit einem kleinen Vermögen spielt er hier den Edelmann, so daß er sich auch ein so erschreckliches Er gibt, daß er die meisten

Leute deshalb mit du anredet. Er ist auf das Blasen so versessen gewesen, daß sie ihm seine Traumpete mit Gewalt von dem Maule haben wegbrechen müssen, denn er hat die Schwindsucht, eigentlich die Hicktücke, wie es mein Alter nennt, denn boshaft sieht er genug dazu aus. Nun wunschelt das große Tier hier herum, und kein Mensch kann ihn ausstehen, weil er so sehr hoffärtig und dazu noch langweilig, recht ahnenjant ist, wenn er von seinen Vorfahren hererzählt. Doch ist da mein gutes Schaf für ihn gut genug, der spricht, in den Nebenstunden könnte er ihn ja leicht anhören, er dächte auch manchmal andere Sachen dabei; das ist aber nicht wahr, er hat nichts zu denken und freut sich, wenn der Großsprecher ihm seine Kaskenasen andreht. Denke, Vetter, weil er nicht mehr blasen darf, so pfiffelt er oder lispelt so ein bißchen mit der Zunge alle seine alten Traumpeterarien stundenlang meinem Manne ins Ohr; wenn er von Feldzügen erzählt, so macht er dazwischen dann mit dem spitzen Maule den Appell, den Retraitegesang, den Angriff, alles; oder er trommelt mit seinen langen Storchfingern auf den Tisch, der soll dann so ein Hakkebrett oder Flügel vorstellen, und so spielt er meinem Alten tagelang Calvarie vor, wie sie's nennen, und spricht dabei von X-dur und Z-moll und Kreuzen und Geschichten von Ausbeugungen und Übergängen und solchem Katerwelsch, daß man den Verstand verlieren möchte, wenn man die beiden Narren so die Zeit verderben sieht. Manchmal hilft der Lange dann auch Kräuter aussuchen, macht auch wohl aus alten Lappern Harpyen für die Blessuren, oder kocht eine Mixtur und Syrupsquaksalberei, aber da sie fast immer zusammen sind, verführt er mir den Alten. In der Schenke haben sie den langen Urian gar nicht mehr leiden wollen, weil er mit seinem Blasen und Calvariespielen alle Gäste vertrieben hat, so klug ist selber der Pöbelsmann hier, nur mein Gottfried läßt sich dazu gut genug finden. Aber ein rechter Schelm ist der fixfingrige Posaunenbläser. Er kuckt meinem Alten das Laborieren ab und fängt an, Patienten in die Kur zu nehmen, hauptsächlich aber macht er die Sachen mit der Symphonie, was auch viel leichter ist, wenn man es einmal weghat, und die dummen Bauern fangen auch an, dem Brotdieb zu glauben. Was weiß doch ein Musikant von der Symphonie; da gehören Bücher und Studium zu, keine Traumpeterstückchen. Aber von seinen dummen Traumgeschichten erzählt er auch immer. Und doch, die Zeiten sind schon an sich so sehr schlecht, weil jetzt Kinder und alte Leute, und Weiber und Dienstmägde, alles fast im Lande, wenn sie erst den Glauben verlassen haben, anfangen mit Propziehereien und Wahrsagen Unheil anzurichten. Sonst wurde mein Mann um dies und das gefragt, sah auch in die Hände, ob sie reiche Männer kriegten und dergleichen; zog ihnen die Lebenslinie länger, stellte auch einmal einer gnädigen Frau sogar, drüben in Florac, weil er so berühmt dazumal war, ihr Hurenskop zurecht; aber seit der neumodische Aberglauben aufgekommen ist, fragt fast kein Mensch mehr nach ihm, alles wahrsagt sich selber, oder rennt zu den ungläubigen Kindern hin, und was können die Bälge doch von Viehsofie oder Giermantik wissen, vollends von Sternen? Als wenn man nur brauchte ein Horn ans Maul zu nehmen, um von der himmlischen Tutelogie und allen den abtrakten oder vertrackten Wissenschaften Kenntnis zu erlangen, wozu wohl mehr erfordert wird.»

Die Alte würde noch nicht geschwiegen haben, wenn sie nicht geglaubt hätte, zu hören, daß in der Küche ein Topf überkoche. Sie rannte daher eiligst hinaus und ließ den Parlamentsrat mit dem jungen Menschen allein. «Mein Sohn», fing der Herr von Beauvais an, «solltest du derselbe sein, von dem mir ein Freund gesprochen hat? Solltest du vielleicht Martin heißen?»

«So ist es», sagte der Jüngling, indem er näher kam, die Hand des Rats ergriff, und sich mit Rührung über diese beugte.

«Und jenes Blut –»

«Ist das meinige, mit dem Ihres Sohnes gemischt.»

«So dank ich dir», rief der Vater aus, und umarmte gerührt den Jüngling. «Du weißt also, wer ich bin?»

«Ja», sagte Martin, «im Gefecht zeigte Ihr Sohn mir Sie; Vila sprach von Ihnen. Und jetzt, mein verehrter Herr, da ich Sie aufgefunden, da ich hier so guter Pflege genieße, da ich bald gesund sein werde, vergönnen Sie mir, in Ihrer Nähe zu bleiben und Ihr Diener zu sein. Ihre Dienerschaft ist entfernt, geflohen, gestorben, Sie und Ihre zarte Tochter bedürfen einer liebenden sanfteren Pflege, als diese Menschen hier mit allem guten Willen Ihnen schenken können. Ich bin elend, wenn Sie mir meine Bitte abschlagen.»

Der Rat sah dem Jüngling lange in die dunkel glänzenden Augen. «Mein teurer, lieber Sohn», sagte er dann, «ich bin dir ja durch die teuersten Bande verbunden; ach! muß ich es nicht Blutsfreundschaft nennen? Wie soll ich dir befehlen, da du hier der Gast unsers wohltätigen Wirtes bist? Ich darf jetzt keine Diener haben, ich muß mich verbergen, und als armer, als geringer Mann auftreten. Wolltest du mir aber zugehören, so daß ich wahres Vertrauen zu dir fassen könnte, so müßtest du dich mir näher zu erkennen geben. Wer bist du? Woher? Dein Wesen ist feiner und zarter, als daß Dienen deine Bestimmung sein könnte; diese feine edelgeformte Hand ist noch durch keine Anstrengung gehärtet, dein blasses Gesicht ist noch nie der Jahreszeit preisgegeben worden; darum sage mir, wie ist deine Herkunft, dein Name, wie bist du ein Mitglied dieser unglücklichen Empörer geworden?»

«Lieber, teurer, väterlicher Freund», sagte der blasse Martin unter Vergießung vieler Tränen, «wüßten Sie, welche Folterschmerzen Sie durch diese Fragen in mein Herz würfen, Sie würden mich verschonen. Genügt es Ihnen nicht, daß ich Ihre Familie verehre, daß es seit lange mein Wunsch war, in Ihre teure Nähe zu kommen? Sie können mich leiten, Sie können mich bessern: mein ganzes Leben sei Ihnen geweiht. Zurück kann und darf ich nicht, man würde mich fangen und schmählich hinrichten; auch meine Brüder, die Camisards, sind gegen mich mißtrauisch geworden und halten mich für einen Verräter. Warum meinen armen Eltern die Schmach antun, daß ich sie Ihnen jetzt schon nenne? Sie haben mich zärtlich und liebevoll erzogen, um so herber muß ihr Schmerz sein, mich so entartet zu sehen und dem Hochgericht verfallen. Sie sind wohlhabend, aber nicht von so hohem Stande, daß mein demütiger Dienst in der Nähe des edelsten Mannes ihren Namen schänden könnte.»

«Ich will dir glauben, junger Mensch!» rief Herr von Beauvais; «könnte denn auch ein solches Auge lügen? Sei mir an Kindes-, an Sohnesstatt, wenn vielleicht bald –» Er konnte vor Bewegung nicht endigen, und auch Martin schien erschüttert.

Das Essen ward aufgetragen, und auch Gottfried kam von seiner Wanderung zurück, mit Geflügel und feineren Gemüsen beladen. Eveline kam herunter, die sich in ihrem bäuerlichen Anzuge recht gut ausnahm; der Rat stellte selbst für Martin einen Stuhl neben Evelinen, indem er sagte: «Lieber Vetter und werte Muhme, der junge Mensch gehört mir an, er ist mir verwandt, und was er euch für Auslagen verursacht, werde ich euch wiederersetzen: nur tut mir die Liebe, nennt ihn auch Vetter Martin und seid ihm freundlich.»

«Ei! ei!» schmunzelte Barbe, «den Segen hätte ich mir noch vergangene Woche nicht vermutet, daß mit einem Male meine Familie so zunehmen sollte. Also setz dich, Vetter Martin, und du, Gottfried, schieß nur vor Fremden keinen Bock.»

Man betete und die kleine Eveline schlug ebenso andächtig das Kreuz, wie sie es die Alten tun sah; Gottfried holte für seinen kranken Martin eine eigen bereitete Suppe und ließ ihn nichts von den Speisen genießen, welche er ihm für schädlich hielt. Gottfried sprach wenig, er schien sich die Sprache in der Gesellschaft seiner zu redseligen Gattin fast ganz abgewöhnt zu haben, dafür aber hatte er die Eigenheit angenommen, daß er, wenn einmal eine Pause eintrat, oft das laut aussprach, was soeben in seiner Gedankenfolge auftrat, weil er nur selten nach Barbens wunderlichen Redensarten hinhörte.

«Nun wird das Fieber wohl ausbleiben», sagte er jetzt eben.

Martin sah, daß von ihm die Rede war, und der Herr von

Beauvais hätte sich gern näher über den Zustand des Kranken unterrichtet, wenn die Alte nicht wieder in Erzählungen und weit ausgesponnene Gedanken geraten wäre.

«Ein bißchen tiefer», sagte Gottfried wieder, «so war es aus.»

Nach dem Essen legte sich Martin nieder, dem jetzt eine Kammer neben dem Parlamentsrat zurechtgemacht war. Der Landarzt, der den Spitz schon gefüttert hatte, sah nun nach dessen Wunde; Eveline und ihr Vater gingen nach dem obern Gemach.

«Habe ich es wohl recht gemacht?» fragte die Kleine.

«Recht gut, mein Kind», antwortete der Vater, «ich bin mit dir zufrieden.»

«Das ist eine schöne Einrichtung», fing Eveline wieder an, «vor und nach Tische zu beten. Warum haben wir das nicht auch zu Hause getan?»

«Du hast nicht unrecht, meine Tochter», antwortete der Rat; «aus Furcht, nicht kleinstädtisch oder gar heuchlerisch zu erscheinen, wird manches Gute unterlassen.»

«Ach! Und welches schöne Gebet sprach die alte Frau vor Tisch», schwatzte Eveline weiter: «aller Augen warten auf dich! – Weißt du noch Vater, wie zu Hause, wenn Hektor und die übrigen Hunde einmal im Saal gefüttert wurden, sie alle so unverwandt mit den Augen nach den Augen des alten Franz hinsahen? sowie der den Kopf wandte, gingen alle die vielen Augen, wie so viele Laternen, rechts und links, immer den alten Mann ankuckend, ohne nur zu blinzeln, bis sie denn das Ihrige bekommen hatten. Kein anderes Tier, kein Rind, Katze, Pferd kann dem Menschen so treu ins Auge sehen, wie der treue Hund. Schon das kleinste Kind ist schamhaft, wenn es auch noch so sehr bettelt. So sah auch der kranke Spitz recht appetitvoll nach dem alten Gottfried, und machte gleich die Augen zu, wenn die Frau Barbe hinblickte. Das ist ein gar zu herrlicher Gedanke, daß hier, und in allen Städten, und in ganz Frankreich, und in allen Ländern, und in der ganzen Welt alle hungrigen Augen so fromm und vertrauungsvoll, jung und alt, zu unserm himmlischen Vater hinaufschauen. Und ihm muß es doch auch gefallen, so mächtig und groß wie er ist, wenn er die Bitte und das Vertrauen so allenthalben glänzen sieht, wohin er sich nur wendet. Aber freilich sind auch wohl nicht alle Menschen, oder zu allen Zeiten dankbar. Ach, liebster Vater, wie oft bin ich in meinem kurzen kleinen Leben schon undankbar gegen dich gewesen! ja vergib mir, Väterchen; wie oft hab ich gemault, wenn du mir ein Spielzeug nicht schenktest, oder mich zur Arbeit anhieltest, und dann vergaß ich es so recht vorsätzlich in Trotz und Bosheit, wieviel ich dir zu danken hätte, wie du mich liebst und für mich sorgst. Daß Gott lebt und mir alles gibt, habe ich oft tagelang vergessen. Aber ich will besser und verständiger werden.»

Der Vater nahm das Kind in die Arme, und sein Herz erfreute sich des Geschwätzes der Einfalt.

Roland hatte indes durch einige glückliche Gefechte das höhere Gebirge ganz von den königlichen Truppen gereinigt. Die Camisards waren in den Wäldern und auf den hohen Flächen der Felsen mit Sicherheit gelagert, und alle erfreuten sich der Hoffnung, bald wieder ihren Gottesdienst und die Freiheit des Gewissens hergestellt zu sehen. Edmund war im letzten Gefechte nur leicht verwundet worden und saß neben Roland, um mit ihm von dem möglichen Ausgange des Krieges zu sprechen. Cavalier lagerte gegenüber an der Waldecke, von Clary, Marion und andern Frommen umgeben, die sich von geistlichen Gegenständen unterhielten. Auf der erhabensten Höhe standen Mazel, der Kohlenbrenner Eustach, der junge Etienne und ein Schwarm junger Leute, alle in der größten Spannung, denn sie erwarteten den Führer Castanet, der an diesem Tage Mariette, seine Braut, aus dem unten liegenden Dorfe heraufführen wollte, um sich ehlich mit ihr zu verbinden.

«So hat der Liebesgott», sagte Lacoste spöttisch, «doch

auch in dieses einsame Gebirge, und, was noch mehr ist, in die erleuchteten Herzen so frommer Waldrebellen seinen Weg gefunden? Wohl hatten die alten Heiden recht, ihn, obgleich er ein Knabe ist, den größten unter allen Göttern zu nennen.»

«Laßt Euren unnützen Spott», sagte Marion, der auch zur Höhe hinaufgestiegen war, «unser Bruder ist seit lange mit ihr verlobt; die Arme ist dort, weil man ihr Verbündnis kennt, der täglichen Lebensgefahr ausgesetzt, hier teilt sie wenigstens das Schicksal ihres Mannes und wird von uns beschützt; und, wenn die Ehe eine heilige Stiftung ist, warum soll das Gebot des Herrn nicht auch in der Einsamkeit des Gebirges, in Drangsal und Not, mit frommem, bescheidenen Sinn und in christlicher Demut erfüllt werden?»

«Laßt Euch nicht stören», sagte Lacoste; «wenigstens wird keine Verschwendung und Pracht bei der Vermählung getrieben werden; ich denke auch, weder der Bräutigam, noch einer der Gäste wird mit einem Rausche zu Bette gehen.»

Jetzt traten Castanet, seine Braut und ein Gefolge seiner Freunde aus dem Walde heraus. Cavalier und alle übrigen gingen ihnen entgegen, sie freundlich zu begrüßen. Das Mädchen war braun und nicht sonderlich groß: eine Bäuerin von gesundem, starken Ansehen, die, anfangs verlegen, sich bald im Kreise der Brüder mit ruhigem und sichern Anstand benahm.

«Bruder Castanet», sagte der schlanke, große Marion, «du bist es gewesen, dem ich meine Bekehrung zu danken habe, da ich ohne deine frühen Ermahnungen vielleicht noch in der Irre wandeln würde, erlaube es deinem dankbaren Schüler, dich im Kreise der Brüder hier zu dem neuen Stande unter des Allmächtigen Auge fromm und christlich einzusegnen.»

Roland und Edmund waren auch herzugetreten, und Elias Marion hielt eine kurze bewegliche Rede, von ihrer Drangsal, von der Not der Zeit, und wie es bei dem Verfall aller irdischen Güter und der immer wachsenden Gefahr wohl gut sei, sich im Namen des Herrn auf Tod und Leben zu verbinden, um in gemeinsamer Liebe Trost, im gegenseitigen Ausharren Erleichterung und Kraft zu finden. Ein einfaches Mahl war bereitet, und in stillem Genuß verteilten sich die verschiedenen Gruppen, indem viele Psalmen sangen, und andere sich der verlaufenen Geschichten erinnerten.

Es ward ein Zug gemeldet, und der bleiche kranke Duplant kam mit einer Schar herbei, welche eine Anzahl Gefangener führte: Clement und der Pfarrer unter diesen, welche wiederum die Freiwilligen auf einer Streife gegen die Camisards angeführt hatten. Roland und die übrigen erhoben sich jetzt, und man bildete einen großen Kreis, um den Unglücklichen ihr Urteil zu sprechen. Der junge Clement zitterte heftig, als er sich der Willkür seiner grausamen Feinde preisgegeben sah, und der Pfarrer sah umher, ob er nicht einen Bekannten entdeckte, oder irgend etwas finden könnte, das zu seinem Besten und seiner Rettung dienen möchte. Endlich sah er Cavalier, der mit den übrigen näher gekommen war, und rief: «Ei! bester junger Mensch, ich weiß zwar nicht, wer Ihr sein mögt, aber Ihr habt uns, wie Ihr wißt, dazumal geholfen, legt auch jetzt ein gutes Wort für mich ein, denn ich sehe wohl, daß Ihr hier unter Euren Kameraden ganz zu Hause sein müßt.»

«Habt Ihr und Euresgleichen», sagte Roland mit großem Ernst, «nicht dasselbe wohltätige Haus seitdem in Asche verwandelt, welches damals unser Bruder Cavalier, so wie dich und den greuelhaften Eremiten errettet hat?»

«Es ist nicht viel darauf zu antworten», sagte der Pfarrer, indem er die Augen weit aufriß, «als daß ich mich darüber verwundere, daß der kleine Schmächtige gerade der Cavalier sein muß.»

Duplant sagte: «Der Herr hat sie in unsere Hände gegeben, indem sie eben eine Gemeine plünderten und viele von unseren Freunden erschlagen hatten. Wir kamen unvermutet den Bedrängten zu Hülfe, viele sind gefallen, einige entronnen, aber diese, vierzig an der Zahl, sind unsere Gefangene geworden.»

«Sollen sie sterben?»

«Erbarmt Euch unser», wimmerte Clement, indem er sich vor Roland niederwarf.

«Ich kann euch nicht begnadigen», sagte dieser, indem er sich aus dem Kreise entfernte, «ihr verschont keinen der Unsrigen und drängt euch freiwillig zum Mord: erduldet denn euer Schicksal.»

«Kleiner Mann», rief der Pfarrer, «weltberühmter Cavalier, nehmt Vernunft an, und seid menschlich.»

«Ziemt es Euch wohl, diese Sprache zu führen?» antwortete der junge Anführer, «der Ihr in der Grausamkeit frohlockt? Wer hat Euch berufen, Eure Hände mit dem Blute der Unschuld zu färben?»

Castanet trat vor: «Wollt ihr, teure, verehrte Brüder, sie in meine Hand überliefern, die Bösewichter?» fragte er, indem er im Kreise umherschaute. «Ja! ja!» scholl es von allen Seiten, «dein ist der heutige feierliche Tag! vernichte sie, befiehl, tu mit ihnen, was du nur irgend willst, sie sind dir geschenkt.»

«Da kommen wir aus dem Regen in die Traufe», sagte der Pfarrer zu Clement, «denn der dicke stämmige Prophetenmensch wird ein böses Spiel mit uns treiben, da der zärtliche Cavalier uns nicht einmal hat begnadigen wollen. Frisch auf! macht nur zum bösen Spiele gute Miene, und laßt das Maul nicht so hängen.»

Castanet nahm Mariette bei der Hand, welche heftig weinte, da man vor nicht langer Zeit ihre Brüder erschlagen und hingerichtet hatte; «weine nicht!» sprach er mit unterdrücktem Schmerz; «laß uns diesen Elenden ein Beispiel geben, daß wir besser denken, als sie; unser heiliges Bündnis sei nicht mit Blut befleckt. Mich erbarmt dieser Armen, dieser Verirrten, und dieses zagenden Jünglings. Kehrt ungefährdet in eure Wohnungen zurück und predigt den Eurigen Barmherzigkeit: enthaltet euch des Blutes, und sagt eurer Obrigkeit, die ihren grausamen Blutdurst Gerechtigkeit nennt, wie wir uns besser fühlen, wie wir besser sind, als sie.

Der Himmel wird meine Ehe um so freundlicher segnen, um so weniger ich bei ihrem Beginn meinen Zorn und meiner Rachgier folge.»

Der junge Clement stürzte wieder in die Knie, weinend vor Dankbarkeit; die übrigen, die sich schon verlorengegeben hatten, folgten seinem Beispiel, nur der Pfarrer richtete sich nach einer sehr tiefen Verbeugung wieder auf, und sagte vor Verwirrung stammelnd: «Ihr seid ein großmütiger Mann, Herr Castanet, und ich werde Euch zu rühmen wissen, obgleich man dergleichen nur ungern von Euresgleichen glauben mag; indessen habe ich es doch nun selbst erlebt, und danke Euch in meinem und jener Gefangenen Namen dafür. Herr Cavalier, Gott befohlen, auf Wiedersehn!»

«Nein, nicht auf Wiedersehn!» rief Cavalier, indem er eifernd näher trat; «das könnte doch nur wohl auf ähnliche Weise im Felde geschehen, und ich rate Euch mit Eurer dreisten unverschämten Weise nicht wieder auf unsere Großmut zu rechnen, oder unserer Nachgiebigkeit Trotz zu bieten; denn nicht immer ist Erbarmen und Liebe am Regiment, und wenn wir uns zum dritten Male sehen, so ist es Euer Tod, so weissagt mir der Geist.»

«Laßt den Geist ruhen, Herr Capitain», sagte der Geistliche, indem er sich noch einmal tief verbeugte, und sich mit den Freiwilligen und Clement entfernte, welche alle, mehr oder minder, ein Gefühl von Dankbarkeit und Rührung äußerten.

Jetzt machte sich Lacoste herbei und sagte lachend: «Die Großmut, wie ich merke, geht bei euch um, und heut ist die Reihe an dich, kleiner, dicker Sturzel, gekommen. So hat doch jedes Gewerbe, selbst das des Mordbrennens, seine gute Seite; ganz schlecht ist nichts in der Welt, so wie sich nichts ganz Gutes findet. Heut aber ist die Depense größer, als neulich geraten, wo ich allein übrigblieb, und meine Kameraden waren doch nichts schlimmer, als ich. Solche Magnifizenz ziemt aber einem so feierlichen und glänzenden Beilager, und der Kurzbeinige hat seine Rede recht königlich und mit recht eindringlichem Akzent vorgetragen. Ihr, rotbackige, kurzstämmige und armgebräunte Gemahlin, seid nun die Königin und Fürstin dieser Gebirge, Infantin von Habenichts, Dauphine der Hungerleiderei, Erbin aller Luftschlösser und Vormünderin aller verrückten Visionen, ich statte Euch meinen Glückwunsch aufrichtig ab, und hoffe Euch ebenfalls bald in der Reihe der Propheten auftreten zu sehen.»

«Spötter!» sagte Castanet errötend; «Eure Gegenwart würde unserer Versammlung nicht geziemen, wenn Eure Reden nicht dazu dienen könnten, unsere Demut noch demütiger, und uns unsere Verworfenheit vor den Menschen und unser Elend noch anschaulicher zu machen.»

«So wie dadurch auch», antwortete Lacoste, «der geistliche Stolz um so mehr verherrlicht wird. Laßt euch aber in euren Gefühlen und Überzeugungen durch mich nicht stören, gegen einen Christen gehalten ist mein Reden nur wie ein hündisches Blaffen, und in solcher tierischen Würde folge ich ja auch jetzt meinem erlauchten Patron, dem vergeistigten Edmund, ebenfalsigen Propheten von Gottes Gnaden.»

Es erhob sich ein Murren in der Umgebung, das vielleicht in Zorn und Getümmel ausgebrochen wäre, wenn nicht Cavalier die Aufmerksamkeit der Brüder auf einen anderen Gegenstand gerichtet hätte. «Meine Freunde!» rief er lebhaft aus; «ich habe eben eine Erscheinung gehabt. Soeben hat der Kommandant von Usez einen Courier mit wichtigen Depeschen an den Marschall nach Nismes abgefertigt. Neue Truppen sollen ankommen, und es handelt sich darum, uns von allen Seiten einzuschließen. Man sprach nur wenig, auch konnt ich nicht alles vernehmen. Jetzt ist der Abgesendete eben aus dem Tore der Stadt gesprengt; Bertrand, wenn du ihn fangen willst, so wirst du ihn in dem Hohlwege zwei Meilen von hier treffen. Er ist nicht zu verkennen, er trägt einen roten Rock und blauen Mantel drüber, wegen des aufziehenden Regens hat er sein weißes Tuch über seinen neuen Hut gebreitet, an diesen Zeichen wird er dir deutlich genug beschrieben sein: ein ältlicher Mann, der, wie ich glaube, niemals Soldat war. Bringe ihn unbeschädigt mit seinen Briefschaften hieher.»

Bertrand nahm noch zwei Gehülfen und auf leichten Kleppern eilten sie den Berg hinunter, dem wohlbekannten Hohlweg zu.

Lacoste hatte dieser Anweisung mit weit aufgerissenen Augen zugehört: «Brüderchen», sagte er nachdenkend, «wenn deine Anweisung irgend richtig ist, so hat dein kleiner Finger mehr Einsicht als mein ganzer großer Körper. Aber, ich denke immer, dein rotröckiger Courier wird nicht in der Reihe der Erschaffenen sein, und der gute Bertrand wird von seinem General ein bißchen in den April geschickt, um dem Brautpaar eine kleine unschuldige Freude zu machen. Ist die Sache aber keine Windbeutelei, je nun, so läßt sich bei Gelegenheit mehr darüber sprechen.»

«Sollte es nicht heute erlaubt sein», fing der junge Etienne an, indem er über und über rot war, «ein weniges auf der Pfeife zu musizieren?» Indem er noch frug, hatte er sie schon in der Hand, und Roland gab lächelnd seine Einwilligung. Er blies erst einen Psalm, und als man diesen andächtig mitgesungen hatte, gab der blonde Virtuos auch einige weltliche Lieder zum besten. Der braune Eustach, der jetzt ganz wiederhergestellt war, sprang lustig herbei, und rief: «Bruder! wenn du mich liebhast, so blase einmal, um mich zu erfrischen, den alten Cevennen-Tanz, in dem wir uns sonst in meiner Jugend oft so lustig herumgeschwenkt haben.»

Schüchtern fing der junge Mensch die Melodie an, da er aber nicht gestört wurde, so blies er bald mutiger, und es währte nicht lange, so ließen sich auch einige Kastagnetten mit ihrem muntern Geklapper vernehmen, so daß sich Eustach nicht länger halten konnte, sondern laut singend, mit possierlichen Gebärden, wohlgemut im Kreise herumsprang. Der kleine Schuster Anton, sowie der noch jüngere François konnten einer so lockenden Aufforderung nicht widerstehen, sie tanzten als Paar, und einige andere junge Leute machten sich ebenfalls herbei, um ihre bäurische Geschicklichkeit zu zeigen.

Jetzt kam ein alter verdrüßlicher Mann aus dem Walde und rief: «Da es einmal heut ein fröhlicher Tag sein soll, so laßt meinen Sohn, den dummen Michel, auch ein bißchen zu Ehren kommen; sein Stückchen Prophezeien abgerechnet, hat er draußen auf dem Felde als Schäfer ehemals auch noch etliche ausbündige Bocksprünge eingelernt, die wohl verdienen, gesehen zu werden. Der lange Schläks hat so starke Beine, daß er beinahe mannshoch springen kann.» – Michel, ein starker langer Bursche, von blödsinnigem Aussehen, kam schleichend und träge herbei, ließ die kleinen blauen Augen scheu und fragend im Kreise herumgehen, und da er nirgends Mißbilligung zu bemerken glaubte, so ging er plötzlich aus seiner schleppenden Trägheit in die überraschendste Lebhaftigkeit über, und sprang ruckweise zwei auch dritthalb Ellen in die Höhe, überschlug sich in der Luft, rannte in Purzelbäumen über den Boden, und war in allen seinen Bewegungen so behende, daß man ihrem schnellen Wechsel kaum mit den Augen folgen konnte. Eustach schlug die Hände vor Verwunderung über den Kopf, und die jungen Burschen versuchten bewundernd ihr unerreichbares Vorbild nachzuahmen. Vor lautem Lachen, welches die komischen Gebärden und Stellungen ihm erregten, mußte der fröhliche Etienne eine Weile das Blasen einstellen, und der ganze Bezirk, da sich die Ältern und Frömmern zurückgezogen hatten, schien nur eine fröhliche, ja ausgelassene Gesellschaft, welche die Braut, ja selbst der ernstere Castanet durch ihren lauten Beifall zu neuen und noch seltsameren Kunstversuchen aufmunterten.

Da das kurze Gras schon ziemlich zerstampft war, so konnte der Tanz sich um so sicherer umschwingen, und jetzt trat der alte Favart auf den Plan und sagte: «Da wir heut einmal Fastnacht feiern, so laßt doch die Brüder Marc-Anton und Cäsar auch einige Dinge tun, sie meinen, sie verständen noch feinere Sachen, die gegen die hohen Sprünge und die bäuerlichen Tänze einen guten Abstich machen würden.»

Die beiden vormaligen Edelleute zeigten sich nach dieser kurzen Vorrede in den damals üblichen Tänzen der vornehmern Gesellschaft, die aber bei den Zuschauern nicht jene Bewunderung erregten, mit welcher Michel war aufgemuntert worden; die wilderen Anstrengungen nahmen daher wieder ihr Recht ein, und die Edelleute mußten sich ebenfalls diesem Geschmacke fügen, wenn sie an der Lust teilnehmen wollten.

Es waren noch mehrere Instrumente aufgewacht, eine Flöte erklang, eine Schalmei war aufgefunden, und zwischen diesen und Etiennes Pfeife ließ sich ein Flageolet vernehmen, abwechselnd dazwischen der laute und fröhliche Gesang der Gebirgsbewohner, bald Tanzmelodien, bald wieder alte Volkslieder, und Lust und Scherz erklang laut durch den Wald, so daß die Klippen der nahen Abgründe oft mit fröhlichem Echo die Töne der Ausgelassenheit wiederholten.

Die Lust, da sie einmal in Bewegung war, würde auch wohl noch länger gewährt haben, wenn sie jetzt nicht plötzlich durch einen fürchterlichen Aufschrei wäre unterbrochen und gestört worden. Der entsetzliche Ton kam von dem Gipfel einer spitzen Klippe, die fast senkrecht sich über dem Wiesenplan, dem Schauplatze des fröhlichen Getümmels erhob. Aller Augen wendeten sich schnell dorthin, und man sah oben eine dämonische Gestalt, mit hocherhobenen ausgebreiteten Armen, Gesicht, Kopf, und Leib mit Blut gefärbt und beronnen. Noch einmal schrie der Rasende auf, und rannte und stürzte dann den steilen Felsen herab in die Arme der Brüder. Es war der zornige Ravanel. «Fluch euch! Fluch! ihr Abtrünnigen!» schrie er, wie rasend; «die ihr so des Herrn vergessen könnt! Jammernd, klagend, mit dem Blute unsrer Brüder, der Feinde und dem meinigen gefärbt, in heiliger Sache vergossen, komme ich zurück, um euch zur Rache aufzufordern, und ich finde die Abgötter hier im heidnischen Tanze um das goldene Kalb. So zerschlug Moses, vom Sinai kommend, im Zorn die Gesetztafeln, wie ich jetzt im brennenden Eifer das Band verfluche, das mich euch, ihr Heillosen, verbrüdert!»

Man suchte den Eifernden zu beruhigen. Etienne hatte

längst seine Pfeife eingesteckt, die Tanzenden standen in einer verlegenen Entfernung, und Eustach, der ebenso schnell vom Beten zum Tanzen, wie von diesem zu jenem zurückkehren konnte, war schon in brünstiger Andacht begriffen. «Mein Bruder», schrie der Besessene von neuem, « ist heute in Florac hingerichtet worden, mit ihm sind noch zehn Gläubige unter Martern verschieden; ich wollte sie erlösen, bin aber mit meinen Brüdern unter Vergießung vielen Blutes zurückgeschlagen worden. Und ihr vergeßt unsres Gottes, unsres Elends, unsres Glaubens indes so schändlich, vermaledeit euch selbst, zieht den Fluch des Himmels, das Hohngelächter der Hölle freiwillig auf euch herab – fällt denn kein Feuer herunter auf den Abschaum? Tut sich denn die Erde nicht auf und verschlingt die frevelhafte Rotte? Heult! heult! ihr Sündebeladenen, und wälzt euch im Staube, schlagt an eure versteinerten Herzen und zerknirscht euch vor dem Allmächtigen, ob seine Barmherzigkeit vielleicht wieder erwachen und einen Blick der Gnade aus dem Zornfeuer seines Auges so tief auf euch hinabwerfen möchte.»

Er warf sich heulend nieder und krümmte sich am Boden. «Erbarmen! Erbarmen!» brüllte er unter Zuckungen. – «Nein! es gibt kein Mitleid, die Barmherzigkeit ist Lüge, die Liebe ist erstorben!» – «Da haben wir das Elend!» seufzte Eustach, «da bekommt unser Bruder seine Rasereien wieder! Steht mir mit Beten bei, teuren Brüder, daß er seiner Vernunft wieder mächtig werde.» – Er warf sich neben ihm auf die Knie und betete eifrig, auch Duplant und Salomon kamen herbei, dem Alten im Flehen beizustehen; aber für jetzt hatte ihr guter Wille noch keinen Einfluß auf den Wütenden, der wie bewußtlos schrie, indem er sich den Armen seiner ihn stützenden Freunde entreißen wollte. «Wohin bist du entflohen», rief er, «verloren, verirrt, du großes, unaussprechliches Wesen, das wir mit stammelnder Zunge Gott nennen wollen? Das war eine furchtbare, entsetzliche Begebenheit, als vor dem Anbeginn der Zeiten die geschaffenen Geister sich im Übermut gegen ihn empörten, und Gott und Herrscher sein, und ihn verdrängen und vernichten wollten. Da entzog er sich den Rebellen durch aller Himmel Himmel, durch alle Sternenräume, durch alle Fernen, die Gedanken nur suchen, Ahndung nur zu erraten vermag. Und die Übermütigen, einsam und verlassen, in ihrer gallebittern Bosheit, in ihrem Zornfeuer, ohnmächtig rasend, erstarrten und versteinten, und in ihr dunkles Innere hinein verlor sich ihr letztes, ihr verdämmerndes Bewußtsein. Das sind die Klippen, die Steinfelsen, die tiefen Granitmassen, die tief bis zum Mittelpunkt der Erde reichen, und oben über Wolken und Nebel hinaus noch trotzen: das ist noch das Fleisch und Gebein der Übermütigen, das nun wie mit Klammern die Erde zusammenhalten muß. Da war die Bosheit, Zorn und Groll wie erstorben; ja, die Flamme erlischt, wenn sie sich selbst ernähren soll. War es denn die verlorengegangene Liebe, die sich wieder auf sich selbst besinnen, die sich aus ihrer ohnmächtigen Zersplitterung wiedersammeln wollte? Da regen sich Gebilde, in Meer, Luft und auf der Erde, und alles verfolgt, haßt, tötet sich; Blutdurst ist Wollust, Zerreißen, Zerfleischen, Martern und Verschlingen eins das andere ist Lebensbedürfnis und Nahrung. Ja, nun wird sich die Bosheit erst wieder ihrer selbst bewußt, wenn sie mit dem Gefühl der Liebe sich verschwistert und begattet, nun erwacht die alte Finsternis der uralten Gesteine und gießt sich als Lichtbrand in das Gebein der schnaufenden Löwen und Tiger, und braust im Wasserfall, der die Berge zertrümmert, und lechzt im Feuerquell, der sich gierig zum Strom hinausfrißt und Wälder und Fluren, wandelnd mit seinem Bruder, dem Sturm, hineinschlingt, und lachend das vorige Dasein als tote, nüchterne Asche von sich speit.»

Edmund wandte sich mit Unwillen hinweg und sagte: «Wehe dir, lästernden Zunge, die du das Heiligste im verkehrten Blödsinn verunstaltest, und in aberwitziger Wut begeiferst.»

«Warum seid Ihr so unbillig?» sagte Lacoste lächelnd, «mir tut es unbeschreiblich wohl, einmal einen so kaltblütigen unparteiischen Philosophen so recht bündig räsonieren zu hören. So gut wird es einem nicht alle Tage.»

Die übrigen entsetzten sich, und wurden in ihrem Gebet nur um so eifriger. Ravanel schäumte und fuhr schreiend fort: «Aber wie fromm ist noch die Welt, wie gelinde wühlt der Brand noch in allen Eingeweiden! Da naht der Mensch, das Ebenbild Gottes, wie er sich nennt, und nun, in ihm erst schlägt die Hölle im purpurroten Triumph die laute Freudenlache des innersten Grimmes auf. Was der Scharfsinn nur ersinnen, die Einbildung schaffen, der rasende Traum vorbilden, und die Wollustgier erhaschen kann, das wird zur Marter umgewandelt, zur Zerstückelung der Wesen, die sie für ihre Brüder ausgeben. Alle Pulse des ewigen Satanas klopfen frohlockend. Hier ist Gott! schreit die Brut, mordet, foltert jene! hier Christus! brüllen die andern, und schlachten die Gegner. Sieht ein Auge vom Himmel? Wissen die Sterne um uns? Findet sich der Verlorene, Unnennbare, nach Ewigkeit einmal wieder zurück in seine von ihm verfluchte Schöpfung, und wird er dann nicht noch ungekannte Seuchen, Pestilenz, Hunger, Feuerflamme und Wasserflut, nebst Erdbeben und tausend allgewaltige Tode auf weißen Rossen aussenden, um diese seine Brut zu zerknirschen, zu zermalmen, in Nichts zu verstäuben, die lästernd wähnt, die Funken seines Geistes wohnen in ihnen. Er, Er selbst begeistere sie? Ja, keine zukünftige Hölle; wir, wir sind sie und leben in ihr, von der alter Propheten Mund geweissaget hat. Wir Staub vom Staub, wir Fluch vom Fluch!»

Jetzt schien das Gebet der Propheten kräftiger zu wirken, denn die Stimme Ravanels erlosch, er schien völlig erschöpft in Schlummer dahinzusinken, und Lacoste sagte: «O schade, daß diese bündige Schlußfolge nun so unterbrochen wird, er hätte immer noch einige ebenso kühne als scharfsinnige Argumente den vorigen anstoßen können.»

Bertrand kam jetzt mit dem aufgefangenen Courier zurück, den er im Hohlwege angetroffen hatte. «Sieh», sagte Lacoste für sich, «alles trifft zu, entweder sind dies schlauere

Teufel, als man je hätte glauben mögen, oder es ist eben auch eine andere Teufelei dabei im Spiele, die immer seltsam genug ist.»

Der Courier, ein ziemlich alter Mann, ward vom Pferde gehoben, seine Briefschaften waren ihm schon genommen. «Wer seid Ihr?» fragte Cavalier. «Ach, Ihro Exzellenz», stotterte der Verlegene, «jetzt bin ich dermalen nichts, als ein unbedeutender Abgesandter, vormals Chirurg in der königlichen Garde.»

«Euer Name?»

«Dubois, mit Erlaubnis.» –

Da er sich als Chirurgus kundgab, ward ihm aufgetragen, die Wunden des Ravanel und einiger anderen Brüder zu verbinden. Aus den Papieren ersahen Cavalier und Roland die Stellung der königlichen Truppen, und es ward beschlossen, dem Angriff zuvorzukommen. Da man einen zuverlässigen Mann aussenden wollte, um die Gegend zu erkunden, so trat Edmund vor und sagte: «Noch habe ich nichts für euch, meine Teuersten, tun können, übergebt mir dieses Geschäft.» Es ward ihm zugestanden, und er entfernte sich, um sich umzukleiden, wie es ihm zu seinem Zwecke dienlich schien; Lacoste aber, der sich niemals von ihm trennen wollte, drängte sich auch jetzt wieder zu seinem Begleiter auf. Als man alles beredet und geordnet hatte, machte Cavalier noch die Einrichtung, daß der Courier so lange aufgehalten wurde, bis man jenen Zug glücklich vollbracht haben würde, und Castanet begab sich mit seiner jungen Gattin in die Laubhütte, die für beide zubereitet war, indem das Dunkel der Nacht schon hereinbrach.

Edmund wollte die Täler unter dem Vorwande besuchen und erkundigen, ein Gut und Schloß, welches dort in der Landschaft feil, und von seinem Besitzer verlassen war, zu kaufen. Er hatte die Bekanntschaft eines alten Weltpriesters gemacht, der in einem schön gelegenen Dorfe eines lieblichen Tales wohnte, und sein Begleiter hatte sich unter andern Vorwänden in einem andern Dorfe einquartiert.

Wenn Edmund einsam durch die schöne Landschaft strich, um ihre Gelegenheit kennenzulernen, so fiel es ihm wohl schwer auf das Herz, ob seine Absicht, weshalb er sich dort befinde, auch wohl eine gute, ob sie wohl zu entschuldigen sei. Den Krieg, sprach er zu sich selbst, will ich in diese friedlichen Tale herabziehen, wo bis jetzt noch kein Waffenlärm erklungen ist? Hier schlafen die Ungeheuer noch, die wir erwecken wollen, um auch in diesen Gemeinen Opfer für ihren grimmigen Zahn zu suchen. Er beruhigte seine kämpfenden Gefühle nur damit, daß ja auch ohne sein Zutun die Königlichen sich hieher ziehen wollten, um von dieser Gegend aus, die fast nur mit katholischen Bewohnern besetzt war, seine neuen Brüder zu umgarnen, und, wo möglich, zu vertilgen.

Sein Wirt, der katholische Priester, war ein kleines greises Männchen, der mit einer ebenso alten freundlichen Haushälterin, unter Ölbäumen und Weinreben, die sein Haus umschatteten, so still und friedlich hausete, daß beim ersten Eintritt Edmund unwillkürlich an die Fabel von Philemon und Baucis hatte denken müssen. Er konnte es nicht von sich abwehren, daß ihn nicht in dieser Wohnung die frühesten und lieblichsten Erinnerungen seiner Kindheit besuchten, er verwunderte sich über sich selbst, daß sein Zorn, sein brennender Religionseifer hier fast ermattet, beinahe, mußte er sich gestehen, vergessen war. Er sann und träumte dann beim Geräusch der Bäume, beim Murmeln des kleinen Wasserfalles, wie weichlich seine Seele dahinschmelze, und sein Entschluß, ähnlich dem Reinald in Armidas Zaubergarten, alle seine Kraft einbüßte. Wenn er seinen vorigen Mut nicht wiederfinden konnte, so nannte er im wachen Traume, am Bach hinwandelnd, diesen den Strom des Vergessens, wo er diesseit die Frühlingslüfte eines blumenatmenden Elysiums genieße, und ihn Lethe auf immer von jener Welt des Kampfes und der Leiden trenne.

Der Geistliche hatte den Jüngling auch aufs freundlichste aufgenommen; sooft Edmund wiederkehrte, glänzte ein solches Vergnügen im Antlitz des Alten, daß sich der Fremde mit Wohlwollen und Rührung an seinen Wirt gebunden fühlte. Dieser betrachtete ihn oft scharf, als wenn er ihn schon früher gekannt hätte, und sann dann nach, als könne er seine Erinnerungen nicht anknüpfen.

«Mein teurer Ritter Valmont» (so hatte sich Edmund genannt), fing der Alte am zweiten Tage an, als sie bei Tische saßen: «je länger Sie bei mir sind, je wohler wird mir in Ihrer Nähe. Eine wundersame Ähnlichkeit mit einem alten Freunde zwingt mich beinahe, Sie wie einen teuren Angehörigen, möchte ich doch fast sagen, wie einen Sohn zu behandeln. Seit langer Zeit ist kein Fremder in meine Einsamkeit zu mir gekommen, ich erfahre hier von der Welt nur wenig, und darum ist mir auch ein solcher Zuspruch, wie der Ihrige, um so teurer.»

«Auch mir ist wohl in Ihrer Nähe», antwortete Edmund, «und ich frage mich nicht ohne Wehmut, warum es dem Menschen doch nicht vergönnt ist, seine Tage in dieser friedlichen Ruhe, von der Natur erhoben und belehrt, von den einfachsten und schönsten Genüssen erheitert und getröstet, hinzuleben?»

«Vielleicht wird es Ihnen so, teuerster Mann», antwortete der Pfarrer lebhaft, «vielleicht sehen wir uns dann recht oft und vertraulich, wenn Sie nur erst Besitzer jenes Schlosses sind, das ja kaum eine halbe Stunde von hier entfernt ist.»

«Und», sagte Edmund zögernd, «– wenn der Krieg sich auch hier herunterwälzt? Wenn dieses Schloß, wenn dieses Haus hier in Flammen aufgeht? Wo ist Sicherheit in unsern Tagen?»

«Der Herr wird uns beschützen», antwortete der Pfarrer, «wie er es bisher getan hat.»

«Und wenn er den Gegnern den Sieg verleiht?»

«Sein Wille geschehe», betete der Alte, «denn sein Ratschluß ist Weisheit, er ist gerecht und gütig, und bei der Macht wohnt die Liebe.»

«Scheint es doch fast», sagte Edmund verwundert, «daß Sie

nicht ungeneigt sein würden, auch den Rebellen den Sieg zu gönnen; Sie drücken sich wenigstens so milde aus, daß ich den Katholiken, der für seine Religion so eifert, wie er doch sollte, in Ihnen nicht erkenne.»

«Verstehen wir uns nicht falsch», erwiderte der Alte, «ich will nur sagen, daß ich mich ganz und gar und unbedingt in den Willen meines Herrn ergebe, und ihm die Führung überlasse, ohne zu murren, ohne mit ihm zu hadern. Aber ich liebe meine Religion, ich bin von ihr durchdrungen, und eben darum sei es fern von mir, jene Armen, Verirrten zu bannen, und den Fluch auf ihre Häupter herabzurufen.»

«So sind Sie ein würdiger Diener Ihrer Religion», antwortete Edmund, «und verdienten, daß Ihnen die Erleuchtung der bessern würde.»

Der Alte sah den Jüngling lächelnd an und sagte: «Jetzt haben Sie sich verraten, junger Herr – erröten Sie nicht», fuhr er im mildesten Tone fort, «– besorgen Sie von mir nichts; Sie sind mir darum nicht weniger willkommen. Vielleicht verstehen wir uns, wenn wir uns näher kennen, vielleicht auch nicht; aber mein lieber Gast bleiben Sie gewiß, möchten auch wohl noch mein Freund werden, wenn es sich auch fügt, daß ich Ihren Enthusiasmus, oder Ihre Schwärmerei tadeln muß. Allein wieviel würdige, edle, wahrhaft begeisterte und liebende Gemüter habe ich auch unter den Hugenotten gekannt, und wie viele lieblose in meiner Kirche. Jetzt ist freilich in unserm Lande eine klägliche Zeit, und noch ist kein Ende des Jammers abzusehen.»

Edmund hatte sich von seiner Überraschung und Verlegenheit wieder erholt und sagte: «Ist es aber wohl das Rechte, so gleichgültig und unbestimmt zu verharren, wie Sie mir zu sein scheinen? Doch vielleicht werde ich im Alter auch so fühlen, denn auch mein Vater sprach zu meinem Verdruß fast in Ihrer Weise.»

«Sie kennen mich noch nicht», antwortete der Priester, «und ich darf wohl ohne Anmaßung sagen, daß sich ein Urteil über einen Mann, der an sich selbst und der Welt viel erfahren, der gedacht und wahrhaft gelebt hat, nicht so schnell und handfertig fällen läßt. In Religionssachen vorzüglich schwindelt mir immer in Angst, wenn ich sehe, wie so viele den ganzen Inhalt eines tiefsinnigen Geheimnisses auf ein Buch, eine Redensart, ein Wort oder gar eine arme Silbe stellen möchten, und die Unermeßlichkeit der Liebe nach Gran und Skrupeln abwägen, damit sie um so schneller wissen, wie ungesäumt der Bruder zu verdammen sei, der in anderer Gegend und mit andern Gefäßen aus dem Meere der Gnaden schöpfen will. Wer gar zu hurtig das Ja und das Nein auf die Fragen des Gemüts zu sagen weiß, in solchem ist wohl weder Zweifel noch Überzeugung schon erwacht. Auch ist jene Ermüdung, die wehmütige Ermattung, die uns befällt, wenn wir alle Parteien im Irrsal befangen sehen, alle Wahrheit und Begeisterung mit der menschlichen Leidenschaft gemischt und verunstaltet, nicht Gleichgültigkeit zu nennen. Wen das offenbarte Wort einmal durchleuchtet hat, der kann den Liebesblick niemals wieder vergessen, der in seinem Innern aufgegangen ist, der kann eher von seinem Leben, als von seiner Überzeugung lassen, er bedarf keines Beweises, keiner Erneuung, die ihn bestätigt, keiner Leidenschaft, keines Wahns oder Wunders, um sich in sich noch fester zu gründen, sowenig als Spott oder Zweifel, glänzendes Talent oder anmaßende Philosophie jenen Angelstern in seinem Herzen wieder verrücken können.»

Edmund wurde nachdenklich. «Sie sprechen», sagte er endlich, «aus meinem ehemaligen Dasein in mich hinüber; ich glaube Sie zu verstehen, und habe mich vormals doch wohl selbst nicht verstanden. Sie erwähnten eben der Wunder, und gleichsam geringschätzig. Aber leben wir nicht im Zeitalter derselben? O mein verehrter, alter Freund, könnten Sie sehen, was ich gesehen habe, möcht ich Ihnen sagen, was ich selbst erlebte, so würden Sie irre an sich und Ihrer Überzeugung werden. Aber Sie machen es sich bequem, um nur des Kampfes los zu sein. Sie leugnen die Prophetengaben, die Gesichte, die wundervollen Zustände jener Kinder und verzückten Camisards, oder schelten mit Ihrer Kirche alles Betrug und Lüge, wenn Sie nicht gar, wie ich von Ihnen nicht glauben kann, mit den Verruchtesten einstimmen, und es für Werke des Satans und der Hölle erklären.»

«Ei, nein, mein junger Enthusiast», rief der Alte, «keines von allen diesen; ich habe vernünftige Menschen gesprochen, selbst vor Jahren ähnliche Seltsamkeiten gesehen: warum soll ich diese sogenannten Wunder leugnen, und, mag auch hie und da Lüge sich einmengen, was soll mich abhalten, sie zu glauben?»

«Nun, und dennoch?» fiel Edmund heftig ein: «dennoch wollen Sie sich der Wahrheit entziehen, und nur Ihre Kirche für die rechtgläubige halten?»

«Hat denn die meinige keine Wunder aufzuweisen?» sagte der Alte demütig: «und warum soll ich diese nicht anerkennen? Sollte sich aber die Wahrheit der Offenbarung darauf begründen müssen, so wären wir im schlimmsten Irrsal befangen. Was Gewohnheit uns notwendig macht, nennen wir Natur und ihre Gesetze: wo ich eine Abweichung sehe, die mich überrascht und erstaunt, spreche ich von Wunder: als wenn jene sogenannten Gesetze nicht ebenfalls Wunder wären, als wenn ich die alltäglichste Erscheinung deuten, fassen und erklären könnte. Als wenn jede Blume mir nicht als Rätsel entgegenblühte, mein Entstehn, Wachstum und Vergehen, Sonne, Mond und Sterne, Licht und Firmament und Wasser, ja die Organisation der kleinsten Mücke nicht ebenfalls Wunder sei. Alles Leben umgibt mich geistig, wundersam; oder, wenn mein Geist aus dem ruhigen Element seiner himmlischen Atmosphäre gerissen ist, als Graun und Gespenst; dann wird die Liebe selbst Haß und Verzweiflung, und die Weisheit sowie das offenbarte Wort des Herren Wahnsinn und Gotteslästerung.»

Edmund war stumm. «Kenn ich denn», fuhr der Alte fort, «das, was ich Natur und ihre Kräfte, was ich Geist und seine Fähigkeiten nenne? Wie wechselt es in jedem Menschen, an jedem Tage, bei geringfügigen Veranlassungen. Der Dichter, der Künstler weiß von Stimmungen zu sagen, die dem Laien als Aberwitz oder Wunder erscheinen müssen: Kräfte tun sich auf, von denen die Vorzeit nicht wußte, vieles andere ist im Lauf der Zeiten untergesunken, oder vergessen worden, es erscheint wohl einmal wieder, um erstaunen zu machen, oder die echte Wissenschaft tiefer zu begründen, Kann mein Sinn die Allmacht beschränken wollen, und weiß ich, was Gott aus weisen unergründlichen Ursachen zulassen oder bewerkstelligen wird? Aber niemals kann sich ein Wunder zu einem religiösen Geheimnisse erheben; die Offenbarung bedarf dessen nicht, um ihre ewige Wahrheit zu urkunden; der Heiland selbst verrichtete nicht deshalb seine Wunder und schalt die Pharisäer und das Volk, denn eine Wundersucht bekundet Unglauben und Irreligiosität, und wo die Leidenschaft, die Partei oder Sekte im Meinungskampfe auf diese unerklärlichen Erscheinungen Hoffnungen baut, Überzeugungen gründen will, oder gar aus ihnen fort und fort ins Unbestimmte beweisen und erklären, da ist es um alle unbefangene Prüfung, um alle wahre Religion schon längst geschehen.»

«Und die Auferstehung des Herrn?» warf Edmund ein.

«Ist», sagte jener, «nicht zu den Erscheinungen zu rechnen, die man gemeinhin Wunder nennt, wenn der gröbere, unerleuchtete Sinn sie freilich nur so aufzufassen vermag.»

«Fahren Sie fort», sagte Edmund, «mir Ihre Meinung deutlich zu machen, noch bin ich nicht zu alt, um zu lernen.»

«Es geschieht nicht so gar selten», sprach der Priester weiter, «daß Angst und Verzweiflung, entweder bei Verbrechern, oder schwachen und kranken Menschen plötzlich Heilung uralter Lähmungen hervorgebracht haben, daß des Armes Kraft hat Ketten reißen und eiserne Pfosten sprengen können; Leidenschaft oder Schreck riß den Menschen auf und gab ihm, was er im gewöhnlichen Zustande nicht besaß. Im Traum, in der Krankheit werden uns oft wunderbare Welten aufgedeckt, und ungekannte kaum geahndete Gefühle vergegenwärtigt, und so kann es wohl geschehen, ja ich habe es selbst wahrgenommen, daß in aufgeregten Gemütern, die von Begeisterung, Angst und Leidenschaft gesteigert waren, ein Zustand wie zwischen Schlaf und Wachen sich erzeugt, in welchem im Kampf der Organe der Geist die Bande auf kurze Zeit abstreift, die ihn hemmen; er sieht und hört als Geist, die Ferne tritt ihm nahe, die Mauern verdunkeln seinen Blick nicht, die Zukunft wird Gegenwart, und in dieser Zerrüttung tritt die ursprüngliche Kraft der Seele in ihre angestammten Rechte.»

«Und warum soll dies, nach Ihren eigenen Worten», fragte Edmund, «nicht lauter und himmlisch sein können?»

«Ich will es weder anfechten, verdammen, noch bestätigen», antwortete der Geistliche. «Wäre unsere Natur ganz lauter und rein, hätten wir niemals unsern himmlischen Ursprung verfälscht, so möchten auch diese Erscheinungen nur unsern Lobgesang und den Preis des Allmächtigen verdienen, der uns immerdar wieder zu Aposteln erhebt, und uns die Gabe der Prophezeiung nicht vorenthält. Aber das Nichtige, das Sterbliche und Böse ist in uns eingedrungen, dieser Tod verdunkelt unser Leben, dieses Nichts strebt unserm Geist entgegen; wie wir ewigen Ursprungs sind, so ist doch unser äußeres Dasein, sowie unser geistiges Wirken immerdar diesem armseligen Feinde preisgegeben, wie der Schatten folgt er jedem Gedanken und jeder Tat, und ihn im Denken und Wirken sowie im reinen Glauben und der Andacht niederzukämpfen, ist die Aufgabe unsers Daseins; das Vergängliche muß immerdar beiseit geschafft werden, um für den Besuch des Herrn Raum zu machen. Aber wehe uns, wenn jene wundervolle Aufregung unseres Geistes, wenn diese Traumbegabung sich mit diesem Nichts, dem Chaos und allen dunkeln Leidenschaften verbrüdert! dann ruft die ewige Wahrheit, die nie in uns schläft, die Lüge herbei, Eitelkeit, Hoffart, Bosheit und Mordlust treten in das Walddunkel unsers finster verwachsenen Innern, alle Hyänen und Tiger reißen sich dann von den Ketten los, und der arme Mensch wähnt, indessen der Mordgeist aus ihm brüllt, der Geist des Herrn weissage unmittelbar aus seinem Munde.»

Edmund sah ihn durchdringend an. «Oft aber», fuhr der

Alte gelassen fort, «ist es auch nur der unsterbliche Geist, der alle seine gegenwärtigen und künftigen Kräfte an sich rafft, um über die gewöhnlichen Grenzen der Natur hinauszuschreiten, und der nur die Gebilde der Torheit und die fast unschuldige Fratze mit sich führt, um im Übernatürlichen auch das Abgeschmackte und Widernatürliche kundzugeben.»

«Wenn Sie recht haben», sagte Edmund, «was raten Sie dann also denen, die so begabt sind? Dieser Zustand dürfte also ein höchst bedenklicher sein; wie aber ihn loswerden?»

«Durch einfachen Wandel», erwiderte der Alte, «durch Entfernung von aller Leidenschaft und Hoffart, und durch ein reines Gebet um die Erlösung von diesem Irrsal und der trügenden Gabe.»

«Das heißt», antwortete Edmund heftig und bitter, «ich soll den Herrn anflehen, sich mir zu entziehen, ich soll ihn bitten, mir recht fern zu bleiben; um gottselig werden zu können, muß ich mit einer ausgemachten Gottlosigkeit den Anfang machen. Und so kann ein Priester des Herrn ermahnen und raten? Aber so sind sie, so sprechen sie, diese Verfolger. Und wenn Sie nur irgend konsequent sind, so müssen Sie auch die Wunder Ihrer Kirche völlig ableugnen, ja auch die Heilige Schrift selbst Lügen strafen.»

«Sie haben mich wohl nicht ganz verstanden, junger Mann», antwortete der Priester. «Sollte die Inbrunst der Liebe sich nicht so inniglich anzünden können, daß die Materie, das Dunkel, das Nichts in uns, schon zeitlich auf Augenblicke vernichtet würde, und unser Wort, auf Zulassung des Herrn, schaffend in seiner Kraft hervorträte? Daß dies möglich sei, lehrt das Beispiel der Apostel, bezeugen die Propheten; daß manche große Heilige, die die Welt verehrte, ebenso gesprochen und gewirkt haben mögen, ist wohl zu glauben – und dieser Glaube mag rühren und erheben, es mag Frevel sein, unbedingt zu spotten – aber was frommt er der wahren Religion und ihren Geheimnissen, wie schwach wäre sie, wenn diese Stütze, wie ich schon sagte, ihr unentbehrlich wäre. Das Wunder aller Wunder, mein junger Freund, ist der

ZEIT IST GELD

Wo viel Sonne ist: Ludwig XIV. und die Kamisarden

Ich habe den Krieg zu sehr geliebt...

...ahmen Sie mich darin nicht nach, noch in den großen Ausgaben, die ich gemacht habe.» – Der sterbende Sonnenkönig zum damals fünfjährigen Dauphin.

Während der langen Regierungszeit Ludwigs XIV. war Frankreich tonangebend geworden, und alles Französische wurde überall eifrig kopiert. Paris nannte man nicht zu Unrecht *la capitale du monde*, die Hauptstadt der Welt. Aber auch die Staatsausgaben waren die höchsten der Welt.

Der Cevennenkrieg von 1702 war dabei nicht der teuerste, wenn er auch zeitweise bis zu 60 000 Soldaten band, was an dem unwegsamen Gelände und an der Guerillataktik der Hugenotten lag, jener Kirche in der Wüste, die als letzte Gemeinde in Frankreich geblieben war und die sich tapfer gegen die befohlenen Bekehrungsversuche wehrte. Denn Ludwig wollte den Katholizismus als verbindliche Staatsreligion durchsetzen und hatte das Edikt von Nantes, das den Hugenotten Glaubensfreiheit garantierte, 1685 wiederaufgehoben.

Obwohl ihr Anführer Jean Cavalier bereits 1704 die Waffen niederlegte, konnten die Camisarden (von camisia = Hemd), wie die Hugenotten genannt wurden, erst 1710 völlig besiegt werden. Das Toleranzedikt von 1787 gewährte den Hugenotten später wieder Duldung, aber erst der *Code Napoléon* nach der Revolution von 1789 sicherte ihnen die Gleichberechtigung.

große Augenblick, der sich allen sündigen, armen Menschen in ihrem beschränkten Leben offenbart, wenn dem Bereuenden, dem Gleichgültigen, der Herr selbst entgegentritt und sein Herz neu erschafft. Diese Umwandlung ist seltsamer, unbegreiflicher und geheimnisvoller als alle Umkehrungen der Naturgesetze, die das wundersüchtige Auge staunend erfaßt, denn hier wird aus dem Nichts ein Etwas, aus dem Tode ein Leben, plötzlich im Blitz erschaffen.»

In diesem Augenblick wurden sie durch einige Bauern gestört, die wegen des nächsten Festes und der Prozession sich von ihrem Pfarrer Verhaltungsregeln erbaten. Edmund durchwandelte indes den kleinen Garten, vielfältig aufgeregt und zum Nachsinnen getrieben, denn seine frühere Jugend war in sein Gedächtnis gerufen worden, viele Worte seines Vaters, manche seines frühern Lehrers, Vermahnungen seiner Mutter waren in ihm erwacht. Der Geistliche kam nach einiger Zeit wieder zu ihm, indem er sagte: «Immer wieder muß ich das menschliche Gemüt, wenn es sich lauter erhält, liebend bewundern, und so viele Empfindungen und Sitten rühren uns, indem sie uns kindisch und albern erscheinen. Weise doch ja kein strenger Richter diese Gefühle aus unsrer Religion hinweg, denn auch diese Säuglinge wollen an der Brust der Mutter hangen, und indem sie sich nähren, ihr in die dunkeln Augen blicken, deren Ausdruck sie mehr durch den Instinkt der Kindheit, als durch das Erkennen verstehen. Wir haben hier in unserer kleinen Kirche ein wundertätiges Bild der Mutter Gottes, das weit umher bei den Landleuten des Gebirges berühmt ist und verehrt wird. Eine alte, unförmlich geschnitzte Figur in Holz, von geringem Umfang, wohl aus den frühen Zeiten der Kunst, als sie sich ihrer selbst noch kaum bewußt war. Kranke, wenn sie vor dem Altar beteten, habe ich gesund werden sehen, denn der Glaube und die Erschütterungen des Gemütes können in unsrer zarten Natur die seltsamsten Erscheinungen hervorbringen. Bedenk ich nun, daß an dieser kleinen Stelle sich seit Jahrhunderten so viele Tausende Trost und Freude geholt haben, so kann ich sie nicht ohne Rührung betrachten. Der Krieg hat für dieses Jahr ein Fest unmöglich gemacht, welches sonst jährlich am morgenden Tage gefeiert wurde. Aus vielen Dorfschaften, auch aus denen, die zwölf Meilen von hier liegen, kamen dann die Prozessionen der Gemeinden an; auf einer Bahre trugen acht bekränzte Mädchen das Marienbild ihrer Kirche, indem sie alte Lieder sangen, die im Dialekt des Gebirges und mit ihren Weisen lieblich klingen: so ziehen sie um die Kirche, und eine Prozession nach der andern bringt ihre Maria unter geistlichen Liedern in unsern Tempel, hier muß sich die fremde Besuchende tief vor der unsrigen neigen, die dann in einem Liede dankt und den Herrn preiset, in Gesängen, die unsere Jungfrauen hier recht schön in Wechselchören singen. So führen, ganz den Theorien der alten Griechen ähnlich, alle Prozessionen ihre Mutter Gottes herein und entfernen sich wieder mit Dank und Gebet. Diese Feierlichkeit, die dem Vernünftigen nur kindisch erscheinen mag, hat, seit ich die Menschen hier beobachten konnte, immer viele gute und heilsame Früchte getragen. Der gemeine Mann (doch, was sage ich, wer von uns, die wir uns die Gebildeten taufen, denn nicht auch?) bedarf dergleichen zuzeiten. Das ganze Dorf freute sich schon den langen Winter hindurch auf diesen Tag, der Besitz dieser Maria machte ihm diesen Fleck des Gebirges teuer und wert, den Entfernten leuchtete die hiesige Wallfahrtkirche wie von einer Glorie umgeben; die Wanderung durch unbekannte Gegenden ermutigte jung und alt, das Besuchen einer fremden Natur machte ihnen die gewohnte heimische annehmlicher. Religiöse Gefühle, fromme Vorsätze entwickelten sich und wurden späterhin in der Ruhe ausgebildet. Man traf unterwegs auf Arme und Kranke, die der Hülfe bedurften, alle Gefühle des Busens wurden erneut und erfrischt, denn der Mensch bedarf einer solchen Erneuung zuzeiten, um sich nicht selbst zu alltäglich zu werden. Soll ich noch daran erinnern, daß allen dadurch das gemeinsame Vaterland teurer und lieber wurde? Zu geschweigen, daß die Menschen aus entfernten Gegenden sich kennenlernten, einer vom andern dies und jenes erfuhr; auch Liebschaften und Ehen die entfernten Berge miteinander verknüpften, und so das Nützliche, Gute mit dem Frommen, Andächtigen und dem Hange zum Wunderbaren sowie mit der Liebe zur Natur, Hand in Hand gingen.»

«Alles dies», sagte Edmund, «wie Sie es auch rühmen, nennen die Hugenotten nur Götzendienst.»

«Das würde es auch sein», antwortete der Alte, «wenn Verfolgung, Haß und Bosheit durch diese Liebe und Feierlichkeit aufgeregt würden. Es möchte mißlich sein, das Fest jetzt zu feiern, zumal wenn es von Enthusiasten der andern Partei gestört werden sollte. Aber in frühern Jahren habe ich wohl selbst Protestanten gesehen, die der kindlichen Feierlichkeit nicht ohne Tränen zuschauen konnten. Denn eben in ähnlichen Anstalten, wo der Mensch sich in seinen teuersten Gefühlen so, gleichsam wie zu Hause seiend, gehenlassen darf, wo er seinem Gott, oder dessen Stellvertretern, seiner Mutter, oder den Heiligen (die er dem Unnennbaren näher wähnt), ganz kindlich und albern, vertraulich sich nähert, mit dem Gefürchteten und Angebeteten spielt und tändelt, alle Feierlichkeit, allen ernsten Prunk beiseite legt, da erscheint die Menschheit selbst am reinsten und einfachsten. Alle Zeiten, alle Völker haben auch dergleichen, mochten sie denken und beten, wie sie wollten, niemals ganz entbehren können, und was wir oft von Freidenkern oder Reformierten hören müssen, daß wir die alte gestürzte Vielgötterei wiedereingeführt haben, ist nur, recht im Geist der Liebe verstanden, die Erneuerung des Menschengeistes, der diese Quelle seines heiligen Durstes niemals will verschütten lassen. Aber Mißbrauch, Irrtum hängt sich allem Menschlichen an. Besteht der schönste Leib ja doch auch nur aus Erde und Staub; und doch ist die Schönheit erhabener als der feuchte Leim des Gefildes.»

So mußte Edmund von einem fremden Munde seine ehemaligen Gesinnungen sich vortragen hören. Er war durch die Gegenwart des Alten so bewegt, daß er sich gezwungen fühlte, ihm zu entdecken, wie er sonst ein eifriger Katholik gewesen sei, und sich nur seit kurzem zu dem Glauben der Hugenotten gewendet habe; doch verschwieg er ihm seine Verbindung mit den Camisards, und in welcher Absicht er in diese Täler gestiegen sei.

«Es ist begreiflich», antwortete ihm der Alte, «wie in so bewegter Zeit heftige Gemüter ihre Partei verlassen und gegenüber suchen, was ihnen mangelt; daß die Liebe dergleichen Versuche macht, sich mit sich selbst auszugleichen, wenn diese Versuche auch mißlingen sollten. Teurer, junger Freund, Sie rufen mir durch Ihr Geständnis, Ihr Bild und Ihre Gegenwart meine eigene, entschwundene Jugend auf das lebendigste zurück, und ich kann mich nicht entbrechen, Geständnis gegen Geständnis, Vertrauen gegen Vertrauen auszutauschen; werde ich doch versucht, Ihnen die Geschichte meines kleinen beschränkten Lebens, das fast nur Gemütsbewegungen erfahren hat, mitzuteilen.»

Sie setzten sich in eine Laube, vor welcher Platanen standen, und die mit Wein umrankt war, der Blick nach dem grünen bewaldeten Gebirge war frei und der murmelnde Bach ertönte lieblich durch die Einsamkeit, indes von Zeit zu Zeit, wegen des morgenden Festes, die Glocke der Dorfkirche ihre einförmigen, feierlichen Töne anschlug.

«Ich bin aus den Niederlanden», fing der Priester an, «von hugenottischen Eltern geboren, die ich schon früh verlor. Meine Vormünder, Weltmenschen, kümmerten sich mehr, mir mein kleines Vermögen zu erhalten, als mir eine vernünftige Erziehung zu geben, und so geschah es, daß ich einem Hofmeister überliefert wurde, mit dem sie sowohl wie ich sehr zufrieden waren. Ein Mann von vielen Kenntnissen, der auch seine Reisen gemacht, und sich vorzüglich lange in London aufgehalten hatte. Hier war er, weil er von guter Familie stammte und selber Witz besaß, mit manchem schönen Geist und Hofmann jener Tage bekannt und vertraut geworden, und wenn auch seine Sitten nicht so gelitten hatten, wie man wohl hätte befürchten können, so war wenigstens durch diesen Umgang sein religiöser Sinn, der schon nicht kräftig mochte gewesen sein, völlig erstickt und vernichtet. Kenntnisse, Geist waren ihm das Wichtigste, eine göttliche Verehrung widmete er aber der Poesie sowie der Geschichte der alten Griechen. Man kann nicht beredter sein, als er es war, wenn er auf diese Gegenstände kam. Daß dieser Sinn auf mich, der ich lebhaften Geistes war, überging, ist sehr natürlich; mein Lehrer war mir der Begabteste aller Sterblichen, und seine Aussprüche galten mir lange als Orakel. Wenn ich ihn auch noch im Angedenken ehre, so muß ich doch jetzt eine Schwäche an ihm tadeln, die mir freilich damals als seine größte Stärke erschien. Unermüdet war er nämlich im Verspotten des Christentums und jeder Religion; doch fanden alle andere noch eher Gnade vor seiner Satire, als die verschiedenen Parteien der christlichen Kirchen; die Gegenwart, wie die Vorzeit, die Geschichte der Entwickelung, ihre Geheimnisse, alles war Gegenstand seiner Verspottung, und die Apostel, ja selbst der Heiland wurden von ihm nicht geschont, wie weniger Luther, oder Calvin und Zwingli, oder gar jene sogenannten Mystiker, die einen eigentümlichen Sinn, um Gott zu erkennen, in sich ausbilden wollen.

Mein Sinn war mit dem seinigen bald so vertraut geworden, daß ich dadurch nichts entbehrte, daß für mich gar keine Religion auf Erden war, daß in meinem Herzen kein frommes Gefühl jemals aufging. Hatte ich doch meine Heroen der Vorzeit, das griechische Altertum, die hochherzigen Römer, in deren Patriotismus ich mich glühend hineinträumte, das Unabsehliche der Poesie mit seinen Gärten des Witzes und der Laune; und aus Sophokles und Äschylus heraus wehten mich jene Schauer einer unverstandenen Geisterwelt an, die mir das Erhabenste schienen, was meine Seele nur irgend erschüttern konnte. Schämte ich mich doch bald ganz ehrlich und einfach, ein Christ zu sein, wenn ich an die bunte Märchenwelt der vieldeutigen griechischen Mythologie dachte, an jene Feste und Schauspiele, hohe Bildnisse und edle Tempel: wo blieben da der Erlöser am schmählichen Kreuz und seine dürftigen Jünger? Wie verschwand dieser Glaube der Armut und des Unglücks gegen jene Opfer und Volksaufzüge und den Jubel der Pindarischen Hymnen? Ich zählte mich auch nicht zur Gemeinschaft der Christen, und der traurigste Tag meines jungen Lebens war der, als ich in die Kirche unserer Partei mit den gebräuchlichen Zeremonien aufgenommen ward. Unsinn schien mir jedes Wort, Herabwürdigung jede Feierlichkeit, nur zornig gab ich Antwort auf die Fragen, und noch in der Kirche schwur ich mir selbst, die Kirche niemals wieder zu besuchen: einen widerwärtigen und kindischen Eid, den ich aber lange genug gehalten habe.

Als ich späterhin in die Welt trat, fand ich, daß alle, die man die besseren Köpfe nannte, still oder öffentlich sich zu meinem Glauben bekannten. Nicht alle spotteten laut, die Weicheren mißbilligten selbst diesen Hohn, aber nur aus dem Gefühl, schwache Menschen nicht irre oder unglücklich zu machen, die eben doch nichts Besseres hatten, oder erschwingen konnten, als diese alten trübseligen Märchen, die, ohne inneren Zusammenhang eins dem andern noch oft widersprechen. Viele leugneten mit allem Witz der Geschichte den Heiland ganz, anderen, noch schlimmeren, war er nur ein unglücklicher Rebell, und den Edelsten ein moralischer Mensch, der aber freilich, ihrer Einsicht nach, dem Sokrates, dessen Leben klarer, dessen Lehre verständlicher erschien, weit nachstehen mußte. Viele dieser Freidenker, denen die katholische Kirche im Wege war, und die bei ihrer Partei nicht für Unchristen gelten mochten, wendeten alle Kraft ihres Geistes an, unter dem Vorwande, die protestantische Freiheit zu beschützen, ihre katholischen Brüder, die Geschichte der Kirche, geistliche und weltliche Einrichtungen auf das grausamste zu zerreißen und zu entstellen: hinter dieser Schutzmauer glaubten sie so, unter fremden Namen, das Christentum selbst vernichten zu können, denn dieses war ihnen verhaßt, nicht diese oder jene Partei.

Alles dies leuchtete mir sehr ein und ich half, soviel nur meine geringen Kräfte vermochten. Ich war mündig geworden, und mein Sinn hatte nur noch festere Wurzeln in mir geschlagen. Ich reiste, ich sah die Welt, aber nur von der Seite, die mir meine Vorurteile bestätigte. Traf ich auf Fromme, auf erleuchtete Christen, so erschienen sie mir nur als seltsame Geisteszerrüttete, merkwürdig vielleicht, zu bedauern gewiß. In einer deutschen Stadt nahm ich aus Übermut das Buch eines deutschen Mystikers aus dem Buchladen in meine Wohnung, um in Ermanglung einer witzigen Posse mich hier am Wahnsinn, dem Abgeschmackten und der Tollheit spottend zu ergötzen. Ohne es zu wissen, hatte ich den Feuerbrand in mein Haus getragen, der bald alle diese Gebäude des Hochmuts und weltlichen Frevelsinns in Flammen setzte. Ich blätterte, las und lachte, las wieder und fand die Albernheit wenigstens poetisch. Das Buch ließ mir keine Ruhe, es zog mich zu sich, es quälte mich, und ich mußte mir bald zu meiner Beschämung gestehen, daß es Zusammenhang, Kraft und Geist enthalte, daß es mich belehre, und daß dort Gärten, Blumen und Bäume der Liebe blühten, wo ich nur eine dürre Wüste gesehen hatte. Die Ahndung ergriff mich, daß doch wohl ein anderer Gott die Welt regiere, als der, den ich in meiner schwärmenden Naturbetrachtung, oder in meiner Poesiebeschreibung hatte finden und im Taumel des Leichtsinns erkennen wollen.

Mein bewegtes Gemüt sehnte sich nach einigen Wochen der Angst und des Grübelns gewaltig, die Heilige Schrift zu lesen. Keiner meiner vielen Bekannten, auch Büchersammler, die große Bibliotheken besaßen, hatte dies Buch in seinem Haushalt. Ich schämte mich, daß auch ich es nie bedurft. Seitdem war dieser Schatz mein getreuer Gefährte auf der Reise. Ich las in einsamen und geweihten Stunden und mir geschah, was jedem Durstenden begegnen wird, der noch der Demut fähig, in dem jene Hingebung noch nicht ganz abgestorben ist, die freilich nicht fehlen darf, damit das geistige Wort nur erst im brachliegenden Herzen Wurzel fassen kann. Glauben! dies oft angefochtene, bestrittene, vielfach erklärte Wort. O wer ihn erlebt hat, in wem er mit seiner Kraft aufgegangen ist, der wird nicht darüber streiten. Ich konnte mich der Offenbarung, dem Glauben nicht entziehen, so siegend zogen die Worte, Bilder, Reden aus dem aufgeschlagenen Evangelio im Waffenschmuck unüberwindlich glänzend durch meine Seele, und alle meine Kräfte wurden die Gefangenen der ewigen Liebe, und waren nun im Dienst, in der süßen Sklaverei glücklich und selig. Arm und geringe dünkte mir meine frühere Empörung gegen den Herrn, und meine abgewendete Verachtung verstand nicht mehr das Alberne meiner frühern Weisheit. Meinen doch so viele, Glauben, Demut, das Vergehen im Herrn sei Ertötung unserer Kräfte, ja der Denkfähigkeit; und zürnend oder zitternd entziehen sie sich deshalb jenem Werke der Wiedergeburt, das sich auch wohl zuweilen ihrem tauben Herzen aus der Ferne ansagen läßt. Die Armen! dieser gefürchtete Glaube würde erst ihre Fähigkeiten zu Kräften erhöhen und neue Lichter und Flammen in ihrem Geiste anzünden. Ohne ihn, den offenbarten Christus, kein Sinn im Tiefsinn, kein Geist in der Geschichte, kein Trost in der Natur und keine Eigentümlichkeit in unserm Sein. Kunst, Liebe, Scherz sind dem, der ihn besitzt, erst freie Spielgenossen. Wie heiter, süß, ja taumelnd und mutwillig, fröhlich und lachend scheint das Christentum durch alle echten Werke der neuern Kunst, wie selig und wohlbehaglich sind sie, wenn in der Großheit und Fülle der alten Welt doch wie ein Geist sanfter Schwermut über die Lust der Begeisterung hinstreicht, wie die kalte Wolke auf Augenblicke über die schöne Landschaft im Frühlingsglanze.»

Der Alte hielt inne, und Edmund sagte: «O wie gerne höre ich Ihnen zu, und erinnere mich dabei aller Empfindungen und Erfahrungen meiner stürmenden Jugend.»

«Was ich früher von mir gestoßen hatte», fuhr der Alte fort, «ward jetzt das nächste Bedürfnis meiner Seele, denn ich fühlte, wie eine christliche Gemeine in gesamter Erbauung den einzelnen stärken und erheben müsse. So besuchte ich die Kirchen und wollte mich dem Gottesdienste meiner Partei anschließen. Aber, sei es nun, daß mein Gemüt zu sehr aufgeregt war, oder daß ich immerdar an die Unrechten geriet, mir schien, daß allenthalben die Kirche aus der Kirche hinausgepredigt würde. War doch allen ihre Aufklärung und knappe Philosophie lieber, als das Wort des Herrn, schämten sie sich doch alle Christi und verleugneten ihn in künstlich gesponnenen Phrasen, deuteten ihn um, um ihn sich und ihren schwachen Bedürfnissen näherzubringen, als müßten er und die Jünger etwa als Kirchendiener und Küster ihrer erleuchteten Zeit untergeben sein. Ich wußte, daß jeder gläubige Zuhörer und Laie selbst Priester sein müsse, um durch eigene Kraft das Unwürdige in das Würdige zu verwandeln, aber alle meine Lebensgeister sanken in der Umgebung zu Boden, der schreiende Gesang betäubte mich und das Ganze ließ mich leer und brachte mich fast wieder einer ungläubigen Verzweiflung nahe. Unbillig von meiner Seite war es gewiß, daß ich verlangte, alle sollten die Trunkenheit meines neugepflanzten Weinberges teilen. Ich mußte noch erst erfahren, daß Schwärmerei und über das Maß hinausschreiten noch schlimmer sei, als kalt und ohne Empfindung unter diesem Maße bleiben.

Ich setzte meine Reise fort und zankte unterwegs viel mit meinem Begleiter, einem schon alten Bekannten, der alle meine Empfindungen weder teilen konnte noch mochte. So kamen wir nach Nismes und hier wollte mein Schicksal, daß ich lange dort bleiben, daß sich mein ganzes Leben bestimmen, völlig erwachen und beschließen sollte.

Mein Begleiter, ein gewisser Lacoste, machte mich in einem Hause bekannt, wo neue Gefühle meiner warteten, um mich ebensosehr zu quälen, als zu beseligen.»

«Lacoste!» rief Edmund aus, «sollte vielleicht derjenige – doch fahren Sie nur fort, alter Freund, ich irre mich vielleicht.»

«Mein damaliger Freund», sagte der Geistliche, «war groß und stark, ein schöner Mann, in jedem Sinne des Worts, gefühlvoll und gut, aber leichtsinnig, und aller Religion ebenso fern, als ich es noch vor kurzem gewesen war. Dieser Freund machte mich in dem Hause einer würdigen Magistratsperson bekannt, welches bald, da der würdige Mann und seine treffliche Gattin mich so freundlich aufnahmen, mein täglicher Aufenthalt wurde. Sie hatten einen Sohn, einen trefflichen Jüngling, dessen Schwärmerei ihn bald zu meinem Vertrauten machte, denn so wie jener Lacoste alle religiösen Gefühle bestritt, so hegte sie der junge Beauvais leidenschaftlich und mochte und wollte nur in und für Religion leben: der eifrigste Verfechter seiner katholischen Partei, den ich nur jemals habe kennen lernen.»

«Himmel!» rief Edmund aus, «so sind Sie, alter Mann, der Edmund Watelet, von dem ich, als seinem lieben Jugendfreund, den Parlamentsrat so oft habe reden hören?»

Es entstand eine lange Pause. – «Freilich wohl», sagte der alte Priester, indem er seine Tränen trocknete, «wird der junge schwärmerische Beauvais jetzt ein alter Mann sein; bin ich ja doch auch alt geworden! Ja wohl, daß es eine Zeit gibt, an die unser Herz immerdar nicht glauben will, das ist es ja allein schon, was das Leben eines jeden von uns zum seltsamen Gedicht, zum wundersamen Märchen erhebt. Also er lebt noch? Sie kennen ihn? Ach, teurer Ritter, Sie selbst sehen ihm sehr ähnlich. Das ist ja eben der Zauber, der mich gleich so unauflöslich an Sie gebunden hat.»

Edmund erzählte von seinem Vater, aber so bewegt er war, so war es ihm doch jetzt unmöglich, sich als dessen Sohn zu erkennen zu geben.

Nach einer Weile, in welcher sich der alte Mann von seiner Erschütterung wieder hatte erholen müssen, fuhr er gesammelter fort: «Was das elterliche Haus meines jungen Freundes für mich zu einem wahren Zaubergarten umbildete, war die Gesellschaft junger und reizender Frauenzimmer, die sich dort versammelten. Er selbst war mit einem schönen Mädchen versprochen, und sah mit Sehnsucht der Vereinigung mit ihr entgegen. Seine Lucie war ebenso gestimmt, wie er selber, und alles, was sich den beiden näherte, floß mehr oder minder in ihr Wesen hinüber und tönte in den begeisterten Hymnus ein. Der alte Beauvais lächelte nur über das hochgespannte Wesen der jungen Leute, denn ob er gleich selber fromm war, so hatte er doch eine Furcht vor jeder Übertreibung. Und dieser fromme Taumel erschien ihm als solche.

Schon hochgestimmt besuchte ich jetzt mit meinem begeisterten Freunde die Tempel. Diese Feierlichkeit des Gottesdienstes, die Stille, der liebliche Gesang, die schauernde Ahndung, die über allen Geheimnissen schwebte, die sich hier in sichtlicher Gegenwart den bedürftigen schmachtenden Sinnen darstellen wollten, entzückten mein Herz. Schon gewohnt, alles in der Natur als Rätsel, als verschlossenes Mysterium der Liebe anzusehen, erschien mir die Feier der Messe erhaben und göttlich, als Offenbarung und Kunstwerk, als Andeutung und Vollendung zugleich, und jedes gesprochene oder gesungene Wort, indem es in der ganzen Kraft seiner Bedeutsamkeit auf mich zutrat, schob einen Riegel von meinem Herzen zurück. Kunst und Natur verwandelten sich vor meinen Augen, das Element des Wassers ward verklärt, im Feuer, im Kerzenlicht der Kirche wie des Hauses sah und erkannte ich den ganzen Inbegriff des Naturgeheimnisses. Die Nächte wurden uns zu kurz, um uns alles, was sich in unserm Gemüte auftat, einander mitteilen zu können. Ein junger Abbé, ein sanfter, wundergläubiger Schwärmer, war oft der Dritte bei unsern Beratungen im Felde oder Zimmer, und seine Gelehrsamkeit, seine Belesenheit in alten Legenden und Geschichten der Kirche gab allen unsern geistigen Ahndungen Körper und Gegenwart. Ja, mein Freund, diese wundersame Rosenzeit meiner Jugend war wie das Hochzeitfest meiner Seele, und Qualen, unnennbare, bereiteten sich schon in dieser Lust, um mich zu lehren, wie schwach, wie gebrechlich der Mensch sei und bleibe.»

«Und dieser Abbé», rief Edmund, der die letzten Worte kaum gehört hatte, «wird Aubigny geheißen haben.»

«Richtig», erwiderte der Pfarrer mit großem Erstaunen, «es scheint ja, Sie kennen alle meine Jugendgespielen.»

«Durch den Parlamentsrat», antwortete Edmund, «der sich auch gern seiner Jugend erinnert. Aber fahren Sie, ich bitte, in Ihrer Geschichte fort. Ich fürchte, jener Lacoste wird nicht den vierten Mann in Ihrem Collegio haben abgeben wollen.»

«Der Arme», sagte der Geistliche, «der schon so vertraulich mit uns geworden war, zog sich mit jedem Tage mehr von uns zurück, obgleich er das Haus der Eltern noch oft besuchte. Nahmen wir uns auch vor, milde zu sein, so erzürnte uns doch sein Spott, und in seiner Kälte war er unangreifbar. Es war überhaupt nicht vorbestimmt, daß unsere Tage in Ruhe und ungetrübter Heiterkeit dahinfließen sollten.

Unter den jungen Mädchen, die das Haus meines Freundes besuchten, war seiner Braut zunächst die schönste eine Euphemia, die zarteste und holdeste Erscheinung, die meine Augen noch jemals gesehen hatten. Sie glänzte weniger, als Lucie, aber sie war noch demütiger, noch feiner und überirdischer. Auch war ihr Sinn dieser Erde schon ganz entrückt, ihre Wünsche waren auf das Kloster gerichtet, der Stand einer Nonne schien ihr der beneidenswerteste. Diese Neigung traf glücklicherweise mit den Absichten ihrer Eltern zusammen, die, wie es so oft geschieht, dem Sohne das ganze Vermögen zuwenden wollten, damit er in der Welt einen um so bedeutendern Platz einnehmen könnte.

Um ganz verwandelt zu werden, hatte meinem tief bewegten Gemüte nur noch gefehlt, die Liebe kennenzulernen. Euphemia und ich kamen uns näher, wir wurden so schnell miteinander vertraut, als wenn unser Wesen seit vielen Jahren nur auf diese Bekanntschaft gewartet hätte. Wir waren wie Bruder und Schwester, noch ehe wir uns nur über die Schnelligkeit dieses gegenseitigen Vertrauens hatten verwundern können. Bald waren wir einander unentbehrlich, sie konnte mir leichter und inniger alle ihre Gedanken und Gefühle sagen, als sie es gegen ihre Eltern vermochte, ja wie sie es selbst nicht zu ihren Freundinnen wagte. Mein Herz schwebte in der süßesten Ruhe; beim Ton ihrer Stimme, beim Blick ihres sanften Auges, wenn ich sie kommen hörte, wenn sie durch den Garten wandelte, ja wenn ich sie nur dachte, war mein Gemüt wie in Seligkeit getaucht. Die reinen Geister schweben wohl so verklärt ihrer heiligen Bestimmung entgegen, aller Leidenschaft und Unruhe, allen heftigen Trieben so völlig entfremdet. Und doch wußte ich nicht, daß ich liebte. Ich hatte mir dies Wort noch nie in den Sinn kommen lassen.

Wir sprachen über das künftige Klosterleben, über die Heiligen und ihre Wunder, und Euphemia hatte an mir den gläubigsten Schüler. Sie lieh meiner Begeisterung ein ebenso aufmerksames Ohr, und Tage und Wochen vergingen im vergnüglichen Traum. Daß Italien in der Welt sei, wohin ich eigentlich unterwegs war, hatte ich völlig vergessen.

Beauvais bezog ein Landhaus, das in der schönsten Gegend lag. Ich folgte der Familie und auch meine angebetete Euphemia begleitete ihre Freunde, denn die Mutter sowohl, wie die künftige Frau des Sohnes verehrten das wunderbare Mädchen. Welche sonderbaren Gespräche und Herzensergießungen! Die Erde und unsere Umgebung, alles, was wir wirklich nennen müssen, verschwand uns völlig, und wie in einer paradiesischen Unschuld wiegte sich unser Geist ohne Bedürfnis, aber von der innigsten, seligsten Liebe durchdrungen, wir verstanden uns ohne Worte, und wie alles Irdische dahin war, so regte sich auch kein Gefühl von Eifersucht, Argwohn oder Mißtrauen in unserer Seele.

Die Legenden, von denen viele einen himmlischen Geist der Hingebung in den geheimnisvollen Willen des Höchsten, ein Verschwinden, ja fast Selbstvernichten in inbrünstiger Liebe zu Christus aussprechen, ein tiefes, sterbendes Mitleid in der liebenden Verehrung, diese vorzüglich waren es, die unsere trunkene Begeisterung erweckten und nährten. Manche dieser Erzählungen sind widerlich und jedem Gefühl entgegen, diese umgingen wir mit künstlichen und witzigen Auslegungen, um ihnen einen mildern Sinn unterzulegen. Aber das Schönste, was uns die Sage von dieser Art aufbehalten hat, ist es doch auch zugleich, was von dem unerweckten Menschensinn am meisten mißkannt, von dem Weltverstande immer lächerlich und anstößig gefunden wird. Das Leben und die Gesichte der alten Einsiedler, mag manches auch spätere Erfindung sein, sind dem Geiste, der einmal vom Göttlichen bewegt ist, ein rührendes Wunder. Was soll ich von der Sinnesweise des heiligen Franziskus, von seiner Feuerliebe und den Erscheinungen sagen, die diesem, ganz in Demut, Erbarmen und Inbrunst aufgelösten Herzen aufgingen und gegenwärtig wurden? Nur wer den Glanz der Welt, die eigene übermütige Kraft einmal recht erkannt hat, versteht wohl dieses Gemüt. Oft lasen wir auch das Evangelium, und denn befiel ein Zittern, wie man an vielen Schwärmern es gesehen hat, vorzüglich in der Einsamkeit meinen ganzen Körper, denn Scheu und Scham hielten mich in der Gesellschaft zurück, meine Tränen und meine tiefe Erschütterung bemerken zu lassen. So verließ ich auch Euphemien an einem Morgen, einige Kapitel der Heiligen Schrift waren eben beschlossen worden. In der einsamsten Gegend des Gartens warf ich mich nieder, um meinen stürzenden Tränen ihren freien Lauf zu lassen. Die ganze Welt erbarmte mich, ich empfand eine solche Überfülle von Liebe in meinem drängenden Herzen, daß es fast in sich selbst aus Wonne zerbrach; ich las im Lukas noch einmal die Stelle, wie Christus der armen Witwe und der Leiche ihres Sohnes begegnet und mitleidig den Jüngling vom Tode erweckt. Worte gibt es nicht, meinen Zustand zu bezeichnen. Da kam der alte Beauvais mit einem Gefolge von Dienern von der Jagd zurück. Er mochte sich verwundern, mich in diesem Zustande zu finden, ging aber mit einem stummen Gruße vorüber. Ich war aufgestanden und wie eine ungeheure Gewalt ergriff es mich jetzt. Ja, sprach ich zu mir selbst, so wie du, hat noch kein Mensch geliebt; der Geist Gottes, des Vaters selbst, ist es, der sich in dir regt, alles zu beglücken, zu lieben, zu bemitleiden; in diesem, diesem hohen Momente fühl ich es als ewige Wahrheit. Ich selbst, *ich* bin der Sohn, der Gott vom Gott – und was hindert mich, diese Bäume, diese Steine hier mit dem Worte des Lebens zu berühren, daß sie in eine andere Gestalt übergehen und meine Macht beurkunden? Soll ich den Engeln, die mich umschweben, winken, daß sie sichtbar zu meinen Diensten herantreten? – Ja! es sei versucht, gewagt – – Da überfiel mich Zittern und Angst, ich stockte, und in Verzweiflung, in zerknirschter Demut stürzte ich vor meinem Schöpfer hin, in mir selbst zerbrach ich, der ich nun meinen teuflischen Hochmut gesehn, der aus der lautern Demut und Liebe emporgestiegen war; den fürchterlichsten Abfall von Gott hatte ich erlebt, in demselben Augenblick, da ich mich ihm mit allen meinen Kräften am allernächsten fühlte.

Dieser Moment, in welchem mein Geist an dem Abgrund des Wahnsinns und der Raserei schwindelte, ist mir seitdem immer als der gräßlichste meines Lebens erschienen. Ich verstand mich nun und die menschliche Natur sowie die Gefahr der begeisterten Liebesentzückungen. Hatte ich doch die Brücke selbst betreten, über welche alle Schwärmer gegangen sind, den schmalen Steig (noch glänzend immer, obgleich die Hölle schon unter ihm liegt) zwischen Tugend und Laster, zwischen Weisheit und Aberwitz, der aus der Liebe und Freundlichkeit zu Haß und Mord führt, und ich hatte nun erfahren, welch unseliger Geist die Wiedertäufer und Adamiten erregte und vielleicht jetzt in manchem Herzen der Empörer glüht und wütet. Ach! mein Sohn, der Mensch ist ein höchst armes, gebrechliches Wesen, und je mehr ihm verliehen ist, je mehr hat er zu verantworten, je heller sich der Liebesgeist in ihm entzündet, je dunkler brennt auch das Verworfene in ihm; seine Gaben, vom Himmel ihm gegönnt, können seine bösen Feinde werden, und keiner steht so fest, daß er nicht fallen könnte. Das hatten mir meine Legenden schon gelehrt, aber ich mußte es erst selbst in diesem schlimmen Sturze erleben.»

«Also doch Hölle und Teufel?» rief Edmund nach einer langen Pause. «So milde Sie früher sprachen und urteilten, so folgt denn die priesterliche Verdammung doch am Ende. O du armer Cavalier und Marion! und ihr unglückseligen Kinder, denen der Satan selbst den Namen des Herrn und die Erweckung zur Buße auf die stammelnden Zungen legt.»

«Wie sollen wir denn», sagte der Alte mild, «das nennen,

was Gott unmittelbar entgegenwirkt? Wir brauchen ja die Greuelgestalt nicht, die die Verkehrtheit ihm ersonnen hat, um ihn persönlich darzustellen; wir haben ja nicht nötig, ihm jene ungeheuren Kräfte zuzuschreiben, die die Wundersucht ziemlich märchenhaft erfunden hat; aber um so schlimmer für uns, je schwächer, je ohnmächtiger er an sich selbst ist: wie schwach sind wir dann, uns von diesem Schatten, diesem Ungrund, der Unkraft, dem Nichts, so schmählich besiegen zu lassen? Wie unsere Priester jene Eingebungen schmähen, lästern und teuflisch schildern mögen, weiß ich nicht, aber mir genügt, daß ich an mir erfahren habe, daß es eine solche Bewegung aller Kräfte in uns in göttlicher Liebe geben kann, die denn doch nicht von Gott, sondern von seinem verächtlichen Widersacher herrührt, den wir nur deswegen fürchten müssen, weil wir, das Ebenbild Gottes, durch unsere Schuld doch nur Schatten gleichsam von Schatten sind.»

Der Alte erhob sich, und ging einigemal im Garten auf und ab, um die Rührung zu überwinden, die diese Erinnerungen ihm erregt hatten. Edmund blieb tiefsinnig zurück und maß die Erzählung des Pfarrers an seinen eignen Erfahrungen. Sollte er diese jetzt schon in einem andern Lichte sehn, oder sie gar aus seinem Lebenslaufe hinwegwünschen? Am liebsten wäre es ihm gewesen, wenn er sich gegen den alten Mann recht herzlich hätte erbittern können, zu welchem ihn aber sowohl eigene Neigung, als die Seelenverwandtschaft zog, in welcher jener die Jugend mit seinen eignen Eltern verlebt hatte. Der Pfarrer kam lächelnd zurück und setzte sich wieder neben den Grübelnden. «Im Leben kann es nicht anders sein», fing er wieder an, «jedes Gefühl, jede Gesellschaft, Stimmung und Freundschaft hat ihre Geschichte, alles steigt, erreicht den höchsten Gipfel und fällt wieder. So war denn auch die schönste Eintracht in unsrer seltsamen Vereinigung schon entschwunden, noch ehe wir eine Veränderung hatten bemerken können. Der heftige Lacoste hatte zu Lucien eine gewaltige Leidenschaft gefaßt, und das fromme, sanfte Wesen fühlte sich dadurch sehr unglücklich, ob sie sich gleich auch von dem jungen Beauvais mehr zurückzog. Darüber wurde dieser anfangs verlegen, dann geängstigt und über Lacoste ergrimmt, dem er bis dahin mit vieler Liebe war zugetan gewesen, indem er glaubte, daß dennoch eine geheime Neigung zu diesem wilden Menschen seine Braut ihm so sichtlich entfremdete. In dieser Spannung vermieden sich die beiden Freunde, und mußten sich doch in der Gesellschaft immer wieder treffen: eine heitere Mitteilung und gegenseitiges Verständnis schien unmöglich, so daß der Groll, vorzüglich bei Lacoste, immer tiefere Wurzel schlug, der sich auch nach einiger Zeit nur wenig mehr bezwang, seinen Widerwillen gegen Beauvais öffentlich kundzugeben. Bald aber war meine eigene Stimmung von der Art, daß ich die andern um mich her nicht mehr beobachten konnte. Euphemiens Bruder, der Stolz der Familie, versank in eine Krankheit, die eine Auszehrung zu werden schien, und nun dachten die Eltern daran, die Tochter mit einem vornehmen Manne zu vermählen, um durch sie ihren Namen und ihr großes Vermögen in der Welt noch wirken zu lassen.

Als Euphemia mir das erstemal über diesen Gegenstand sprach, war sie fast ohne Verlegenheit; ihr Ton war so sicher und ruhig, als wenn sie von einer Fremden erzählte. Ich hatte die Empfindung, als wenn sie mir ein albernes, unmögliches Märchen vortrüge, so rein, hoch und unerreichbar stand sie in meiner Phantasie. Ich hätte mich fast ebenso leicht überreden lassen, daß man mit einem Heiratsprojekt für den Abendstern umginge. Aber in der Nacht, auf meinem einsamen Lager, gewann alles eine andere Gestalt. Ich sollte mich und die Welt wieder, und wie schmerzlich, kennenlernen. Soll sie der Erde angehören, fragte ich mich selbst, warum denn nicht am ersten zunächst mir? Mir, dem sie schon eigen ist, so wie meine Seele in der ihrigen wohnt?

Die verhüllte Sehnsucht, die bis jetzt im süßesten Rausche geschlummert hatte, brach nun aus ihrer Knospe los, und blühte und glänzte in einer Wunderblume, die tausend purpurne Blätter entfaltete. Ich empfand es zum ersten Male recht innig, daß auch das, was ich bis dahin nur das Irdische genannt hatte, himmlischen Ursprungs sei. Ich schien mir berufen, in meiner reinen Liebe das hohe Bild der Ehe als ein echtes Sakrament zu erneuen, in einer so heiligen Vollendung, wie man es selten, vielleicht nie, auf Erden findet. Euphemia erschrak vor meinen Planen, vor meiner feurigen Überredung, vor meinem Unternehmungsgeiste. Je mehr ihr Zaudern, ihre Ängstlichkeit meine Leidenschaft erhöhte, um so mehr erschien ich ihr wie ein fremdes Wesen, das sie bis dahin noch gar nicht gekannt hatte. Sie sollte aus ihrer gelassenen Ruhe erwachen, so verlangte es meine Liebe, aber sie erschrak vor dem Gedanken, ihre Eltern nur irgend zu kränken, sich ihnen zu widersetzen war ihr unnatürliche Sünde, und alles, was ich ihr von Entführung, Gewalt und Tod vordeklamierte, betäubte nur ihren zarten Sinn, wie man beim Toben des Wasserfalles keine Rede vernehmen kann. Meine gesteigerte Leidenschaft erwuchs fast zur Raserei. Sie liebe mich nicht, ich sei ihr verhaßt, sie neige sich schon ihrem Bräutigam zu, den ich eifersüchtig verfluchte, den ich und mich zu ermorden drohte: alle diese wahnsinnigen Worte hörte sie in leidender und liebender Geduld. So war mir denn auch dieser Himmel zerbrochen, und schwarze Dämonen grinsten mir an denselben Stellen entgegen, wo mein trunknes Ohr sonst den Flügelschlag der Engel vernahm, wo mir aus verklärtem Antlitz ehedem ein süßes Lächeln entgegenblühte, wie tauglänzende Rosen im Morgenrot.

Freilich wird meine Seele wieder jung, wenn ich dieser Tage gedenke. Ach! man wird nicht alt, wenn man so wie ich in der Einsamkeit nur seinen Erinnerungen lebt. Noch schlimmer als mir ging es dem armen Lacoste. Er verzehrte sich, er war krank und wünschte sich den Tod. Unter gräßlichen Worten rief er ihn oft herbei. Sein Anblick hatte etwas Herzzerreißendes. Auch mein Freund Beauvais war blaß geworden, auch sein Jugendland zerrann in Nebel. Ach! es gibt nichts so Fürchterliches, als an dem Wert des geliebten Gegenstandes zweifeln zu müssen; das tut weher, als verschmähte Liebe.

Und in diesen Schmerzen verging jetzt der Arme. Auch mir war Lusie rätselhaft, wenn ich einmal meinen Blick auf sie richten konnte, und sie sowohl wie Euphemia waren gespannt und ängstlich, suchten und vermieden die Einsamkeit, wollten ihr übervolles Herz gegeneinander, oder gegen den Geliebten ausschütten, und konnten doch die Stunde, konnten vielleicht den Mut dazu nicht in sich auffinden. Alle dieselben Menschen, die noch vor kurzem wie harmonische Töne befriedigend ineinander geklungen hatten, schrieen jetzt in gellenden Dissonanzen gegeneinander: die scheinbare Heiligkeit hatte sich in menschliche Torheit umgesetzt, und keiner verstand mehr den andern, sowenig wie sich selbst. Es war, als wenn der alte Beauvais von der ungeheuren Verwirrung etwas ahndete, denn er betrachtete uns oft alle mit finstern und forschenden Blicken.

Endlich lösete sich diese Verschlingung wieder. Der Bruder Euphemias fing wieder an zu genesen, die vorigen Projekte traten wieder ein, und meine verwilderte Leidenschaft mußte nach und nach einer stillen Resignation Raum geben. Doch war es auch nur diese, denn ich wollte erst noch meine geglaubten Rechte geltend machen, bis ich sah, daß die zarte Euphemia in diesem Sturme untergehen müsse. Lucie erklärte sich endlich für Beauvais und es fand sich, daß nur sein noch immer zu vertrauter Umgang mit Lacoste sie von ihm entfernt hatte. Ihr war die Furcht nahegetreten, daß er wohl selbst zu den freigeisterischen Gesinnungen des Nebenbuhlers hinneigen möge. So groß war ihre Liebe zu ihrer Kirche, daß sie den Entschluß gefaßt hatte, lieber den teuren Verlobten aufzuopfern, als in einer Nähe von Überzeugungen zu leben, die ihr durchaus gottlos dünkten. Und es ist wahr, je mehr wir schwärmten und nur in einer einzigen Gestalt die Wahrheit und das Göttliche erkennen wollten, um so mehr benutzte Lacoste jede Veranlassung, seinen Unglauben auszusprechen. Ja, so elend er sich auch fühlte, so suchte er dennoch aus einer gewissen Eitelkeit jede Gelegenheit auf, seine Starkgeisterei witzig, spottend, oder mit heftiger Leidenschaft darzulegen, und sein Unglück hatte ihm ein so bittres Gefühl gegeben, daß er zuweilen wie ein begeisterter Prophet des Atheismus unter uns stand, und in so sonderbaren Gleichnissen und Bildern, in so bewegter und erhabener Sprache redete, daß die frommen Mädchen sich mit innigem Grauen von ihm abwendeten.

Wir hatten uns alle recht ausgeweint, waren versöhnt und friedlichen stillen Herzens, als Lacoste in unsere Rührung und fromme Unterhaltung trat. Beauvais eröffnete ihm, was er von Lucien erfahren, und wie er unsere Gesellschaft meiden müsse, um das Glück der Liebenden und der nahen Ehe nicht zu stören, vielleicht unmöglich zu machen. Dieser Schlag kam dem Armen unerwartet. Seine ganze bleiche, gramzerstörte Gestalt zitterte heftig, wie in Krämpfen, er konnte lange keine Worte finden, und als sie endlich seinen bleichen Lippen entströmten, suchte er uns zu überreden, daß ein solches Verbannungsurteil von ehemaligen Freunden mindestens zu hart sei, daß er für seine Leidenschaft sowie für seine Überzeugung nicht so schnell alles vermöge, daß er aber beides bekämpft habe, und in unserer Gesellschaft noch kräftiger dagegen streiten werde. Aber Beauvais war an diesem Tage mit männlichem Mut und Entschluß gerüstet, sein bisheriges Verhältnis zu Lucien hatte ihn zu unglücklich gemacht; er drang auf die unmittelbare Entfernung des Friedenstörers; der Abbé Aubigny vereinigte sich mit ihm, die fromme Euphemia war eifrig, und am entschiedensten Lucie selbst, auch ich schloß mich diesem Chore an, und wir alle erklärten bestimmt wie aus einem Munde: der Gottlose solle nicht ferner in unserer Nähe wandeln, es sei unsere Pflicht, die Liebe, Christus selbst verlangten von uns, ihn zu verbannen, weil durch seine Nähe unsere Religion beschmutzt, wenn nicht selbst gefährdet werde. Als Lacoste uns in diesem frommen Eifer beharren sah, ließ er seine Bitten und Demut fahren, und ein ungeheurer Zorn bemeisterte sich des gekränkten Menschen. Seine Augen flammten wieder, und er verfluchte sich und uns alle mit den bittersten Verwünschungen: daß wir das Glück nie finden sollten, daß uns Elend nachjage, daß Beauvais aus dieser Ehe nur Jammer und Gram ernten, und an seinen liebsten Kindern Unheil, Kummer und Verbrechen erleben möchte.» –

Edmund seufzte schwer. – «So», fuhr der Priester fort, «verließ uns der Arme und stürzte wie ein Rasender aus dem Hause. Es bedurfte nur weniger Zeit, um uns zu besinnen, und von einer heißen Beschämung durchglüht zu sein. In der frommsten Stimmung, im Gefühl der reinsten Liebe, wie wir es wähnten, waren wir gegen einen Mitbruder, gegen einen Freund grausam gewesen, der Schonung und Mitleid verdiente, wenn er auch auf falschem Wege verirrt war. Beauvais besann sich am frühesten, und zürnte über sich und uns alle am heftigsten; Inquisitoren schalt er uns, die denjenigen, der anderer Meinung ist, als sie, mit kaltem Blute zum Scheiterhaufen verdammen. Es wurde schnell nach der Stadt in Lacostes Wohnung gesendet, aber er war in der Wut schon abgereist, niemand wußte, wohin. Dort hatte er im Hause alles zerschlagen, und einen jungen Aufwärter, der ihn hatte beruhigen wollen, mit seinen Riesenkräften so gemißhandelt, daß der Arme für tot den Wundärzten übergeben war. Er hatte ihm den Kopf zerhauen, so daß man an seinem Aufkommen zweifelte, mit Tischen und Stühlen, die er auf den Schwachen warf, ihm beide Beine zerschmettert. Waren wir erst schon beschämt gewesen, so hätten wir uns jetzt in den Klüften der Erde verbergen mögen, als wir erfuhren, daß dieser junge Bursche, von der gemeinsten Erziehung und ohne alle Wissenschaft, sowie er nur zur Besinnung gekommen war, während des Verbandes unter Folterschmerzen, für den Mann, der ihn so beschädigt, zu Gott gebetet hatte, daß er dem Armen verzeihen und helfen möge, der ja unaussprechlich, unendlich unglücklich sein müßte, weil er in seinem Schmerze an einem Unschuldigen dergleichen habe ausüben können. Wer ist der wahre Christ? fragten wir uns; wer der Bekenner der Religion der Liebe? Ach! wir hatten so viel geschwärmt, wir glaubten so vieles erfahren zu haben, das Tiefsinnigste lehren zu können, wir sahen täglich mit geringschätzendem Mitleid auf die weniger Erleuchteten hin, die unserer erhabenen Rührungen nicht fähig waren – und nun mußten wir uns doch gestehen, daß wir noch jenseit des Anfangs ständen; es war uns recht, daß wir als elende Schüler bei einem jungen, unwissenden Aufwärter eines Gasthofes in die Lehre gehen mußten.

Ich will beschließen. Noch ehe mein Freund seine Vermählung feierte, nahm meine Euphemia den Schleier. An demselben Tage, so hatten wir es ausgemacht, ließ ich mich in dem Schoß ihrer Kirche aufnehmen. Erst hatte ich auch Mönch werden wollen, aber da ich es verschob, ließ ich mich endlich in der Ferne zum Priester weihen, und ward in diese einsame Stelle des Gebirges versetzt. Von meinen Freunden, von Euphemia habe ich seitdem nie etwas erfahren; ich wollte es nie, habe es vermieden, sie jemals wiederzusehen, um mir die Schmerzen der lebenstiefen Verwundung nicht zu erneuen. Und doch ist es auch nur Schwäche, den Schmerzen aus dem Wege zu gehen.» –

Es war dunkel geworden, und die beiden Freunde begaben sich in das erleuchtete Zimmer, um das kleine Abendmahl einzunehmen. Die jungen Bauern traten wieder herein, die schon früher da gewesen waren, und führten ein junges schönes Mädchen mit sich. Diese zeigte dem Pfarrer die Blumen und den Schmuck, womit sie morgen bei der Feierlichkeit das Bild der Mutter Gottes putzen wollten. «Nun endlich», sagte der junge fröhliche Caspar, «ist die Zeit gekommen, hochwürdiger Herr, daß ich meine Louison, meine Braut heimführen kann. Sie wissen es ja, wie sie das morgende Fest noch als Jungfrau erleben wollte, um unsere Maria tragen und dabei singen zu können. Es hat mir weh genug getan, mein Glück noch so lange aussetzen zu müssen, aber sie bestand nun einmal auf ihren frommen Eigensinn. Je nun, es ist mir auch lieb, einen so heiligen Schatz und eine so christliche Ehefrau zu haben. Nur gut, daß alles noch so glücklich abgelaufen ist; denn wer kann immer wissen, welch Unheil dazwischenkömmt, wenn der Mensch sein Schicksal auf solche Probe stellt, und sich an Tage und Stunden bindet. Haben wir doch nun zur Hochzeit schon alles eingeschlachtet, und alle Not und Furcht ist überstanden.»

«Wie du sprichst», sagte die blühende Louison, der ihr nahes Glück und die Erfüllung aller Wünsche aus den Augen lachte. «Ich bin dir schon seit zwei Jahren gut gewesen; aber soll ich denn darum die Mutter Gottes weniger lieben? Ach! die Geschichte, wie sie zu uns gekommen ist, ist doch gar zu rührend, und darum müssen wir auch dankbar gegen sie sein. Sehen Sie, mein fremder Herr, ehe das Dorf hier stand, da war alles nur Fels und Wald weit umher. Kein Weinstock, kein Ölbaum war hier zu finden. Da geht ein armer Holzhauer, der weit hergekommen war, in den wilden Forst, um sich einen Baum zu fällen, zu seiner Hantierung. Da hört er, wie er das Beil ansetzt, ein Seufzen, und wie er mehr hinhorcht, einen Gesang. Ein Licht erscheint im finstern Wald, und oben im Baum, im Eichstamm, sitzt wie in einer Höhle das Muttergottesbild, und befiehlt ihm, an derselben Stelle eine Kirche zu bauen. Der Mann verkündet das Wunder, man lichtet die Holzung, und hinter dem Altar unserer Kirche steht noch derselbe alte Eichenstamm, in dem die heilige Jungfrau wohl schon seit undenklichen Zeiten gewohnt hatte, zum ewigen Wahrzeichen und Andenken. So ist unsere gute Kirche gestiftet, so ist das Dorf entstanden und die Menschen haben sich nach der lieben Stelle hergezogen, denn die Maria hat auch nicht länger so in der Einsamkeit wohnen wollen. Sieh, Caspar, so wäre ohne unsere gnadenreiche Mutter kein Haus, kein Mensch hier, und unsere lieben Eltern und ich und du wären auch nicht in der Welt und auf diesem Fleck der Erde, und darum müssen wir ihr auch dankbar sein.»

«Alles gut», sagte Caspar, «aber eben weil sie so liebreich ist, würde sie uns auch gewiß aus gutem Herzen unser Glück schon viel früher gegönnt haben. Gott und die Heiligen sind nicht, wie wir Menschen, die wir oft auf einen kleinen Punkt so ehrgeizig halten, und darüber die rechte Ehre versäumen.»

«Nicht wahr, Caspar», sagte Louison lachend, «wenn deine neue Jacke mit den blanken Knöpfen nicht wäre fertig geworden, so hättest du um diese die Hochzeit gerne noch lange aufgeschoben?»

So lachend und schäkernd entfernten sie sich wieder, um noch den Küster aufzusuchen, mit dem sie Abrede treffen wollten, wie die Blumen und Laubschnüre am Altare am besten könnten befestigt werden. Der Alte fühlte sich glücklich, daß seine Beichtkinder ihm mit diesem kindlichen Vertrauen gerne nahten, und ihn ebenso als Vater ehrten, wie sie sich ohne Scheu auch im Spiel und Scherz zu ihm gesellten. Edmund war ernst und melancholisch; als man sich trennen wollte, um schlafen zu gehen, fragte er den Priester noch einmal, indem er dessen Hand ergriff: «Nun, alter Herr, haben Sie denn nachher in Ihrem Stande das Glück gefunden, von welchem Sie in Ihrer Jugend träumten?»

«Glück?» sagte er Alte; «was nennen die Menschen so? Und wozu wären denn ihre Träume, wenn es in der Wirklichkeit anzutreffen wäre? Ich sah bald, anfangs mit herbem Schmerz, daß ich zu begeistert war, daß meine Amtsgenossen, meine Obern meinen brennenden Eifer nicht teilten, ihn wohl mißbilligten, oder gar für Ketzerei und falschen Enthusiasmus erklärten. Ihnen war es mehr um ihre Zunft, um die Begründung ihres Standes, den Einfluß auf die Welt und das Binden der Gemüter zu tun, als daß sie die Inbrunst in sich entzündet hätten, oder jenen Glauben in der Rührung gesucht, der meinem Leben so notwendig war. Nun, etwas spät, kam ich darauf, die Lehrer meiner jetzt verlassenen Kirche zu prüfen, und ich fand denn auch, daß sie nicht so durchaus dem Christentume feindlich seien, wie ich gewähnt hatte. Immer deutlicher glaubte ich wahrzunehmen, daß viele Wege zum Herrn führen, und daß er, wie er es ja auch selbst verheißen, in seinem Hause viele Wohnungen zubereitet hat. Was die Neuern wollen, die die Kirche gespalten haben, wollten schon manche der Apostel und frühesten Lehrer. Ich hoffe, diese Trennung bewährt eben die Ewigkeit des Wortes. Auch sah ich ein, daß, um einen geistlichen Staat zu bilden, eine große Gemeinschaft darzustellen, bei vielen vieles von jenem Enthusiasmus der Einsamkeit untergehen muß, um nur die Satzung aufrechtzuerhalten, die Kraft, die doch allein nur wieder für jetzt wie für die Zukunft jenen innigsten Geist der Liebe möglich macht und ihm eine Freistatt zubereitet. Es wurde meiner Liebe vergönnt, hier in einer kleinen Gemeinde, von der ganzen Welt zurückgezogen, fast wie ein Einsiedler zu leben, und so mir selber Genüge zu tun. Ich verehre den Körper unserer Kirche, und zürne nicht mit ihm, daß er nicht immerdar Geist ist; ich verzeihe es dem Buchstaben, wenn er den Geist zuweilen zu töten scheint, weil ich der Weisheit und der Liebe des Allmächtigen vertraue, der alles so zu seinem Endzwecke hinausführt.»

So trennten sie sich. Edmund konnte nicht schlafen. Wie zerstörend wirkten alle Worte dieses Greises auf ihn, dem er so unerwartet nahgekommen war, von dem sein Vater ihm in seiner Kindheit oft erzählt hatte. Er ängstigte sich, und betete andächtig, daß doch nur mindestens jener Aufruhr, den zu erregen er ausgesendet war, sich nicht in dieses Tal, auf das ehrwürdige Haupt dieses stillen Eremiten wälzen möge. Aber freilich wußte er es selbst am besten, wie dies unmöglich, wie das Schreckliche unausweichbar sei. Im kurzen Schlafe ängstigten ihn furchtbare Träume, und mit den Grauen des Morgens eilte er über den Berg zu Lacoste hinüber, um diesen an Roland und Cavalier abzusenden.

Martins Wunde hatte sich indessen durch die sorgfältige Pflege seines Arztes auffallend gebessert. Eveline war mit ihm bald vertraut geworden, und der junge Mensch schien sie, noch mehr aber den Vater, auf das innigste zu lieben. Er drängte sich mit demütiger Ergebenheit zu jedem Dienste, und war nur froh, wenn er dem Herrn von Beauvais ein Lächeln abgewinnen konnte. Als der Vater jetzt mit der Tochter vom Felde zurückkehrte, sagte diese zu ihm: «Nicht wahr, mein Vater, wenn ich einmal groß bin, werde ich mich auch wohl verheiraten müssen?»

«Wahrscheinlich», antwortete der Herr von Beauvais.

«Nun alsdann», fuhr sie fort, «gib mir den jungen hübschen Martin zum Manne.»

«Er gefällt dir so sehr?» fragte der Vater.

«Nicht bloß deswegen», sagte Eveline, «sondern weil ich gern eine gute Ehe führen möchte, und solche, wie ich gehört habe, findet man nicht so gar häufig. Aber mit unserm Martin würde ich recht glücklich sein, und er führt sich ja auch schon so auf, als wenn er dein Sohn wäre. Und ich, wenn ich zu ihm sage: ‹Martin! setze dich daher zu mir! Steh wieder auf! Hol mir die Blume dort! Jetzt erzähl mir etwas!› Oder: ‹Weg, jetzt will ich mal allein sein!›, sieh, so tut er alles das so genau, und auf den Wink, wie ich es noch nie gesehen habe. So haben mir weder Martha, noch Joseph, am allerwenigsten der alte eigensinnige Franz aufs Wort gehorchen wollen, das war ein ewiges Hofmeistern; mit solchem blanken aufgeputzten verständigen Ehemanne aber möchte das Ding noch schlimmer ausfallen, und darum will ich mir auch den Martin nehmen, wenn du es mir erlaubst.»

«Er ist aber nur Bedienter», sagte der Rat.

«Du hast selbst gesagt», schwatzte das Kind, «er sähe nach was Besonderm aus. Er ist gewiß guter Leute Sohn. Durch die Rebellion sind wir ja nun auch in Elend geraten, und das kann noch schlimmer werden, darum muß man sich früh nach einer Hülfe umsehen.»

«Und wenn er dich nicht will?»

«Ich habe ihn schon heut morgen gefragt, da lachte er ganz laut, was ich noch nicht an ihm gesehen hatte, darauf wurde er wieder ganz ernsthaft, seufzte und küßte mich auf die Stirn. Das, denk ich, ist Antwort genug.»

In dem kleinen Garten fanden sie unter der geflochtenen Laube Gottfried und den langen Dubois am eichenen Tische sitzen, die Frau war in der Küche beschäftigt. Sie setzten sich zu den beiden, und der Musiker war eben in lebhafter Aktion begriffen. «Hört Ihr, Gevatter», rief er, «den Ton, wenn ich hier drücke und anhalte, wißt Ihr, was ein solcher Ton zu bedeuten hat?»

«Ja», sagte Gottfried, «hübsch genug ist er.»

«Nun gebt acht», sagte Dubois, «wie ich jetzt übergehe, und den Triller schlage, der nachher noch in den tiefen Tönen fort tremuliert, und wie die Hand unterdes hier im Basse arbeitet. Versteht Ihn nun diesen vielstimmigen Satz? Hört zu! Seht, das nenne ich gründliche Komposition.»

«Ja, es ist artig», sagte Gottfried, «– die Pfoten kann er nun alle bewegen.»

«Denkt nicht an Euren dummen Hund», rief Dubois, «so gut wird es Euch nicht oft, eine Sonate von Lulli zu hören. Habt die Gedanken hübsch beisammen. St! nun gehen wir plötzlich in Moll über, cis! hört Ihr! Ach, die Passage ist hinreißend.»

«Reissuppe muß er heut abend essen», sagte Gottfried.

«Könnt Ihr Musik vertragen, Peter Florval?» rief der Musiker begeistert zum Parlamentsrat hinüber; «manche Nerven können sie nicht verdauen. – Nun gelangen wir zum Schluß. Forte! Forte! Gehalten! Immer zu! Was meint Ihr? Ei, nun kommt noch die schwerste Passage. Das ist ein Satz, der verlangt Finger und Kunst. Das springt rechts und links. Nun fahr ich mit der rechten Hand in den Baß; nun springt die linke in den Diskant hinüber. Seht, nun arbeite ich immer kreuzweise; nun mit allen zehn Fingern! Und wieder! Und wieder! Es täte not, daß ich die Ellenbogen mit zu Hülfe nähme. Aus! aus! Fertig! Aber vortrefflich geschrieben ist es. Nicht, Gevatter?»

«Er wird doch im Anfang mit Vorsicht laufen müssen», sagte Gottfried.

«Immer noch die Hundegrillen?» schmollte Dubois, «schlagt Euch doch die vierbeinigen Gedanken aus dem Sinn, und lebt einmal ganz der Kunst!»

«Ich muß nachher noch die Wünschelrute schneiden», sagte Gottfried still für sich hin.

«Halt!» rief der lange Musikus, indem er aufsprang, «da bringt Ihr mich auf einen Gedanken, den ich Euch schon lange habe mitteilen wollen. Wißt Ihr mit solchen Sachen umzugehen?»

«So, so», sagte Gottfried: «ich habe mir meinen Brunnen damit aufgefunden, und auch einigen Nachbarsleuten geholfen.»

«Und Schätze?» rief Dubois.

«Wasser», sagte der Chirurgus, «ist kostbar genug, das andere habe ich nie probiert.»

«Ihr wißt vielleicht», fuhr der Gevatter fort, «es sind noch nicht zehn Jahre her, als der Jacob Aymar aus der Dauphiné durch seine Wünschelrute einen weitentlaufenen Mörder entdeckte. Die Geschichte hat damals in Lyon und Paris das allergrößte Aufsehen gemacht. Ich war mit meinem Bruder, dem weltberühmten großen Doktor, dazumal noch in Paris und habe den einfältigen Bauersmann selber gesehen, der solche Wundertaten verrichten konnte. Mein Bruder, der ein sehr spekulativer Philosoph ist, machte sich damals über diese außerordentliche Entdeckung her, und stellte allerhand merkwürdige Versuche an, sogenannte Experimente, sogar in Gegenwart hoher Herrschaften, und sie fielen glücklich aus. Die Rute muß aber vom Haselzweig gerade um Mitternacht beim Vollmond, und ohne etwas dabei zu sprechen, geschnitten werden.»

«Das ist Aberglauben», sagte Gottfried; «jede Rute ist gut dazu, wenn die Hand die Gabe hat.»

«Was wißt Ihr», rief jener eifernd, «vom *philosophia occulta*? Ihr seid einmal in allen Dingen den Skeptikern zugetan. Meint Ihr, daß Mosis Stab etwas anders als eine solche Wünschelrute war? Geld muß sie finden, ebensoleicht, als Wasser; ja die Gedanken muß sie erraten können, und dadurch künftigen Verbrechen vorbeugen. Jede Stadt, jedes Dorf sollte in einem vernünftigen Staate seinen privilegierten Rutengänger haben.»

«Gottlosigkeit», sagte Gottfried, «es geschieht schon ohne

diesen Aberglauben des Unheils genug. Allen solchen Gesellen täte die einfache Haselrute auf dem Rücken gut.»

Der Musikus zog ein schiefes Gesicht und wollte zornig antworten, als Eveline ein lautes freudiges Ach! ausrief. Ein alter Bauer ging vorüber, dem ein großer Hund folgte. Der Herr von Beauvais war aufgestanden, Eveline errötete, und blieb auf einen Wink ihres Vaters zurück. Der alte Bauer warf einen forschenden Blick in die Laube, der Rat verneinte aber mit den Augen, ohne daß es die Umstehenden bemerken konnten, und so schritt, ohne von der Gesellschaft Kenntnis zu nehmen, der Bauer weiter. Aber nicht so der große Hund, der, sowie er nur die Witterung gepürt hatte, augenblicklich über das Staket des Gartens setzte, und mit Heulen und Freudewinseln um den Rat und die Tochter in hundert muntern Sätzen sprang, und sich dann niederlegte, sich an den Personen aufrichtete und sein Spiel immer wieder von neuem trieb. Eveline rief vergeblich: «Fort! fort! was will der fremde garstige Hund hier?» Sie wollte zornig tun, und mußte doch über die possierliche Behendigkeit des wohlbekannten Hektor endlich laut lachen.

«Peter Florval», sagte Dubois, «dem Hunde müßt Ihr eine bekannte Person sein.»

«Daß ich nicht wüßte», sagte der Rat etwas verlegen; «er müßte denn von irgendeinem Hofe meiner ehemaligen Nachbarschaft kommen.»

«So wird es sein», antwortete der Musikus; «der Bauersmann hätte nur hereintreten sollen; was scheut er sich denn vor uns? Wir sind ja doch so vornehme Leute nicht.»

Hektor, der jetzt den alten Franz aus der Ferne pfeifen hörte, stand unentschlossen auf dem Sprunge, sah den Rat fragend an, und schien dann Franz zu erwarten, worauf er wieder um Eveline tanzte; doch rief ihn endlich ein zweites, lauteres Pfeifen ab. Der Rat sagte: «Ich muß doch einmal nachsehen, ob ich den Alten kennen sollte, komm mit mir, meine Tochter.» – Beide verließen den Garten.

«Man ist leicht zu vorsichtig», bemerkte er, nachdem er

seinen treuen Diener bewillkommt hatte; «wußtest du nur, wofür wir hier galten, so wäre es besser gewesen, gerade hereinzutreten. Aber du hast Herrn Vila noch nicht gesprochen?»

«Unmöglich», sagte Franz, «konnte ich ihn schon aufsuchen, denn meine Reise hat mich zu lange aufgehalten: ein Ohngefähr führt mich durch dieses Dorf, wo ich Sie wahrlich nicht vermutete, die Königlichen, die in großen Scharen das Gebirge belagert halten, zwangen mich, von der großen Straße abzugehen. Aber jetzt, mein teurer Herr, kann kein Mensch über die Grenze, die Wachen und die Vorsicht sind verdoppelt; jeder ist schon im Lande verdächtig, wieviel mehr, wenn er es verlassen will, und selbst die Pässe der Regierung werden nicht mehr respektiert.»

Es wurde verabredet, daß Franz nach St. Hippolite, zu Vila gehen und nach einiger Zeit mit Nachrichten wiederkehren sollte, niemals aber, wie schon früher unter den Freunden war ausgemacht worden, Briefe oder Geschriebenes bringen. Als der Rat mit dem Kinde nach seiner Wohnung zurückkehrte, sagte dieses: «Ich hätte unsern Hektor in meinem Leben nicht für so dumm gehalten; er merkte doch auch gar nichts, ich mochte ihm winken, so viel ich wollte. Und doch kann er auf der Jagd und sonst Kunststücke, die ich niemals hätte lernen können; aber freilich, sooft ich ihm auch nur den allerkleinsten Spaß habe vorerzählen wollen, oder wenn der Bruder ausgegangen, und daß er bald wiederkommen würde, hat er mich niemals verstanden. Wenn es nur nicht mit uns Menschen auch auf eine ähnliche Art ist. Vielleicht laufen wir auch nur so wie Hündchen neben den Engeln hin, die uns manches beibringen, und deren Sprache und rechten Verstand wir doch nimmermehr begreifen können.»

«Wenigstens», sagte der Vater, «soll der Mensch das nicht mit Gewalt ergrübeln, oder mit trotzendem Enthusiasmus sich herunterzwingen wollen, was ihm von seinem Schöpfer versagt ist. Doch das verstehst du bis jetzt noch nicht, mein Mädchen.»

«Es muß herrlich sein», erwiderte die Kleine, «alle Gedanken, die uns von Gott erlaubt sind, zu begreifen. Das beschert er uns wohl alles so nach und nach, wenn wir fromm und artig sind? Was ich dich immer mit Freuden angesehen habe, mein Vater, wenn du so stundenlang bei deinen großen Büchern saßest, von denen ich kein Wörtchen verstand, und du das Auge manchmal so freudig aufhobst, oder weiter nachdachtest; du glaubst nicht, wie gut das läßt, und wie hübsch es sich einem gescheiten Manne zusieht, wenn er recht tiefsinnige Gedanken bekommt.»

Sie waren zu ihrem freundlichen Hause zurückgekehrt, und Martin erwartete sie mit den übrigen. «Es ist doch abscheulich», fing Frau Barbe an, «daß die Cameelsarten so ruchlos geworden sind, daß in diesem Jahre keine Prozession nach dem Dorfe kommen kann, das nur sechs Stunden von hier liegt. Über den Berg kann man in drei Stunden hin, und die erbauliche Sache habe ich sonst in keinem Jahre versäumt.»

«Also kein Kirchenfest heuer?» fragte Dubois. «Nun, kein Wunder; müssen ja selbst die großen Jahrmärkte eingestellt werden.»

«Wenn nur der türkische Großsultan», fuhr Barbe fort, «und der heidnische Marrelburg nicht noch mit den Rebellen eine Aalgans verfertigen, daß wir völlig in das Miserere geraten, denn man kann nicht wissen, was der politische Konjunktiv uns noch in diesem Jahre alles liefern wird: alles Indikativen, sagte unser Pfarrer noch gestern, versprächen keine sonderliche Propertät, und wir kämen wohl gar mit dem neuen Jahr völlig im Quark zu liegen.»

«Spart doch, Gevatterin», sagte Dubois lächelnd, «die gelehrten Redensarten, in denen Ihr ja doch immer konträren Wind habt und das Lavieren nicht recht versteht.»

«Wenn ich sie ausgebe», fuhr ihn Barbe ungeduldig an, «vertu ich denn etwa was von Euren Kapital-Interessen? Ich setze doch nur das Meinige dabei zu, und was ich irgend Misikamente verlange, so steht da mein Alter, und Ihr braucht mir keine fremde Lawierung anzubieten. Dergleichen Phrasen und Lohegrifen sind überhaupt gar nicht schicklich. Was muß mein ehrbarer Vetter davon denken? Der meint gewiß, wir leben so recht unschanzelant miteinander, als wenn wir gleichsam Ehegars miteinander hätten. Es bleibt doch ewig wahr, wer einmal Viertose gewesen ist, der kann niemals wieder ein einfacher Mensch werden, die Pomologie, oder Gutherzigkeit oder Hamannität ist für ihn verloren.»

«Ereifert Euch nicht, Gevatterin», sagte der Musikus, «es ist mir nicht im Traum eingefallen, Euch zu beleidigen.»

«Bringt nur nicht», zürnte sie weiter, «Eure Träume und Traumpetergeschichten wieder an, denn die sind mir schon so widerhaarig, wie Eure Sarenaten auf meinem Tisch da. Der hat sich's auch nicht träumen lassen, daß er noch einmal in seinen alten Tagen eine Testatur abgeben sollte.»

«Still!» sagte Gottfried, «du verstehst das alles nicht, Barbe, denn die Leute laufen da drüben so zusammen: was ist denn vorgefallen? Laß den Gevatter Klavier spielen, er hat seine eigenen Finger dazu und nicht deine, sondern es muß was Neues vorgefallen sein, ich höre auch gerne zu, daß wir doch wohl die Nachbarn fragen müßten.»

So die verschiedenen Reden unbewußt durcheinanderwerfend, weil er neugierig war, und doch auch antworten wollte, fragte er jetzt einen Vorüberlaufenden, warum die Nachbarschaft so in Aufruhr schiene. «Man hört in der Nähe stark schießen, drüben im Tale soll alles bunt übereck gehen», rief eine Bäuerin.

Alle traten aus dem Garten, und so wie der Luftzug strömte, hörte man deutlich Feuern von kleinem Gewehr.

«Uf!» seufzte Dubois, «wer jetzt noch die Berge erklettern könnte. Droben muß man es viel deutlicher vernehmen.»

«Ich mag nichts», sagte Gottfried, «mit Krieg und Kriegesgeschrei zu tun haben. Die armen, schönen, ruhigen Dörfer; bis hierher haben wir zur Zeit noch nichts davon gehört, außer einmal im ersten Anfange, nun kriegen wir den schlimmen Besuch wieder.»

«Da drüben», meinte die Frau, «haben sie das wundertätige Muttergottesbild, das wird sie alle beschützen, dagegen können die Rebellen nichts ausrichten; Feuer und Schwert, Kugel und Hieb kann dem himmlischen Wunderwerk nichts anhaben.»

Versprengte leichte Jäger jagten durch das Dorf. Sie erkundigten sich nach den Wegen, und wollten über den Berg die Ihrigen wieder suchen, von denen sie waren abgeschnitten worden.

Der Trompeter machte sich mit wichtiger Miene an den Offizier, indem er ihm eine Bergstraße anwies, auf welcher die Pferde zur Not fortkommen könnten. «Ich habe selbst die Ehre gehabt, in der königlichen Garde zu dienen»; setzte er vornehm hinzu.

«Als was?» fragte der junge Offizier.

«Es war mir vergönnt», antwortete jener, «erster Trompeter des Regimentes zu sein. Wie steht es, Herr Capitain, mit den Rebellen?»

«Vergönnt mir, Trompeter», antwortete der Anführer, «Euch darauf bis auf Wiedersehen die Antwort schuldig zu bleiben. Die Kerle sind vom Teufel besessen, und es geht uns schlecht. Könntet Ihr sie wegblasen, so wollten wir Euch mitnehmen.»

Damit sprengten alle davon, indem die Gemeinen ein schallendes Gelächter erhuben. «Der Dienst ist nicht mehr wie ehemals», bemerkte Dubois, «die alte echte Soldatengalanterie muß einer neumodigen Windbeutelei Platz machen, und ehrwürdiges Alter und Erfahrung gilt den unreifen Gelbschnäbeln nichts.»

Indessen war des Unglück, welches Edmund herbeigeführt und zu spät bereut hatte, hereingebrochen. Cavalier, der diesmal alle Züge der Truppen anführte, hatte seinen Plan so klug entworfen, Tapferkeit und Glück waren ihm bei der Ausführung so günstig und von allen Seiten zu Gebot, daß der Feind, welcher ihn eingeschlossen zu haben glaubte, sich selber umzingelt sah. Die Königlichen mußten weichen, und wurden in die engen Täler gelockt und getrieben, in welchen sie ihre Macht nicht entfalten konnten, die Reiterei wurde abgeschnitten, und wohin sich die Soldaten wandten, trafen sie auf ihre Gegner, welche sie von den vorteilhaft gelegenen Höhen bekämpften.

Am Morgen war, der Verabredung gemäß, unter feierlichem Glockengeläute die Prozession des Dorfes aufgebrochen. Die Kirche war schön mit Laub und Blumen geschmückt, der Sakristan begann das Spiel der Orgel, und alt und jung war in Feierkleidern auf dem Platze versammelt, um, sich den jungen Mädchen anschließend, dem Zuge in die Kirche hinein zu folgen. Der alte Priester stand schon, die Gemeine erwartend, vor dem Altar, als ein Schreck plötzlich alle ergriff und lähmte, denn man vernahm deutlich ein lautes wiederholtes Schießen in der Nähe. «Jesus Maria!» riefen die Mädchen, und die Blumenketten entfielen ihren Armen, die jungen Männer sprachen von Waffen und Verteidigung, und die Alten blickten sich betroffen an. Das Schießen kam näher, und Priester und Küster hatten schon die Kirche verlassen. Alles war in gespannter und banger Erwartung. Jetzt hörte man über den steilen Berg herüber Psalmen singen. «Es sind die Camisards!» schrie alles laut und entsetzt auf, und zugleich wälzte sich auch schon ein zurückweichendes Regiment von der linken Seite in das Tal. Jetzt rückten eilig die Camisards von oben herab und sprangen und glitten die Weinberge herunter, indem schon Steine und Kugeln in die verwirrte, betäubte, entmutete Masse der Soldaten stürzten. Die Offiziere sprachen vergeblich Mut ein, einige stürzten mit den Pferden, andere suchten den Rückzug nach dem Ausgang des Tales rechts zu lenken. Die Prozession und die Geistlichen sowie die Gemeine waren zwischen die Kämpfenden gedrängt, noch ehe sie sich recht hatten besinnen können. Nur wenigen gelang es, zu ihren Häusern zu flüchten.

«Sie sind geschlagen!» rief Catinat wütend, der auf einem großen schwarzen Rosse vorüberbrauste, «ihnen nach! vernichtet sie im Namen des Herrn! Und werft Feuer in diese Hütten und den Götzentempel!» Ravanel war auf einem kleinen Pferde an seiner Seite und schon mit Blut gefärbt, weil er immer der vorderste beim Einhauen war. Den Berg herunter waren Favart, Etienne, Anton und der kleine François behende geklettert. In der Ferne sah man schon Häuser brennen, das Zetergeschrei der Einwohner vermischte sich mit den jubelnden Tönen der Sieger und dem Krachen der Gewehre. Jetzt wollte Etienne das Kruzifix nehmen, welches der junge Caspar als Führer der Prozession trug, aber dieser schlug es ihm mit Gewalt auf den Kopf, so daß sogleich seine blonden Locken mit Blut gefärbt waren, und der Jüngling, ohne nur noch einmal zu atmen, zu Boden stürzte.

Als der Schuster Anton dies sah, fiel er in Wut über Caspar her. «Zerreißt die grausamen Abgötter!» schrie er, und traf mit seinem kurzen Degen Caspar, der ihm in die Arme hatte fallen wollen, im Halse, so daß ein Blutstrom ihn augenblicks rot bedeckte. Louison, die den Geliebten verloren sah, kreischte laut im Jammer auf, sie riß bei den Haaren den kurzen stämmigen Anton zu Boden, und zerstieß ihm mit der Stange des Kruzifixes, das jetzt der sterbende Caspar hatte fallen lassen, das Gehirn. Ein Mordgeheul des Blutdurstes dröhnte furchtbar durch alle Scharen der wütenden Rebellen, und François war der erste, welcher die schöne Louison niederhieb, worauf ein allgemeines Gemetzel in jeder Hütte, in jeder Gasse, auf jeder kleinen Brücke und in der schon brennenden Kirche rasete, so daß der rauschende Bach bald blutrote Wogen wälzte.

Dumpf und wie verzweifelnd stand indes Edmund oben auf der Felsenwand, und sah bald deutlich, bald vom Rauch verdeckt die Gassen und Häuser des Dorfes unter sich. Jetzt verzog sich der Dampf, die Königlichen waren alle geflohen, ein kurzes Geschrei und Geheul, die Einwohner waren geschlachtet, rechts und links brannten Hütten, von allen Seiten aus allen Gebüschen die Feuerblicke, nun ging auch in der Kirche die Flamme auf, auch das friedliche Wohnhaus, unmittelbar unter seinen Füßen, das ihn noch diese Nacht gastlich beherbergt hatte, wälzte schon die Rauchsäulen, und bald hob das Feuer das Dach, und nun war unten eine allgemeine Glut der Vernichtung und des Todes, im Widerschein des blutigen Sprudelbachs, alles wie ein Flußbrand der Hölle, wo gestern noch ein Eden geblüht hatte. Die grünen Bäume wehrten sich gegen den Feuerstrom, mußten aber doch seiner Kraft sich beugen und nachgeben. Über den Kirchturm schlugen jetzt die Feuerwellen in den Himmel hinein, und wie ein Kind unbewußt im Tode wohl noch lächelnd spielt, so schlug die Uhr jetzt noch einmal und zum letztenmal die Stunde aus, und stürzte dann mit dem Turme und den Balken des Daches lautkrachend in den Abgrund des Feuers und Dampfes.

Edmund setzte sich nieder, gleichgültig über alles und keines Gedankens mehr fähig. Nach einer Weile sah er, wie ein Trupp seiner Brüder wieder zu den Anhöhen auf verschiedenen Wegen emporstieg. Bald darauf erschien auf einer andern Straße auch Bertrand zu Pferde mit vielen Reitern. «Seid ihr geschlagen?» fragte Edmund, als sie sich in seiner Nähe versammelt hatten. «Nein», rief Bertrand, «Gott hat uns vollständigen Sieg geschenkt, die Täler sind mit den Leichen der Königlichen bedeckt; Cavalier ist den Fliehenden dort entgegengerückt, Roland hat jetzt auch schon eine andere Kolonne wahrscheinlich geschlagen und Salomon ihre dritte Abteilung. Weil aber Cavalier weiß, daß viele Reiter versprengt sind, so fürchtet er, sie könnten ihm auf einem Umwege in den Rücken geraten, darum sollen wir diese Höhen noch besetzt halten.»

Edmund hatte nicht den Mut zu fragen, wie es unten im Dorfe gegangen sei, doch Bertrand fing von selbst an: «Nun haben sie, die harten Herzen, doch auch einmal unsere Rache kosten müssen, endlich haben wir einmal in ihrem Blute unsere Hände gewaschen. Sie werden uns fürchten, Bruder; das Zittern derer, die heute entrinnen, wird auch die andern zittern lehren. Wie Würgeengel gehn Ravanel und Catinat durch sie dahin, wo diese stehn, glaubt keiner von den Feinden an Barmherzigkeit. Hab ich doch nun einmal ein hohes Fest, einen solchen Jubeltag, den ich mir immer wünschte, feiern können. Aber auch viele der Unsrigen, und unsrer Besten liegen da unten. Fast mehr als die Soldaten haben sich die verzweifelnden Bauern gewehrt. Ach, der arme François! das Kind ist von den Bestien zerrissen worden, dem Anton und dem Pfeifenspieler Etienne ist der Kopf zerschmettert, meinen Bruder hat der eine Bösewicht, als der Arme schon verwundet war, in das Feuer geworfen, der armselige Küster sogar hat unsern Everard massakriert, wofür ich den Schelmen aber gleich kopfüber in einen tiefen Brunnen gestürzt habe.»

«Und der alte Priester?» fragte Edmund kaum hörbar.

«Den habe ich lange», sagte einer aus dem Zuge, «mit seinem Gebetbuche auf dem Platze und mitten im Getümmel stehn sehen; rechts und links wurden Männer und Weiber neben ihm totgeschlagen, so daß ich immer dacht: jetzt, jetzt muß ihn der oder jener treffen. Aber es war, als wenn sie ihn gar nicht sahen. Nachher ist er mir aus den Augen gekommen. Er liegt doch wohl unter den Leichen dort. Weißt du nichts von ihm, Bruder Christoph?»

Ein wilder, blutbefleckter Mensch, klein und schwarz, das ganze Gesicht fast mit borstenähnlichen Haaren bewachsen, sagte grinsend: «Der alte greise Kerl ist gewiß ein Hexenmeister, denn als ich schon etliche von den Abgöttischen hingerichtet hatte, und er immer noch so gelassen dastand, und ich mich ärgerte, daß ihm keiner von meinen Kameraden eins versetzte, machte ich mich in der Bosheit an ihn, um ihn niederzuhauen: ich hob den Arm schon auf, da sah mich das Gespenst ganz ruhig an, und die alten schmalen Lippen lächelten dazu, fast als wenn er weinen wollte, aber, ich sage euch, aus den großen blauen Augen schoß ein solcher Zauberglanz durch meine Augen in mein Herz, daß ich erschrokken den Arm fallen ließ, und dem Bösewicht nichts tun konnte. Lange nachher, als ich mich ein wenig ausruhen wollte, sah ich ihn noch in seinem schwarzen Kleide, wie eine dunkle Wolke, zwischen den Fechtenden, durch Brand und Rauch und über den Erschlagenen hinwandeln, ganz ruhig und sicher, als wenn ihm kein Mensch etwas anhaben könnte.

Ich glaube, er ist in die brennende Kirche gegangen, und wird wohl dort verbrannt sein.»

Edmund wachte bei dieser furchtbaren Erzählung wieder aus seinen Träumen zum Leben auf. So lohnt der Gastfreund, sagte er zu sich selbst, der hoffnungsvolle Sohn deines Jugendfreundes. Heißt das nicht Liebe um Liebe? Jetzt bin ich dir für deine biederherzige Aufnahme keinen Dank mehr schuldig.

«Halloh! Halloh!» schrie Christoph wild jauchzend, «da bringen unsere Brüder doch noch den greulichen Baalspfaffen. Desto besser, so soll er hier vor dem allsehenden Auge Gottes geschlachtet werden.»

Edmund warf dem Elenden einen schneidenden Blick zu, dann schaute er hinab, und erkannte, schon nahe unter sich, den gebundenen Pfarrer, den Favart, der braune Eustach und andere Camisards heraufschleppten. «Hier bringen wir euch den Verruchten, lieben Brüder», schrie Favart, indem sie jetzt oben auf der Felsenplatte festen Fuß faßten, und an den Stricken den Greis hinaufzogen.

Als der Ermüdete oben angelangt war, warf er einen solchen Blick der Erschöpfung, des Erbarmens und der unbedingtesten Hingebung in den Willen des Himmels auf den Jüngling, daß sich diesem im Entsetzen die Haare aufwärts sträubten. «Gott grüß euch, mit eurer Beute!» brüllte er Favart und Eustach zu, «aber wehe dem unter euch, der dem Alten auch nur mit einem Blicke zu nahe tut, denn einen solchen werde ich mit meinen Zähnen zerreißen.» Favart und Eustach traten erblassend zurück, und Edmund lösete selbst die Bande des Alten auf. Dann schloß er ihn in die Arme, legte das greise Haupt an seine klopfende Brust, und ein krampfhaftes Schluchzen hemmte jeden Ton und verhinderte jede Träne. «Warum», sagte der Greis, «soll ich allein übrigbleiben? der verarmte Schäfer? da ihr ihm die ganze Herde geschlachtet habt?»

«Was ist das?» schrie Christoph, stotternd vor Wut; «man will uns unser Eigentum rauben, das wir mit unserm Blut erkauft haben? Gold und Silber lassen wir im Kirchenbrand vergehn, aber das Leben der Götzendiener ist unsere Beute. Und wer will uns die nehmen? Ein Feiger, der ohne Schwertschlag hier aus sicherer Ferne unserer lebensgefährlichen Arbeit zugesehen hat. Das sei ferne! Verworfene, Abtrünnige sind wir selbst, wenn wir dergleichen von einem Götzendiener dulden, der noch von seiner alten Bosheit nicht läßt.»

Er wollte sich auf den Geistlichen stürzen, aber Edmund unterlief ihn mit Blitzesschnelligkeit und warf ihn mit solcher Riesenkraft auf den Felsenboden, daß ihm alle Glieder erkrachten und er gleich besinnungslos liegen blieb. Das sah der alte Favart mit Grimm, auch Eustach, der Kohlenbrenner, wurde zornig, Bertrand trat wild herzu, und um Edmund und den Geistlichen drängte sich eine Gruppe durcheinanderschreiender Camisards. «Wer bist du?» rief Favart, «daß du hier so den Herrn spielen darfst? Willst du hier noch den Edelmann geltend machen?» – Er faßte den Geistlichen und auch Eustach legte Hand an ihn. Doch sowie Edmund auf sie zuschritt, ließ Eustach aus altgewohntem Gehorsam los und Favart ward von dem kräftigen Jüngling zurückgerissen. «Herr Edmund Beauvais!» schrie dieser, «unser König!» Sie rangen miteinander und Edmund schleuderte ihn den Berg hinunter. «Unser Bruder hat den Hals gebrochen!» schrieen alle wild durcheinander und stürmten mit den gezückten Waffen auf Edmund ein, der in diesem Augenblicke verloren war, wenn nicht Abraham Mazel mit einem neuen Trupp erschienen wäre: Clary, Castanet, Marion und Vila waren unter diesen. Aus Ehrfurcht vor Mazel waren sie still und Edmund konnte den Freunden die Sache vortragen. «Wir wollen gegen die Wehrlosen nicht grausam sein», sagte Mazel. Clary erinnerte an Rolands ausdrücklichen Befehl, der Priester zu schonen, der beredte Marion ermahnte und überredete die Murrenden, und es ward beschlossen, daß man den Priester, indem die Begleitenden Uniformen der Erschlagenen anzögen, bis nach dem ziemlich nahen Florac geleiten wollte, damit der dort den Schutz seiner Obrigkeit ansprechen könne.

Edmund erbot sich zu diesem Dienste und Eustach und verschiedene Brüder wollten ihn auf diesem Zuge geleiten.

Gespräch und Streit wurde unterbrochen, indem jene versprengten und abgeschnittenen Truppen heranzogen, deren Vereinigung mit den geschlagenen Soldaten Cavalier hatte verhindern wollen. Die wenige Kavallerie ging ihnen entgegen, die Infanterie stellte sich in Ordnung und es begann auf der Höhe ein neues blutiges Gefecht. Mazel führte sie an, und die Tapferkeit der Rebellen brachte die Soldaten, die schon entmutigt waren, zum Weichen. Edmund und sein Gefolge war mit dem jungen Capitain und seinen leichten Jägern, die am weitesten vorgedrungen waren, in hartnäckigen Kampf geraten. Das Pferd des jungen Mannes war schon getötet, aber er focht mit Unerschrockenheit und unermüdet, sowenig er sich auch einen glücklichen Erfolg versprechen konnte. Edmund trat vor und rief: «Ergeben Sie sich, junger Mann; Ihr Betragen ist brav, es täte mir leid, wenn Sie hier fruchtlos erliegen müßten. Ich verspreche Ihnen Schutz und die beste Behandlung, bis Sie gegen unsere Gefangene ausgewechselt sind.»

«Elender Rebell!» rief der Capitain; «meinst du, daß ich von einem Schurken, wie du bist, Pardon annehmen werde? Ich kenne dich, Beauvais, Meineidiger, Abtrünniger, und die Henkersknechte in Nismes warten deiner schon. Schau hinunter in das Tal, Mordbrenner, und sprich noch von guter Behandlung!» – Er drang auf den Jüngling ein, ließ einen Augenblick den Degen sinken, und feuerte sein Pistol nach Edmund, er verfehlte ihn, und Edmund schoß ihm in demselben Augenblick die Kugel durch die Brust, daß er tot niederstürzte.

Im Getümmel wurden die übrigen erschlagen, der Sergeant, der noch beritten war, stürzte auf übereilter Flucht mit dem Pferde von der Höhe des Felsens hinab. Mazel und die Seinigen waren schon weit entfernt, den Feind verfolgend.

Edmund stieg mit denjenigen, die ihn begleiten wollten, hinab. In einem Weinberge genossen sie der Ruhe und der kärglichen Speise, die ihnen geschafft werden konnte. Der Alte erquickte sich nur an einigen Tropfen Weins. «Beauvais also bist du, mein Sohn?» fing er an, als er sich mit Edmund allein sah. – «Ich heiße», sagte dieser, «nach Ihrem Taufnamen Edmund; zum Zeichen, wie mein Vater Sie immerdar geliebt hat.»

«Ach du lieber Jugendfreund», sagte der Greis mit dem tiefsten Seufzer, «warum muß ich denn deinen Sohn unter solchen Umständen kennenlernen? Also auf diese Weise haben sich die Träume deiner Liebe, unsere religiöse Begeisterung verkörpert? Auf solche Art sind unsere schwärmenden Ahndungen in Erfüllung gegangen? Zu diesem Mord und Brand, zu dieser entsetzlichen Grausamkeit müssen wir erwachen, und unsere ganze Jugend Torheit und Phantasie nennen? Ja wohl, du arme Louison, ist dir deine Liebe zu deiner Beschützerin schlecht vergolten worden. Du hattest wohl recht, unglücklicher Caspar, daß ihr es nicht wußtet, zu welchem Augenblick, und um welches Leidens willen ihr euer Glück aufschobt. Nun liegt ihr beisammen in blutiger Umarmung. Warum kann ich nicht zu mir sagen: Nein, dies ist nur ein Traum! Erwache, du unglückseliger Greis, und finde deine Gemeinde, deine Kinder, die vorige stille Ruhe, den sanften Frieden und deine geliebte Kirche wieder! Weh! weh! um euch, ihr Armen, ihr Unschuldigen! Und dreimal Wehe über die Unglückseligen, die dieses Entsetzen in diese abgelegenen Täler trugen.» – Er verhüllte sein Haupt und weinte bitterlich.

Die Dämmerung verbreitete sich. Der Pfarrer wünschte noch einmal die Trümmer seiner Kirche zu besuchen, und sie stiegen den Berg hinunter. Edmund und der Pfarrer gingen allein in die verfallenen Mauern. Alles war zusammengestürzt, nur der Altar stand noch, und das Marienbild war geschwärzt, aber doch ziemlich erhalten. Der Greis nahm es herunter und vergrub es seufzend in einiger Entfernung. «Weshalb?» fragte Edmund. – «Würde die Menge nicht», sagte der Alte, «wenn sie dies Bild fast noch erhalten fände, das einzige in diesem Aschenhaufen, wieder Mirakel schreien? Wer weiß, welch gräßlicher Blutdurst sich durch diesen Zufall entzünden, welche ungeheuere, unersättliche Rache sich an dieses Zeichen von Holz im Namen Gottes wieder knüpfen würde, um mit dem Vorwand der ewigen Liebe und der heiligen Religion die ungeheuren Triebe zu sättigen, die in der Brust des Menschen niemals erwachen sollten. Nein, was in Zeiten der Ruhe und des Glücks ein unschuldiges Spiel sein, als erbauliche, fromme Anstalt dienen und erheben kann, das wird dem Menschengeist, wenn ihn die wilde Empörung einmal fortgerissen hat, oft zum Panier, dem alle Greuel der Hölle frohlockend folgen. Ich würde mich für einen Mörder halten, wenn ich nicht diese Beschützerin heut begrübe, wie unsere Nachbarn morgen die armen Unbeschützten begraben werden. Will es der ewige Ratschluß anders, so wird er leicht meine Bemühung unnütz machen können.»

Als sie wieder aus den Ruinen traten, begegnete ihnen Lacostes große Gestalt. «Edmund», rief er, «Ihr und Euresgleichen treiben ein verdammliches Handwerk. Ich habe mich den ganzen Tag versteckt gehalten, um die Abscheulichkeit nicht wahrzunehmen. Euer Gottesdienst hat gar zu strenge Zeremonien. Langmütig ist euer Gott, denn sonst würde er wohl etwas strenger darein schaun. Dachte ich doch schon alles erlebt zu haben und die ganze Kreatur zu verstehen, aber auf meiner jetzigen hohen Schule lerne ich denn doch noch manches Neue.»

Wie erstaunten der Priester und Lacoste, als sie zwei Jugendfreunde in sich wiederfanden. «Ihr also seid jener fromme seufzende Jüngling», rief Lacoste verwundert aus, «der in den Augen seiner Euphemia das ganze Empyreum sehn und finden wollte? Jetzt wandeln wir nun über die Blumen Eures religiösen Elysiums hinweg. Tretet nur dreist zu, denn diese Augen und Nasen fühlen unsere Fersen nicht mehr, diese Gesichter sind ja nur die abgelegten Masken, die noch von der gestrigen Redoute umherliegen. Ja dieser Mardigras hat viel an Kleidungstücken verzettelt, die nicht einmal wieder geflickt werden können, sondern durch den schwärmenden Übermut gleich zu Plunder abgetragen sind. Ei! ei! Edmund, ihr Franziskusverehrer, das Haar ist auch seitdem weiß geworden, gleich den gelben Blumen der Wiese, und der erste Wind rauft es Euch aus. Wo ist Euphemia? Wo Lucie? Wo unsere Tränen und Seufzer jener Tage? Ein altes Männchen seid Ihr im Umsehen geworden: und, nicht wahr, jene Jugendgefühle betteln Euch noch manchmal an, wenn auch nur, wie stumme Kinder, mit Mienen? Tut nun einmal mit Eurer überschwenglichen Liebe ein bißchen Wunder, und erweckt diese Toten wieder, die uns hier im Wege liegen. Es ist aber noch die Frage, ob sie es Euch danken würden, da sie einmal den Pas, wenn auch etwas halsbrechend, nach jenseits getan haben; denn, beim Licht besehen, ist das sogenannte Leben ein verflucht langweiliges und niederträchtiges Wesen, und wenn man noch dazu täglich dergleichen Spaß erwarten darf, wie sich über die Käuze hier her gemacht hat, so muß man wirklich schon verdammt in schlechter Gewohnheit eingerostet sein, um nicht mit einem einzigen Halsschnitt der ganzen Erbärmlichkeit ein Ende zu machen. So sind wir aber einmal alle.»

Unter diesen Gesprächen wandelten sie durch die Nacht. Der greise Pfarrer erwiderte nur wenig. Auch erlaubte es ihm seine Erschöpfung nicht, die so stark war, daß sie oft ruhen mußten. Je mehr Stunden verflossen, je tiefer war er bewegt, und je mehr wünschte er, nach dem Untergange seiner geliebten Gemeinde bald seine Auflösung zu finden, denn er wußte nicht mehr, wofür er noch leben sollte. Edmund sprach kindlich und liebevoll, wie ein Sohn, zu ihm, und der Alte vergab ihm von Herzen alles, was der junge Mann ihm Böses zugefügt hatte. «Wenn ich nur deinen Vater noch einmal vor meinem Tode sehen könnte!» sagte er tief gerührt, «oder –» die Wehmut erlaubte ihm nicht, weiterzusprechen, doch erriet Edmund, wen er meinte.

Nachdem sie oft geruht hatten, erreichten sie mit der Frühe

ein Dorf, das anmutig unter grünen Bäumen lag. Hier wollten sie frühstücken, um ihren Weg nach Florac fortsetzen zu können. Edmund war in einer Stimmung, als wenn ihm alles Leben und Sein in Traum und Nebel zerrinnen wollte. Sowie sie bei einem kleinen Hause vorüberkamen, an welchem sich im obern Stock Menschen am Fenster zeigten, die aber beim Anblick der Uniformen schnell zurücktraten, sagte Edmund zu sich selbst: Ich bin auf dem Punkt, wahnsinnig zu werden, denn ich sehe nun die Gestalten meines Innern; war es doch, als erblickte ich meinen Vater und Christinen und Evelinen; und nur, weil ich hier die beiden Freunde seiner Jugend mit mir führe. Sie wollten einen alten Mann, der Kräuter im kleinen Garten sammelte, nach der Schenke fragen, als die Frau aus der Haustür trat, und sich anbot, sie dahin zu begleiten, da sie doch selbst Geschäfte im Wirtshause habe, der Gasthof auch nicht so leicht zu finden sei, weil er in einer andern Straße liege, und im Orte selbst nur wenig Verkehr herrsche, der abseit läge, und mit keinem großen Heerwege in Verbindung stehe.

Unter diesen Nachweisungen begleitete sie die Schwatzende zur reinlichen Schenke des Ortes. Die Leute hier waren eben erst aufgestanden, und erschraken, als sie Soldaten sahen, da sich seit dem Überfall der wenig entlegenen Ortschaften ein allgemeiner Schrecken der ganzen Gegend mitgeteilt hatte. Wein und Brot, auch warme Getränke erquickten die Ermüdeten, und Eustach und Bertrand hielten mit einigen andern Wache, um nicht unversehens überfallen zu werden. «Wer wohnt oben in Eurem Hause?» fragte Edmund die Alte.

«Ach! lieber Himmel!» fing die Alte wieder an, «das sind arme unglückliche Leutchen, denen die bösen Rebellen auch das Ihrige weggebrannt haben; ein Bauersmann, ein armer Vetter von mir, hat sich nun mit Tochter und Schwestersohn zu mir geflüchtet, und wer weiß, wer weiß, ob nicht auch schon für unser Hüttchen die Zornfackel unterwegs ist, womit der Herr der Heerscharen uns in seiner Erbitterung heimleuchten will. Denn wo ist heutzutage noch Sicherheit oder

Assekuranz, wie vormals? Alles ist ja Trubel und Kriegsgeschrei, und die sonderbarsten Fatalitäten treiben den Menschen hin und her, wie es nur in den alten Wunderhistorien geschehen ist. Und die Angst wird immer größer, und der Verdacht immer stärker. Wo man nur Soldaten sieht, möchte man gleich in ein Maulwurfsloch kriechen, und wenn man auch den allerbesten und richtigsten Glauben in sich fühlt.»

«Ist Euer Drummeter noch nicht wieder zurück?» fragte der dicke Wirt.

«Der muß», antwortete der Alte, «reinweg verschwunden sein; mein einfältiger Mann aber grämt sich um den Schalk, und meint, in den Bergen könnte ihm ein Unglück zugestoßen sein, weil der lange Blasebalg doch schon alt und verkümmert wäre und manchmal einen starken Husten bekommt. Als wenn an dergleichen Landstreichern viel gelegen wäre, da so viele reptierliche Leute ins Gras beißen müssen, die doch wohl mehr Konnexion und Autorität haben, als der Affentürié, der hier den Mumsignör vorstellen will.»

«Ja wohl», sagte der Wirt. «Wie geht es aber auch den Katholiken, vollends den armen Geistlichen, so wie der alte greise ehrwürdige Herr dort auch sein wird, der nun ebenfalls flüchtet. In Florac sollen gestern schon etliche angekommen sein. Auch die Klöster leiden. Es war in der Nacht ein Wandersmann hier, der den Überfall eines Schlosses berichtete, wo einige geistliche Frauen zum Besuch gewesen waren, die nach Nismes oder Montpellier hingehören mögen. Kreuz und Elend ist im ganzen Lande. Und woher nur das Unheil gekommen ist? Jede Partei gibt der andern die Schuld.»

Man brach wieder auf, und die ausgestellten Wachen schlossen sich dem Zuge wieder an. Ein glühendes Morgenrot hatte sich durch den ganzen Himmel ausgegossen; so weit das Auge reichte, als man erst die Täler verlassen hatte, war die Luft mit den seltsamsten und mannigfaltigsten Lichtern brennend erleuchtet. Aus dem Walde von der Anhöhe links stürzte eine bejahrte Dienerin und rief: «O gottlob, daß ich königliche Truppen sehe! Helft meiner guten Herrschaft!»

Sie lief zurück und führte eine alte Nonne, die ohnmächtig schien. Sie kamen näher, man erquickte sie mit Wein. Da der Priester ihren Familiennamen nennen hörte, rief er: «Euphemia!» und sank vor ihr nieder. Sie war es, sie hatte sich vom abgebrannten Schlosse kaum mit ihrer Aufwärterin nach dem Walde retten können, wo sie die Nacht in der größten Angst verlebt hatte. Der Alte nannte sich ihr. «Hast du denn meiner wohl und unserer Jugend zuzeiten gedacht?» fragte er mit bebender Stimme. – «Kann man das Leben vergessen?» antwortete die sterbende Euphemia mit brechendem Auge. «Und du Edmund?» – «Ich lebte dir, ich sterbe mit dir», sprach der Alte, und beide verschieden erschöpft an der zu starken Rührung des wundersamen Wiederfindens, indem die Strahlen des Morgens wie in Glorien um ihre verklärten Angesichter leuchteten.

Wagen, die aus Florac kamen, und deren Eigentümer von Edmund den kurzen Bericht gehört hatten, führten die Leichen nach der Stadt, um sie in geweihter Erde zu begraben.

Anmerkungen

5 *Cevennen:* Teil des französischen, gegen das Rhônebecken hin abfallenden Zentralplateaus, das Rückzugsgebiet der protestantischen Bevölkerung.

12 *Camisarden: Camisards* (Hugenotten, Blusenmänner), französische Protestanten, vorwiegend Calvinisten; Rekatholisierungsversuche unter den Herzögen von Guise, die den ersten Hugenottenkrieg auslösten.

13 *Herr von Basville:* nach allen historischen Quellen der strengste Vertreter der Rekatholisierung, von den Camisards «der Schreckliche» genannt.

19 *Albigenser:* häretische südfranzösische Sekte, die im Albigenser Kreuzzug (1209–29) und durch die nachfolgende Inquisition vernichtet wurde.

20 *Calvins:* Johann Calvin (1509–64), Reformator, zielt auf besonders strenge Lebensführung und Sachlichkeit hin: Hauptwirkung in den angelsächsischen Ländern (Puritaner, Presbyterianer). – *Edikt von Nantes:* am 13. April 1598 gibt Heinrich IV. den Hugenotten Glaubensfreiheit. Das Edikt wird 1685 von Ludwig XIV. aufgehoben, wodurch eine allgemeine «Bekehrung» einsetzt.

25 *der Pfarrer von St. Sulpice:* ist wie der Abt von Chaila nicht auf ein bestimmtes historisches Vorbild zurückzuführen. Die Quellen berichten von vielen streitbaren Geistlichen, von denen Tieck einzelne Züge entlehnt. – *ein Jäger:* Favart, ein Konvertit. – *mit dem dritten Fremden:* Cavalier, der Führer der Camisards, er verbindet von Anfang an die Geschichte der Aufständischen mit der Familiengeschichte der Beauvais.

26 *ein solcher Bau, wie diese Wasserleitung:* Die Beschreibung vom Pont du Gard, einer Anlage aus der Römerzeit, stammt aus P. E. Herbins *Statistique Générale et Particulière de la France* (Paris 1803), der Tieck seine geographischen Kenntnisse verdankt.

28 *der Einsiedler bei Saumure:* Einsiedlerfigur, ins Schockante stilisiert, erweitert den Kreis führender Katholiken ins Abenteuerliche. – *Altkatholischen:* Katholiken von altersher; die Bezeichnung hat nichts zu tun mit der Protestbewegung der siebziger Jahre des 19. Jahrhunderts gegen die Unfehlbarkeit des Papstes, aus der die altkatholische Kirche hervorging.

30 *Rabelais:* François Rabelais (1494–1553), dessen einfallsreiche und gekünstelte Wortformen von modernen Autoren als magische Sprachkunst wiederaufgenommen werden.

40 *Eugen:* Prinz Eugen von Savoyen (1663–1736), österr. Feldmarschall, der in der Schlacht bei Zenta (1697) die Türkengefahr von Europa abwendet. – *Marlborough:* John Churchill, Herzog von Marlborough (1650–1722), englischer Heerführer, Sieger im Spanischen Erbfolgekrieg.

41 *der Neapolitaner della Porta:* Giambattista della Porta (1535 bis 1615), *Della fisionomia del'huomo* (1586).

42 *Contrebandier:* Schmuggler.

57 *Christine von Castelnau:* Tochter eines hugenottischen Edelmanns namens de Cornely. – *Der Marschall von Montrevel:* eine urkundengetreue Figur, Soldat und Salonlöwe.

62 *Filet stricken:* Handarbeit, aus Fäden geknotetes Netz, in das ein Muster «gestickt» wird.

63 *einen schuppigen Drachen küssen:* Vgl. Froschkönig, Murmeltier; Zauberbedingungen des Märchens; ein Tier, das geliebt wird, verwandelt sich in einen Prinzen, das Unmögliche wird möglich.

69 *der Hang, im Gebirge herumzustreifen:* das Gebirge als Szenerie für die Darstellung des Rebellischen.

80 *mit Degen und Chapeaubas:* mit Degen und dem Hut unter dem Arm. – *Obrist Julien:* eine der liberalsten Figuren im katholischen Lager, vom reformierten zum katholischen Glauben übergegangen, was ihm den Spottnamen «der Abtrünnige» einträgt.

88 *siehst du doch aus wie ein Camisard:* Tieck hat an dem streng evangelisch erzogenen Norweger Möller, der seine Schwägerin heiratete, den radikalen Bekehrungseifer eines Konvertiten erlebt. Er kennt ähnliches aus romantischen Kreisen und hat es an Frau und Tochter erfahren.

90 *in hesperische Gärten:* Gärten, in denen die goldenen Äpfel des Lebens, die als Brautgeschenk für Hera gedacht sind, von den Hesperiden bewacht werden.

95 *dies war meine Versuchung in der Wüste:* Vgl. Matthäus IV. Biblische Version einer Krise, die Edmund vor neue Forderungen stellt.
96 *das Paneell:* Paneel, vertieftes Feld in der Wandtäfelung.
100 *welche das Wort von ihm begehrte:* die Losung, das Erkennungswort. – *Bruder Mazel:* Abraham, der als Urheber des Cevennenkriegs gilt.
101 *Bruder Roland:* die männlichste Führerfigur unter den Camisards neben der jünglingshaften Erscheinung Cavaliers.
102 *Laßt das gottlose Blasen:* puritanische Haltung gegen Kunstübung als Lüge.
103 *Held Catinat:* Abdias Morel, der seinen Namen gegen den des Marschalls Catinat austauscht, unter dem er gedient hat. Grausamer gestaltet.
104 *Cäsar und Mark-Anton:* zwei Edelleute, St. Chatter und Boncaru, die sich zu den Rebellen schlagen und ihre Erfahrungen an den Marschall verraten.
108 *Ravanel:* Parteigänger der Camisards, übertrieben grausam gestaltet; die Parallelfigur zum Einsiedler von Saumure.
110 *den heiligen Vater Brusson:* ursprünglich Advokat in Nîmes, später protestantischer Prediger, wird 1698 hingerichtet. – *den glorreichen Esprit Seguier:* Feldzug gegen den Abt von Chaila, stirbt als Anführer auf dem Scheiterhaufen.
112 *Elias:* alttestamentlicher Prophet um 870 v. Chr., galt als Vorläufer des Messias.
113 *ich erhielt die Einsprache früher:* die Gabe der Weissagung.
125 *Buschläufer:* Diener zu Fuß. – *Hegereuter:* berittener Jäger.
126 *blaffen:* bellen.
137 *Er hat seinen Engeln befohlen:* Vgl. Psalm 90,11–12.
142 *Mameluck:* kriegsgefangener Sklave, der zur Leibwache persischer und ägyptischer Herrscher diente.
154 *korroborieren:* bestätigen.
156 *weder diese Lanzetten, noch die Inzisionen:* weder Säbel noch Wunden. – *aufhucken:* sich auf den Rücken schwingen, vgl. huckepack.
169 ff. die Wortverdrehungen der Frau Barbe: *Misicamente:* Medikamente. – *Rehzeppe:* Rezepte. – *Symphonie:* Sympathie, Heilverfahren durch magische Mittel. – *fructizieren:* fruktivizieren. – *Latterwerke:* Latwergen, eine Arzneiform. – *das Gefreis:* volkstümliche Bezeichnung für fieberhafte Erkrankung.

170 *Samritter oder Samojede:* Samariter oder Savoyarde. – *Anbaptist:* Anabaptist, Wiedertäufer.
171 *Enthasten-Mus:* Enthusiasmus. – *Maskineri:* Maschinerie.
172 *suppensiclieren:* supplizieren, ein Bittgesuch einreichen.
173 *der preßhafte Viehstand:* bresthaft, krankhaft.
174 *Vogelbund:* Vagabund. – *Passivität:* Passion.
176 *Traumpeter:* Trompeter. – *ein so schreckliches Er:* Air, Ansehen.
177 *ahnenjant:* ennuyant, langweilig, verdrießlich. – *Kaskenasen:* Gaskognaden, Prahlereien. – *Hackebrett:* Hackbrett, altes Musikinstrument, Vorläufer des Cembalos. – *Flügel:* Klavier. – *Calvarie:* Klavier. – *Katerwelsch:* Kauderwelsch. – *aus...Lappern Harpyen:* aus Lappen Scharpie. – *der lange Urian:* Bezeichnung für eine wenig geachtete Person; auch für den Teufel.
178 *Propziehereien:* Prophezeiungen. – *Hurenskop:* Horoskop. – *Viehsofie:* Philosophie. – *Giermantik:* Chiromantik. – *Tutelogie:* Tautologie.
189 *der lange Schläks:* von niederdt. schlaksig, langaufgeschossen, ungelenk.
190 *Flageolet:* Flöte mit hoher Tonlage.
195 *Philemon und Baucis:* in der griech. Sage ein altes Ehepaar, dessen Liebe und Treue von Ovid verherrlicht wird; vgl. Goethe, *Faust II*. – *Armidas Zaubergarten:* Armida, Zauberin in Tassos Schäferspiel *Aminta*.
197 *ich liebe meine Religion:* Watelet, eine erfundene Gestalt, die wie Jakob Böhme die Evidenz einer Gotteserkenntnis in der reinen Anschauung findet und darin wesentlich zur Antwort auf religiöse Fragen beiträgt.
207 *Zwingli:* Ulrich Zwingli (1484–1531), Schweizer Reformator und Humanist.
208 *die Pindarischen Hymnen:* die Pindarische Ode (nicht Hymne), eine freiere Odenform, die bei Gryphius besonders beliebt ist.
209 *das Buch eines deutschen Mystikers: Morgenröte* von Jakob Böhme, dem sogenannten Philosophus Teutonicus, der Tieck faszinierte.
216 *Sinnesweise des heiligen Franziskus:* Der heilige Franz von Assisi (1182–1226) schließt vor allem die Natur in seine Frömmigkeit ein.
217 *Wiedertäufer:* linksgerichtete Sektierergruppe der Reformationszeit, die Spättaufe oder Wiedertaufe verlangt. Ihnen nahe-

stehend die Mennoniten und Baptisten, freikirchliche Calvinisten des 17. Jahrhunderts, die die Kindertaufe ablehnen. Heute in den USA verbreitet. – *Adamiten:* Sekte des 2. Jahrhunderts, die ihren Gottesdienst nackt abhielt und die Rückkehr des Goldenen Zeitalters erwartete.

229 *Lulli:* Jean-Baptiste Lully (1632–87), französischer Komponist, gibt der Oper eine vorbildliche Form. – *die Wünschelrute schneiden:* Wünschelrute zum Suchen von Wasser und Bodenschätzen; der Rutengänger ist eine beliebte romantische Figur. Quellen (*Histoire des Troubles des Cévennes*) melden, daß der Marschall Rutengänger verwendet habe, um unter den Protestanten die Camisards herauszufinden.

233 *Cameelsarten:* Camisarden. – *der heidnische Marrelburg:* Marlborough. – *Aalgans:* Alliance. – *Miserere:* Misere. – *Konjunktiv:* Konjunktur. – *Propertät:* Prosperität. – *Lohegrifen:* Logogriphen, Worträtsel.

234 *unschanzelant:* uncharmant. – *Ehegars:* égards, wörtl.: Rücksichten. – *Viertose:* Virtuose. – *Pomologie:* Obstpflege; gemeint ist einer, dem das Hausväterliche des Pflegens fremd ist. – *Hamannität:* Humanität. – *Sarenaten:* Serenaden.

240 *Baalspfaffen.* Priester des falschen Gottes.

244 *Empyreum:* Paradies; Sitz der Seligen in der antiken Mythologie. – *nur die abgelegten Masken:* vgl. die romantische Vorliebe für Schauspiel und Bühnenmetaphern. – *Mardigras:* Karneval (Dienstag vor Aschermittwoch).

245 *Pas:* Schritt.

247 *Drummeter:* Trompeter. – *Affentürié:* Abenteurer. – *Mumsignör:* Monseigneur.

Rowohlt Jahrhundert

Herausgegeben von Bernd Jentzsch

Band 1 und 2
Robert Musil
Der Mann ohne Eigenschaften
Roman

Band 3
Anatole France
Die Götter dürsten
Roman

Band 4
Samuel Beckett
Murphy
Roman

Band 5
Aldo Palazzeschi
Die Schwestern Materassi
Roman

Band 6
Ludwig Tieck
Der Aufruhr in den Cevennen
Roman

Band 7
Jerzy Andrzejewski
Die Karwoche
Roman

Rowohlt
Taschenbuch Verlag